TE DESEO

(más allá de la razón)

Di.Vi.Na.

Di.Vi.Na

Te deseo (más allá de la razón) - 1a ed. - La Plata: Di.Vi.Na., Mayo 2015.

E-Book.

ISBN 978-987-33-7428-9

1. Narrativa Erótica.

CDD A863

Diseño de lomo y cubierta: El Lobizón (lobizonediciones@gmail.com)

Blog: www.divinasocial.wordpress.com

Twitter: @estrellasocial

Facebook: DiVi Na

Sinopsis

Ximena está atrapada en un hogar sin amor y con padres abusivos. La madre la desprecia y el padre es un borracho y un golpeador. Sin embargo, ella se aferra al pensamiento que si da amor y cuidado a sus progenitores, ellos cambiarán su actitud. Pero nada más alejado de eso. Al contrario, al verla tan sumisa, se ensañarán peor con ella. Señalada e ignorada por la gente de su pueblo, Ximena se cierra a todo y a todos, y solo tiene la danza como escape a esa realidad tan adversa.

Alfonso creció en un Instituto de Menores y se hizo a fuerza de golpes y alianzas para poder sobrevivir tantos años en un contexto que ningún niño debería experimentar. Allí conocerá a Martín, su mejor amigo, y a El Rudo, el delincuente que los tomará bajo su ala. Una noche, los tres juntos, huirán del Instituto y comenzarán una asociación ilícita que dominará las calles de Rosario.

Ximena y Alfonso tuvieron una infancia y adolescencia muy duras, y tomarán medidas extremas y diferentes para cortar con su pasado: ella, a través de una muerte; él, huyendo a escondidas de un futuro de delincuencia certero.

Pasaron los años y ambos se conocerán a través de la pasión que los une: la danza. Alfonso está intrigado con esa joven que lo mira con miedo y curiosidad, como si quisiera huir pero a la vez conocerlo. La ve fuerte externamente, pero esos ojos, que demuestran que oculta algo inconfesable, lo llevarán a querer descifrarla. Ximena sabe que su pasado la condena, y desde chica aprendió que los hombres no son de fiar. Pero ese tatuado le inspira confianza y ganas de protegerlo. Porque cuando una está destrozada sabe reconocer a un par, a un luchador, a alguien que sufrió y sobrevivió a sus propios demonios. Es como si el hilo que toda la vida sintieron que los tironeaba hacia la metrópoli santafesina se hubiera acortado para unirlos.

Pero no contaban con el despecho de la ex novia de Alfonso, la corrupción y la ambición desmedidas del nuevo jefe narco de la ciudad, ni que las mentiras teñidas de verdad podrían volver a enfrentarlos nuevamente a fantasmas del pasado que los separarán...¿para siempre?

La historia de este amor valiente viene a mostrarnos que los lazos invisibles que unen personas desde siempre existen. Que las ansias de superación pueden cambiar destinos casi ciertos. Y que tres hombres volverán a encontrarse para enfrentarse por una mujer, cerrando círculos y brindando nuevas oportunidades.

De la autora de "TUYO... ¡Aunque te resistas!", llegan Alfonso y Ximena, dos luchadores que deberán aprender a confiar el uno en el otro, y lanzarse a ciegas, para cruzar el puente que los distancia de la vida que siempre soñaron.

¿Te vas a resistir?

Índice

"Como si se pudiese elegir en el amor,

como si no fuera un rayo

que te parte los huesos

y te deja estaqueado

en la mitad del patio."

Rayuela

Julio Cortázar

Capítulo 1 - Sin cadenas sobre los pies, me puse a andar

Despierto como si hubiera dormido durante horas. De repente, recuerdo lo que pasó. Me miro la remera salpicada con sangre. Quiero gritar para desahogarme, pero es como si tuviera mi garganta llena de arena. Como si mi rabia y mi dolor me asfixiaran. Lo maté. Se terminó.

Ver su cuerpo tirado en la cocina me provoca ganas de vomitar. Menos mal que tenía a mano la pala para partirle la cabeza. Aún no sé por qué estaba en la cocina, pero parecía como si todo se hubiera confabulado para mi protección. Esa pala siempre está al lado de la parrilla, pero hoy vino a salvarme.

Me acerco para cerciorarme que está muerto y que una pesadilla terminó para dar lugar a otra. ¡¿Pero qué hice?! Ahora voy a tener que huir. ¿A dónde? Quizás a Rosario. No está ni lejos ni cerca, y es lo bastante grande como para esconderme. Además, mi único primo de sangre vive allí. Sí, tengo que huir.

No hubiese querido nacer jamás. ¿Para qué? ¿Para terminar en esto? ¡Qué vida tan miserable y solitaria! Pero si algo tengo claro es que nada ni nadie volverá a abandonarme o a ponerme un dedo encima.

Definitivamente, iré a Rosario y buscaré trabajo de cualquier cosa para conseguir mi objetivo: bailar hasta lograr mi propia escuela de danza. Pero algo bueno hizo en su vida esta lacra, aunque siga sin entender qué lo llevó a pagarme los estudios completos del Profesorado. Quizás la culpa lo corroía. Al menos ella se fue. ¿Qué será de su vida? No importa. Si me abandonó y me dejó acá, tirada como un trapo sucio, para mí está tan muerta como este hijo de puta. Ya nada tiene relevancia, salvo utilizar mis conocimientos para cumplir mi sueño.

Una vez escuché acerca de la leyenda del hilo rojo[1], y siento que algo me espera en la importante ciudad santafesina. Como un hilo que llevo atado a mi dedo meñique y que alguien está tironeando para atraerme.

Mientras pienso cómo haré para transitar los casi quinientos kilómetros que separan Tostado de Rosario, voy metiendo un par de mudas de ropa, unos turrones, barritas de cereal, agua y mis ahorros en la mochila. Salgo sin mirar atrás. Mi vida comienza hoy.

Me prometo ser feliz y preocuparme por mí (y solo por mí), a pesar de todo y de cualquiera que vuelva a cruzarse a en mi camino.

---

[1] Leyenda anónima de origen japonés, que dice que entre dos o más personas que están destinadas a tener un lazo afectivo existe un hilo rojo, que viene con ellas desde su nacimiento. El hilo existe independientemente del momento de sus vidas en el que las personas vayan a conocerse y no puede romperse en ningún caso, aunque a veces pueda estar más o menos tenso, pero es, siempre, una muestra del vínculo que existe entre ellas. Un hilo rojo invisible conecta a aquellos que están destinados a encontrarse, sin importar tiempo, lugar o circunstancias. El hilo se puede estirar o contraer, pero nunca romper.

Capítulo 2 - Los caminos de la vida no son lo que yo esperaba

Los tres siempre nos reuníamos en el patio a la misma hora. Era ese momento, después del almuerzo, en que los celadores estaban relajados por haber comido y se ponían a fumar. La hora justa en que, tanto nosotros como nuestros compañeros, aprovechábamos para inventar planes para fugarnos o robarle cosas a alguno. Mi amigo Martín y yo escuchábamos atentos a lo que El Rudo nos decía. Nunca supimos por qué lo llamaban así, pero él ya había llegado con ese nombre al Instituto y así le quedó. Era más grande que nosotros y se decían muchas cosas de ese mexicanito, así que nos sorprendimos bastante cuando nos tomó bajo su ala a Tincho y a mí. Pero tampoco podíamos despreciar su protección: en el Instituto te fugabas o te morías, pero no sobrevivías largo tiempo sin un "ángel guardián". ¡Qué ironía! Como si fuéramos ángeles caídos en este maldito lugar…

—Les digo que sí o sí hay que huir de este agujero, chamacos —susurraba el extranjero. —Hoy a la noche, uno de los míos vendrá por mí. Si ustedes quieren, vengan con nosotros, pues. Para el trabajito que me han encargado hay lugar para todos.

Con Martín nos mirábamos y solo asentíamos. A ambos nos daba mala espina "el trabajito" del cual no daba detalles nuestro compañero.

—Lo pensaremos —le contestó mi amigo. Siempre había sido el más valiente de los dos, a pesar de que yo le llevaba un año. Ahora, dejaría que también decidiera sobre ésto. Confiaba en él.

—Perfecto. Si llegan a decidirse, los veré a la medianoche en el paredón que da hacia el sur de la ciudad.

Volvimos a asentir sin decir ni una palabra y lo vimos irse con su andar particular. Quien lo observara desde afuera pensaría que era un chico inofensivo, como cualquier otro: era bajito, muy flaco, ojos verdes, vocecita apagada. Pero todos sabíamos que bajo ese disfraz se escondía uno de los peores delincuentes en potencia. Solo tendría unos dieciocho años y ya era buscado por Interpol. Claro que nos daba miedo seguirlo. Pero entendíamos que allí adentro, sin su protección, nos matarían a palos (literalmente), como le había pasado a tantos otros.

Con ese pensamiento, Martín y yo decidimos huir esa noche. Todo salió demasiado aceitado, como si los del Instituto supieran que no debían entorpecer nuestra fuga. Cuando salimos, nos estaban esperando unos hombres, y nos subieron a la camioneta que estaba estacionada justo enfrente del paredón por donde huimos.

Tincho, con sus doce años y yo con mis trece recién cumplidos estábamos a punto de iniciar un camino del que sería difícil librarnos. ¿Pero qué puede hacer un chico de nuestra edad, sin familia y que acaba de huir de un Instituto de menores para sobrevivir? Solo delinquir, no nos quedaba otra. Y eso haríamos.

****

Habían pasado seis años desde la noche de nuestra fuga. Martín y yo, trabajábamos como *dealers* para El Rudo, pero comenzamos a masticar la idea de abrirnos. No queríamos ser delincuentes toda la vida, así que pensábamos desaparecer, y comer y dormir cuándo y dónde pudiéramos. Era lo que menos nos importaba a esa altura. Solo queríamos huir de toda esa mierda que nos estaba ahogando.

Nos hicimos amigos de muchos chicos de la calle qué, como nosotros, necesitaban sobrevivir a los prejuicios y a la droga. Rosario se estaba convirtiendo de a poco en una ciudad narco. El Rudo había crecido mucho, tanto en poder como en conexiones políticas, y era uno de los patrones de la droga más renombrado a pesar de su corta edad. Empezamos a ver cómo nuestros conocidos morían por sobredosis o por ajuste de cuentas, y no sabíamos cómo alejarnos. Una tarde, se presentó la oportunidad perfecta, y con Martín nos fuimos de Rosario a trabajar como ayudantes en diferentes cosechas según la época del año. No queríamos estar cerca de nuestro ex compañero, por miedo a que volviera a buscarnos y no poder decirle que no. Nadie le decía que no a El Rudo.

Así estuvimos yendo y viniendo por años, y ahora era tiempo de volver. Tincho se quedó en Buenos Aires para estudiar seguridad en la Escuela de Policía Juan Vucetich, cerca de la ciudad de La Plata, y yo seguí viaje para volver a Rosario. Quería estudiar Profesorado de Danzas para trabajar en escuelas (o en cualquier lado), porque mi sueño era danzar y sabía que podría lograrlo.

Ahora tengo veinte años, pero sé que me convertiré en uno de los más renombrados profesores de todo Rosario. Mi único temor era que mi pasado volviese para arruinarme mi presente. Con Martín queríamos borrar el hambre, la delincuencia, la muerte y toda la mierda que nos había rodeado durante nuestra adolescencia. Tuvimos que hacernos hombres desde chicos, cuando los demás solo pensaban en jugar, estudiar o irse de vacaciones. Estudiamos de noche el bachillerato acelerado para, al menos, conseguir algún que otro trabajo decente. Tuvimos que pelearla mucho, pero ya no más. De ahora en adelante, cada uno seguiría su camino e intentaríamos no volver a cruzarnos para dejar atrás esa parte de nuestra vida que nos avergonzaba. Y juro que será así. Trabajaré para eso, para hacerme un nombre y enterrar el pasado, e intentaré que los caminos de los tres no vuelvan a cruzarse nunca más.

Pero Alfonso no sabía que la vida los enfrentaría más de quince años después por una mujer: a él lo movería el amor; a Martín, ayudar a la mujer de su vida a limpiar su conciencia; y a El Rudo, la venganza.

Nadie está exento de los efectos que provocan nuestras acciones. Y mucho menos, lo estarían estos tres hombres.

Capítulo 3 - Yo te acuso y te maldigo, te destierro de mi alma y mi corazón

La calle es difícil. Si lo sabré yo. Hace dos años que llegué a Rosario y vivo con mi primo materno.

Cuando arribé a esta gran ciudad estuve un mes completo viviendo en la habitación de una pensión solo para chicas, compartiendo todo. Hasta que me cansé de que me robaran y me fui. Caminando, sin comer durante dos días y durmiendo en la calle, recordé que mi mamá antes de abandonarme me había contado de una hermana rosarina que tenía un único hijo. Mi primo Lorenzo Luminé. Él también estudió el Profesorado de Danzas para abrir su propia escuela. Evidentemente, lo traíamos de familia. Mi tía y mi madre no habían llegado muy lejos, pero sabía que mi primo era una gran persona que iba a las villas periféricas de la ciudad para premiar con becas a los chicos y chicas a los cuales les veía talento.

"¿Cómo no se me ocurrió buscarlo apenas llegué? Cuando huí de Tostado pensé en él, pero luego, el miedo borró toda la información de mi mente... Como si relacionara a mi madre con él... Tengo que ir a verlo", me dije en su momento. Y así hice. Él me salvó. Apenas me vió, me abrazó sin hacerme preguntas, y ya hace un año que soy profesora de Jazz en su Escuela, una de las más prestigiosas de la ciudad. No solo por su trayectoria, sino por su labor social con chicos de la calle a través de la danza.

Un mes atrás decidí aplicar a una beca que ofrecía la Secretaría de Cultura y Educación de la Municipalidad de Rosario para ser profesora en el Centro de Expresiones Contemporáneas (C.E.C.), y la gané. El C.E.C. funciona en un amplio espacio sin divisiones, con instalaciones móviles para adaptarse a todo. En el Salón de Usos Múltiples pueden realizarse

17

diversas actividades como charlas, conferencias, cursos, seminarios, recitales acústicos, proyecciones, obras de teatro, e inclusive funcionar como aula digital. Haber ganado la beca es una oportunidad única para demostrar quién soy y, a partir de ahí, hacerme conocida para abrir mi propio espacio.

—¡Mi primer día en el C.E.C. y llego tarde! Soy única, Lorenzo tiene razón. —Me digo indignada y en voz alta, mientras corro hasta la parada del colectivo que me llevará a mi nuevo sueño.

Cuando llego, me paralizan unos brazos tatuados, una remera negra y un trasero fibroso marcado por unos jeans azules. ¡Madre mía, nunca me había pasado algo así! En ese momento, lo veo mirar su reloj y maldecir porque llegará tarde. Se da vuelta y me mira con fastidio. Tiene unos ojos azules increíbles y una mirada varonil que me examina como un escáner. Fue mirarnos y sentir que se me secaba la garganta, el aire bajaba lento por mi pecho provocándome un revoloteo raro en el estómago (¿serán estas las famosas mariposas en la panza?), y la experiencia terminaba con un fuego en el centro de mi cuerpo. Arquea una ceja y sonríe de lado ante mi cara de embobada, mientras unas arruguitas marcan su frente. Demasiado sexy, y lo sabe. Lo que me faltaba para coronar mi día: un agrandado.

No soy de mirar hombres ni prestarle atención al sexo opuesto. Siempre voy vestida de forma masculina y camino como con anteojeras, sin levantar la vista. "El miedo no es zonzo", dice el dicho, y yo sé que los hombres no son buenos para mí. Hace tiempo me resigné a vivir para bailar, sin proyectar una familia. No solo por mi problema, sino también porque sé que todo lo que toco lo destruyo. Nací con esta belleza que solo me trajo desgracias. Pero no puedo dejar de admirar esos dibujos que pareciera que me incitaran. Estaba experimentando deseo por un hombre y no me gustaba sentirme tan vulnerable. En realidad, no era que no me gustara, sino que estaba sorprendida. Se suponía que los hombres eran repulsivos y sus miradas siempre eran con lascivia, y no desafiante, como la de este ejemplar. De todas formas, tenía que recordarme que no debía abrirme al sexo opuesto. ¿Para qué?

Por suerte, viene el micro y en un segundo estamos subiendo. Me siento sola en un asiento que es para dos, a ver si el sensual extraño se sienta conmigo. ¿Quién me ha visto y quién me ve? ¡Yo, ideando estrategias de conquista! Es que el que conoce un poquito de mi historia, sabe que el género masculino está vedado en mi vida. Lo veo venir hacia mí, detenerse por un segundo, mirarme con una mueca irónica, y al ver que el asiento está roto, seguir de largo. ¡Qué desilusión y qué mala suerte!

Él se baja una parada antes pero yo sigo arriba del colectivo. ¿Tendrá novia? ¿De qué trabajará? ¡UUUEEEPPPAAA, Xime, bajando revoluciones, please! Me desconozco pensando así. Es que ningún hombre me había impactado nunca de esta forma. Su lenguaje corporal emanaba sensualidad y seguridad. Sus ojos, de un azul entre oscuro y de hielo, me miraban de una forma extraña. Como queriendo penetrar no solo mi interior, sino conocer de un plumazo mi historia. ¿Vieron cuando les gusta alguien apenas verlo? Bueno, así. Sin embargo, no fue solo su belleza externa la que me nockeó, sino su aspecto de… ¿Cómo decirlo? De sobreviviente. ¡Sí, eso! Un hombre que tuvo que librar muchas batallas para llegar donde está hoy.

¡Basta, Ximena! Dejá los cuentitos de hadas para otro momento. Ese hombre, como TODOS, solo quiere una sola cosa de una chica como vos, me dice mi voz interior, y no es precisamente ofrecerte una caminata a la luz de la luna. Ojo, tampoco es que estuviera buscando un paseo con discursitos cursis ni nada por el estilo, le respondo a mi conciencia. Solo que realmente me encantaría conocer las peleas que tuvo que sortear y… Okey: creo que cada día estoy más loca y ya hasta me hablo y me respondo sola.

Hoy es un gran día para mí y mis sueños, ¿y me pongo a pensar en un tatuado? Mejor presto atención al recorrido, no sea que me pase y llegue más tarde de lo que ya estoy.

****

Alfonso, cuando se bajó una parada antes para caminar un poco previamente a su clase, no podía dejar de pensar en esa chiquilla de la parada. Era la primera vez que la veía. Debía ser una turista, porque rosarina no era. Ese cabello dorado y su boca voluptuosa no paraban de meterse en su mente. Tenía el aspecto de una nena frágil. Pero acostumbrado a leer a las personas, él se daba cuenta que era una luchadora de la vida. Como él. Y eso lo descolocó.

"¡Mirá que sentarse en un asiento roto para que nadie se sentara con ella!", pensó Alfonso. Bueno, mejor me tranquilizo, porque estoy a punto de recibir a muchas nenas vanidosas como esa, y no quiero trasladar mi bronca. Era marzo y el inicio de las clases anuales traía todo tipo de alumnado al C.E.C..

Entro a mi clase dispuesto a olvidarme de todo y conocer a mis nuevos alumnos, pero alguien que está corriendo en forma aparatosa me choca. Realmente, el golpe no me hizo nada, pero veo que la otra persona aterriza en el suelo.

—¿Está bien? —Le pregunto suavemente a la chica, tendiéndole mi mano para que se levante.

Cuando la veo alzar la cabeza y observo que se trata de la joven de la parada, me enojo instantáneamente. Evidentemente, es una de mis nuevas alumnas, a la cual le advirtieron sobre mi fama de cabrón cada vez que alguien llega tarde. Seguramente, por eso estaba corriendo y me chocó sin medir más nada.

—¡Usted! ¿Qué hace acá? ¿Piensa tomar clases conmigo? No recuerdo haberla entrevistado para que tuviera un lugar en mi clase. No importa. Para el futuro, salga media hora más temprano de su casa para no tener que correr y andar embistiendo a personas trabajadoras y puntuales como yo.

—No soy una alumna. Soy la nueva profesora de Jazz y vengo al salón que me designaron para dar mi clase.

—¿Profesora? ¿Su salón? —Y comienzo a reírme a carcajadas.

—No entiendo la gracia. Y tampoco lo conozco. ¿Usted es profesor o solo se dedica a molestar a los nuevos? Y tanto que habla de la puntualidad, le recuerdo que lo vi en la misma parada que yo, a la misma hora. ¿O lo olvidó? —Me pregunta desafiante.

—¡Déjese de estupideces! Y como no le creo que sea una profesora, y no pienso ceder MI SALÓN a cualquiera —le dije muy cerca de su cara, remarcando mis palabras—, necesitaría ver su currículum y su certificado de aprobación e ingreso como profesora del Centro.

—No pienso demostrar nada. Si no me cree, vaya usted mismo a hablar con el Director. Yo tengo una clase que dar y ya estoy bastante atrasada —me respondió, entrando al salón y dejándome con la palabra en la boca.

La observo adueñarse del lugar con su casi metro setenta y cinco y su cuerpo espigado. Los alumnos la miran babeando. Lógico: pasar de tenerme a mí a tenerla a... ¡Ni siquiera me dijo su nombre!

—Buenos días. Soy la nueva profesora de Jazz-Contemporáneo, Ximena Newman. Hoy será una clase especial porque ha habido una confusión de horarios y me asignaron el espacio del profesor Pinedo.

—¿Cómo carajos sabe mi nombre? —Solo en esta ocasión, compartiremos salón los alumnos de Jazz-Contemporáneo con los de Tango. Si alguno quiere quejarse o pasarse con otro profesor, éste es el momento. Una vez iniciada la clase quiero absoluto silencio, concentración y entrega. ¿Está claro? —Pregunta mirando a uno por uno hasta detener sus celestes ojos en mí. —Perfecto, comencemos.

No pienso dejar que una chiquilla tome el control de la situación. Decido proponer algo con tal de no quedarme callado.

—Buenos días. Si la profesora Newman no se opone, solo por hoy, les propongo una clase conjunta para que puedan decidir qué rama les gusta más. No sea cosa que hayan venido buscando algo que alguien sin experiencia jamás podría darles —digo para todos, pero solo mirándola a Ximena.

—Me parece bien. Seguramente terminarán decidiéndose por técnicas nuevas y no tan antiguas como las que vienen dando ciertos profesores. Después de todo, escuché que el C.E.C. busca constantemente la experimentación para lograr un crecimiento futuro.

Escucho un murmullo teñido con risas suaves. Es que todos conocen mi fama de mal llevado y deben estar sorprendidos por los continuos retruques de esta desconocida. Me acerco a Ximena, decidido a salvar este bochorno, no solo por nosotros, sino también por el prestigio del C.E.C..

—Profesora, ¿le parece improvisar una coreo fusionando técnicas de jazz y tango? —Le pregunto muy cerca de su oído. Su aroma a colonia para bebés me sorprende.

La siento estremecerse y ladear su cabeza, quedando su boca y sus ojos muy cerca de los míos. Solo asiente y se separa rápidamente. ¿Y ahora qué bicho le picó?

—Alumnos, improvisaremos con el profesor una serie de pasos fusionando ambas técnicas. Lo haremos sin música, porque no tenemos un *mash-up*[2]armado para bailar jazz y tango. Quizás en próximas clases podamos traerles alguno. Les pedimos atención, encarecidamente, porque luego haremos grupos para que los repitan y puedan ser evaluados.

Luego de decir esto, Ximena se acerca a mí, me toma de mi mano y con solo mirarnos entendemos lo que estamos por hacer. Comienzo indicando ciertos pasos de tango, pero me sorprende que ella me marque movimientos del tipo *Tango Queer*[3]. Sin estar dispuesto a que también dirija en mi área, le demuestro cómo me gusta a mí y cómo lo explico. Es decir, en la pareja varón-mujer bailando el tango tradicional, los roles de género están sexualmente definidos. A mí me enseñaron que el hombre es el protector que conduce a la mujer que baila con los ojos cerrados, 'como dormida'. Se habla de un rol masculino y de un rol femenino: el varón 'baila al piso', camina hacia adelante y practica los movimientos abruptos como 'sacadas', 'paradas', 'arrastres' y da a la mujer todo el apoyo para que ella no pierda su eje. La mujer, por el contrario, baila las figuras más suaves, dibuja 'ochitos' en la pista. Y eso quiero yo en estos momentos: dominar a esta mujer, que de frágil no tiene nada.

Cuando pienso que la tengo donde quiero, ella se suelta y hace un salto para caer en roll por el piso. Los alumnos están fascinados. Y yo también. Nos seguimos moviendo, intentando cada uno domar al otro, pero ambos estamos subyugados por los movimientos del compañero y comenzamos a sonreírnos y seducirnos. Nos olvidamos del universo por unos segundos, hasta que una voz conocida por mí nos devuelve al mundo real.

---

[2]Terminología musical. Los mash-ups consisten en mezclar tres o más temas.
[3]El Tango Queer invita a invertir los repertorios de género: las mujeres aprenden la técnica de conducir y los hombres mejoran su sensibilidad bailando la parte convencionalmente 'femenina'.

—¡Bravo, querido! Por algo sos y seguirás siendo el mejor profesor. Tu alumna aprendió rápido. —Saluda Miranda, mi novia.

—Hola Miranda. Profesora Newman le presento a Miranda Robledo, integrante estable del Equipo de Capacitación del C.E.C. —digo mirando a mi pareja y soltando inmediatamente a Ximena. Conozco los ataques de celos, siempre infundados, de mi mujer.

—Un gusto, Profesora Robledo. Escuché hablar mucho de usted. Espero estar a la altura del Centro. ¿Le gustó la coreografía? —Le pregunta inocentemente Newman.

—¿La verdad? No. No todas las fusiones quedan bien. Y este caso es una de ellas. Si me disculpan, vine a hablar un tema privado con mi marido. Alfonso, acompañáme un segundo. Alumnos, los dejo con la profesora… ¿Newman? Hasta otro momento —se retira caminando altanera Miranda, sin mirar a nadie.

¿Por qué tuvo que utilizar la palabra *"marido"*? Nada más alejado de la realidad. De hecho, estamos en crisis. ¿Y por qué me importa eso ahora cuando que nunca antes me había molestado? La sigo, como siempre, pero temiendo lo peor.

—Alfonso, Alfonso… Se te nota demasiado, querido… —Me dice con rabia en sus ojos.

—No te entiendo, Miranda. ¿Me sacás de una clase urgentemente para decirme una tontería? ¿Qué necesitás? ¿No fui claro anoche? Te pedí tiempo. Siento que nos vamos a terminar odiando por tus celos e inseguridades infundados. Preferiría distancia para no seguir ensuciando todo lo hermoso que tuvimos.

—Cuando anoche me pediste tiempo después de habernos revolcado a tu gusto no sabía que hubiera alguien más. ¿Desde cuándo están juntos? ¿Es porque es más joven que yo?

Levanto los ojos hacia el cielo y suspiro ruidosamente. Esto no nos conduce a nada y prefiero ser sincero de una vez.

—Miranda, a la profesora no la conozco ni hace una hora. Jamás la había visto hasta hace un rato, cuando vino a usurpar mi espacio por error del Director. Sabés perfectamente que lo nuestro está acabado hace meses. Intentamos e intentamos y ya nada lo puede revivir. Te pido que no veas fantasmas donde no los hay. Te quise, te quiero y te querré. Fuiste una de las mujeres más importantes de mi vida. Nos amamos muchísimo, pero ya está. Como dice una de tus cantantes preferidas: *"Las cosas salen mal y no voy a pensar que todo es culpa mía."*[4] No nos lastimemos más —termino mi discurso acercándome a ella para abrazarla y darle un beso en la cabeza.

Nos quedamos algunos segundos así, abrazados y acariciando nuestras espaldas con cariño, hasta que nos interrumpe Ximena. Su voz suave hace que suelte a mi ex, como si estuviera engañándola por estar dándole cariño a otra mujer que no fuera ella. ¡Qué raro me hace sentir esta chica!

—Disculpen, pero la clase terminó y venía a despedirme. Quedé con los alumnos en que nos veríamos el jueves a la misma hora, si a usted no le molesta, porque ellos pidieron que las clases sigan siendo conjuntas. Por mí, no hay problema. Pero les dije que tanto usted como el Director tendrían la última palabra. Medítelo, sería enriquecedor para ellos. Buenas tardes —se retira saludándonos con la mano a ambos.

La veo caminar despacio hacia el Boulevard Oroño, disfrutando del sol cálido de esta tarde.

—Te gusta esa chica, Alfonso —afirma mi ex. ¡Qué acto fallido! Ya le digo "ex"… —Y no me lo niegues, porque acabo de ver cómo la miras.

—Miranda, no divagues. Además, me siento incómodo escuchándote decir algo así.

---

[4] Un error - Ximena Sariñana

—Sí, te gusta. La miraste como me miraste a mí hace diez años, cuando nos conocimos —y veo rodar una lágrima en su mejilla.

—Amor… No llores, por favor… No puedo verte así…

—¡No me llames amor si ya estás pensando en otra! —Me grita y se va corriendo.

Miranda me deja pensando en lo que acaba de decirme. Ella me conoce como nadie. Es verdad que el querer conocer a Ximena me seducía. Mucho. Admiré su estilo de baile, y me gustó tocarla y rozarnos, como si solo existiera nuestro placer al bailar juntos.

Quizás no fuera mala idea la fusión en las clases. Además, en unos meses, se vendría el Concurso Nacional de Danza y el C.E.C. siempre participaba. Podría proponerle a Ximena que armáramos una coreografía juntos con algún tema que tuviera acordes tangueros y rockeros. Ya vería.

De pronto, se me ocurrían miles de proyectos y me sentía renovado como hacía tiempo no me pasaba. Tenía ganas de todo. Pero con ella. ¡Qué locura! Recién la conocía. Me intrigaba ese halo de misterio y altanería que demostraba Newman. ¡Pero qué halo ni halo! Yo estaba caliente con esa chica. Ya le sacaría la ficha. Si de algo estaba seguro era que me ganaría su respeto. Igual, no era tanto su profesionalismo lo que me había gustado de ella, sino sus piernas largas, sus ojos desafiantes, esa boca para enseñarle a usarla en algunas de mis partes… Lo dicho: estaba en llamas. Debía ir con pies de plomo hasta obtener su confianza.

Pero ¿por qué necesitaba el respeto y la admiración de Ximena? Básicamente, porque ninguna me había tratado jamás con tanto desprecio. Porque estaba acostumbrado a que las mujeres se rindieran ante mí y mis tatuajes. Pero había algo más en ella. Algo que logré percibir y eso me generaba mucha curiosidad, como nada lo venía haciendo últimamente: miedo. Definitivamente era una piba rarísima, y quizás eso me atraía.

Alfonso no entendía aún que el huracán Ximena ya había llegado a su vida para instalarse y cambiarla para siempre. Ella necesitaba de la protección de alguien como él para sobrellevar y resolver, de una vez por todas, el inmenso dolor que cargaba en sus espaldas. Y el destino los había estado acercando de a poco con sus hilos invisibles hasta enredarlos en un amor valiente, y que necesitaría del compromiso de ambos para crecer y perdurar en sus corazones eternamente.

Capítulo 4 - Necesito controlar tu vida, saber quién te besa, quién te abriga

—¡Mamá no te vayas, por favor! ¿Qué voy a hacer con él? Lleváme con vos —le pido desesperadamente, mientras me agarro de sus piernas, arrastrándome por el piso.

—No, hija... Quedáte con tu padre. Además, no quiero que me acompañes —me contesta con desprecio.

—Pero tengo miedo de lo que pueda hacerme. Cada vez que toma traspasa nuevos límites...

—Te servirá para madurar. Aprendé que *"lo que no mata, fortalece"*... Yo no lo amo y vos siempre fuiste alguien no deseado...

—¡Andáte de una vez! —Escucho que dice mi papá detrás nuestro. —Te advierto que si ella se queda, tendrá que trabajar, además de estudiar. Y cuando digo trabajar, me refiero a cualquier cosa. Ya estás en edad —se ríe maliciosamente, mientras se acerca a mí y me mira con lascivia.

—¡¡¡NO!!! —Grito y me incorporo en la cama.

—¡Xime! ¿Estás bien? —Me abraza mi primo. —Me asusté y corrí cuando escuché tus gritos. Estás conmigo, ya pasó... Solo fue un sueño...

—Pero estaba cerca de mí, Lo... Te juro que hasta sentí su aliento a alcohol y sus sucias manos tocándome —le contaba llorando.

—Pri, estás conmigo y tu papá está muerto. Empezaste una nueva vida. Dejá eso atrás por favor. Si querés, te contacto con mi psicóloga para que te ayude a sacar todo esa culpa y resentimiento que tenés adentro. Y si me necesitás ahí mientras le contás todo, también te acompaño. Pero por favor, tranquilizáte.

—Es que volví a revivir la huida cobarde de mi madre, las insinuaciones, las angustias. Mi padre siempre nos golpeó desde que tengo uso de razón, Lorenzo, y mi madre siempre lo había soportado ahogándose en alcohol. Pero ¿por qué tuvo que irse y dejarme sola con él? ¿Por qué me abandonó a su merced? ¿Qué clase de madre hace algo así? ¡No se lo voy a perdonar nunca! Ella es la culpable de que odie a todos los hombres y jamás pueda formar mi propia familia. Porque sé, con seguridad, que no podré abrirme a nadie íntimamente sin dejar de pensar en que será un acto violento, horrible, un abuso...

—¡Mi chiquita, no pienses así! Me partís el alma, Xime —me dice mi primo mientras me da pequeños besos en mi cabeza. —Nunca vas a estar sola, siempre seré tu familia. Ahora a levantarse, que en media hora llegan nuestros alumnos. Voy a malcriarte un poco y a prepararte un desayuno energético.

—¡Ay, Lo! ¿Qué sería de mí sin vos? Nunca dejaré de agradecerte todo lo que hiciste por mí sin conocerme. Sos mi ángel de la guarda.

—¿Un ángel? ¿Yo? Las madres de mis alumnas no piensan como vos, pero... —Y me guiña un ojo, sonriendo. —¡Vamos!

¡Claro que no piensan como yo! Mi primo es muy fachero[5]. Sus ojos celestes, su pelo castaño un poco largo y su figura trabajada le dieron muchas satisfacciones. Tiene veintiocho años, tres más que yo, y da clases de folclore a nenas de entre seis y doce años. Las madres, casadas, solteras y divorciadas, babean por Lorenzo, y él se aprovecha. Ya le dije que cualquier día tendrá problemas con algún marido celoso, pero no me escucha y sigue haciendo de las suyas.

Después de desayunar tuvimos una jornada intensísima, porque junto a mi primo estamos preparando la Muestra de mitad de año. Como todo lo hacemos por cuenta propia, mientras yo doy clases, él arma los elementos que usaremos en la escenografía. Y cuando a él le toca dar clases, yo recibo a los padres y organizo las cuentas. Por eso apliqué al C.E.C.: para tener una entrada más de dinero, para hacerme conocida y para enseñar a un público más grande, ya que la Escuela de Lorenzo solo es para alumnado infantil.

Mientras me ducho antes de ir al Centro, pienso que ya pasó un mes desde que lo conocí a Alfonso. Finalmente, accedió a impartir clases conjuntas conmigo. Los alumnos las disfrutan muchísimo, aunque conlleva un desafío y un crecimiento bastante grandes para mí. Siempre trabajé sola y está bueno tener que ponerse de acuerdo y soportar críticas. Pero hay algo que me pone ansiosa antes de las clases con él: su constante mirada azul sobre mí. Cada vez que me doy vuelta, ahí están sus ojos color del cielo. No logro descifrar qué me quiere decir con ellos, pero sí vislumbro una mezcla de curiosidad y deseo. Años leyendo la mirada de los hombres... Aunque, quizás, es más mi anhelo de sentirme deseada por él que lo que pasa en la realidad.

Faltan minutos para la clase con Alfonso y ya tengo ese nudo en el estómago. Para colmo, seguimos sin tutearnos ni saludarnos con un beso. Solo intercambiamos formalidades y nos despedimos desde lejos, como temiendo que cualquier tipo de acercamiento desate tempestades. Mientras camino hacia la entrada del C.E.C., escuchando música con mi

---

[5] Galán, pintón.

celular, siento que alguien me toma del brazo. Mi miedo hace que me dé vuelta y le dé un rodillazo, instintivamente, en la ingle.

—¡Ey, soy yo! ¡Aaaarrrgggggg! —Me grita Alfonso arrodillándose de dolor y tomando su masculinidad herida.

—¡Disculpáme, Alfonso! ¡No sabía que eras vos! Por favor, perdonáme...

—Si sabía que para tutearnos hacía falta una paliza, no hubiera transado —me dice enojado, incorporándose de a poco. —Prefiero los besos... A propósito, me pregunto si besando sos tan buena como bailando... —Y se coloca tan cerca, que sus ojos y su boca solo tienen un objetivo: mis labios.

No puedo moverme ni un milímetro, sus ojos azules oscuros me tienen anclada al piso. Al principio pienso que es miedo. Pero ya sé que no. Ya descubrí que todo lo que sienta con él es puro deseo que hierve en mi estómago desde que lo conocí.

—¡Ximena! ¿Qué pasó? ¿Estás bien? —Llega corriendo Rodrigo.

—Hola Ro. Sí, todo bien. Es que confundí al profesor Pinedo con un ladrón y me defendí. Mil disculpas de nuevo, profesor —lo miro entre avergonzada y divertida.

—Alfonso, veo que tu compañera es de armas llevar —lo saluda Rodrigo, riéndose a carcajadas.

—No me causa gracia, Rodrigo. ¿Cómo estás? ¿Cuándo volviste? —Se saludan con un apretón de manos, ignorándome.

—Hace una semana. Y conocí a esta belleza que tenemos de profesora —me mira y me hace ruborizar. Hay algo en él que no me termina de cerrar. Pero como no puedo vivir desconfiando de la gente, mejor me relajo y acepto el piropo. —Estoy intentando que acepte una cena conmigo, pero no hay caso. Ayudáme a convencerla.

—A mal puerto venís por leña: a mí ni siquiera me tutea. Vos conseguiste en una semana mucho más que yo en un mes —le responde a Rodrigo en un tono raro, pero mirándome a mí. ¿Está celoso? Imposible. —Cuando quiera, profesora Newman, comenzamos la clase. La espero adentro.

—Rodrigo, después hablamos. Tengo una clase que dar. Hasta luego —me despido, siguiendo por detrás a Alfonso. —¡Profesor Pinedo! ¡Alfonso! Esperáme —le grito.

Se da vuelta y aguarda, sorprendido por el tuteo. Cuando llego hasta él, me toma del brazo y me acerca a su cara. Desciende un poco su cabeza, hasta aproximarse a mi boca y susurrarme sobre ella, posesivo.

—¿Terminaste de despedirte? —Me roza la cara con su nariz y no deja de mirarme los labios. —¿Estás saliendo con Rodrigo? No es que me sorprenda, todas se mueren por él y hace lo imposible por conquistarlas con su pose de galán de cuarta. Pero pensé que serías diferente, con toda tu puesta en escena de "chica seria que no tutea ni saluda con un beso a nadie". Él no te llega a los talones, necesitás a alguien más grande que te sepa llevar. Si vas a tomar algo con alguien, será conmigo. Hoy, después de clases. No acepto un NO como respuesta —me mira con sus ojos de hielo. Asiento y me sonríe de lado, triunfante. Este hombre me desenfoca. Ahora me doy cuenta que el deseo, algo que nunca había experimentado anteriormente por ningún otro, es el que anula mi razón. Aunque quisiera, no podría decirle que no a esos ojos y a esa sonrisa. Jamás. —Ahora vamos que nos deben estar esperando.

En un mismo movimiento, me suelta el brazo y apoya su mano sobre mi cintura, guiándome hacia el salón y acariciándome suavemente, de arriba hacia abajo, sobre mi columna, llegando casi hasta mi cola. Ese simple contacto me provoca escalofríos y, por primera vez, me excito de tal manera que solo pienso en estar con él. Había llegado el indicado. Bueno, al menos, el que mi cuerpo había elegido para su despertar. Nunca me había pasado hasta que lo conocí a Alfonso. Los hombres siempre me inspiraron asco y temor, y eso se lo debo a mis padres. A esa relación enferma que tenían entre ellos, y en la que me quisieron incluir a mí. Por eso elegía seguir siendo virgen y nunca me había importado. Hasta hoy. Con este hombre me encontraba teniendo sentimientos que iban desde el deseo más primitivo hasta la humedad desconocida que me hacía imaginar cómo sería hacer el amor con él y sentirlo en mí.

Ahora estaría toda la clase pensando en el después. No pude decirle que no. Y tampoco quería. Estaba segura que si algún día me entregaba a un hombre, ese sería Alfonso. ¿Pero en qué estaba pensando? Yo estaba fallada y era una asesina, no podía arrastrar a nadie a mi infierno personal. Tendría que seguir sola mi camino. Definitivamente, no saldría con él.

****

—Rodrigo, necesito hablar con vos.

—Pasá Miranda. ¿En qué puedo ayudarte? —Levanto la cabeza de mis papeles para indicarle que tome asiento.

—Quiero saber todo de esa nueva profesora que trabaja con Alfonso. De dónde es, su experiencia, quién la contrató. Todo —me dice visiblemente enojada.

—¿Por qué? ¿Problemas en el paraíso? Si estás otra vez celosa de las compañeras de tu novio, te voy avisando que con Ximena no te vas a meter. Me gusta y no voy a permitir que la agredas o inventes cosas de ella. ¿Está claro? —Le pregunto en tono fastidioso.

Estaba harto de Miranda y sus celos enfermizos por Alfonso. Llevaban una relación desde hacía diez años y ella había empezado a traer sus problemas maritales al Centro. Mi padre, el Director, ya había tenido que darle de baja a varias profesoras excelentes por este tema. Pero Ximena no era una más. Era la mujer que a mí me interesaba, y no la iba a perder por las locuras de nadie. Aunque ese nadie fuera una de los miembros más importantes del C.E.C..

—Ya que tanto te gusta te habrás dado cuenta que ella y Alfonso se atraen. Además, él y yo no estamos más juntos, y creo que ella es la culpable.

—¡Por favor! Se conocen hace apenas un mes y ni siquiera se tutean. Hoy los vi juntos y ella hasta le pegó. Solo son compañeros. Ximena es una excelente profesora y todos la adoran, tanto alumnos como el staff del Centro. Te pido que te mantengas en tu lugar y no mezcles las cosas. No me obligues a prescindir de tu experiencia —le contesto amenazante. —Ahora, si me disculpás, tengo mucho trabajo atrasado y necesito ponerme al día. Buenas tardes.

Vuelvo mi cabeza a los papeles, pero la semilla de cizaña que Miranda plantó en mí comienza a crecer. Los celos me carcomen. Tengo ganas de sacar a Ximena de la clase para llevarla a cenar y conocernos mejor. Pero estoy seguro que ella no es así, mentirosa, como la quiere mostrar Robledo. La noto frágil y desconfiada frente a los hombres, y eso es lo que me atrae de ella. Lo que despierta en mí ese instinto de… No. Con ella no pienso repetir conductas. La voy a cortejar y, dentro de poco, la tendré comiendo de mi mano. Puedo lograrlo.

Mientras pienso en un plan para abordarla, miro el hermoso atardecer sobre el Río Paraná y mis ojos ven algo que no esperaban: Alfonso y Ximena salen de la clase muy sonrientes, dedicándose miradas cómplices y caminando muy juntos hacia uno de los bares de la Costanera.

La vena de mi cuello comienza a latirme sin parar. Me niego a pensar que Miranda tenga razón, pero no me costará nada estar atento. Ximena Newman será mía. Ya estoy harto que Alfonso, haciéndose el *caballero andante*, se meta siempre con lo que me gusta y me lo arrebate, o lo arruine. Además, esta vez sería diferente. Necesitaba que lo fuera. Estaba harto de llevar una vida "desordenada", vinculándome con gente que era como yo.

Es así: me desprecio. Pero tengo la seguridad que solo Ximena podrá salvarme de esta mierda en la que estoy metido hace tiempo. Y si ella no es mía, no lo será de nadie.

Capítulo 5 - Ya no puedo acercarme a tu boca sin deseártela de una manera loca

No puedo creer estar caminando junto a Ximena y charlar tan distendidos. Sin embargo, en sus hermosos ojos hay una sombra. ¿Será que sentirá culpa por haberle dicho que no a Rodrigo y salir conmigo? Y ahí estaba otra vez ese estado raro en mí: los celos, las ganas de que me perteneciera y que solo pensara en mí entre sus piernas.

—Gracias por aceptar tomar algo. La tarde está preciosa. —¿Qué me pasa? ¿Qué clase de frase maricona es ésta?

—De nada. Igual no tuve opción. Tus palabras no admitían negativa. ¿O sí? —Me pregunta risueña y tímida al mismo tiempo.

—¿La verdad? No. Y me encanta que nos tuteemos. Ximena, creo que empezamos con el pie izquierdo, así que ¿nos volvemos a presentar? —Me detengo frente a ella y le doy un beso en la boca. Ximena se echa para atrás, sorprendida, y se roza sus labios con la punta de los dedos. En sus ojos hay desconcierto, pero veo que le gustó. Una vez leí que el primer beso que se da y que es aceptado, implica rendición. Creo que iba por buen camino. —Hola, soy Alfonso Pinedo. Un gusto.

—Hola, soy Ximena Newman —me responde sonriente.

—Ahora sí: oficial y debidamente presentados —le guiño un ojo. —¿Te parece sentarnos en el último de los bares? Es bastante pintoresco y hacen una pizza casera espectacular.

—¿Pero no era solo tomar algo? Ya le agregaste una pizza —me dice divertida. —No perdés el tiempo.

—Es que quiero aprovechar a cenar también y retenerte todo lo posible antes que te arrepientas con alguna historia inventada o lo que fuera. —Se ríe y me excito. ¿Estoy loco? ¡Se me para con una sonrisa! Estoy en el horno con esta mina. —Quiero darte lástima, para evitar que te levantes y dejes a este pobre viejo solo —le digo con mi mejor sonrisa, con la que parezco un nene bueno.

Es que eso soy. Esa es mi esencia: un lobo disfrazado de corderito. ¿No es eso, acaso, lo que les gusta a todas?

—¿Viejo? ¿Pero cuántos años tenés, Alfonso? No calculo más de treinta. Yo tengo veinticinco.

—Ya lo sabía. Por eso lo dije. Igual gracias por intentar remarla. Tengo treinta y cinco —me mira asintiendo. —Y ya que estamos confesando cosas, te propongo conocernos mientras nos traen el pedido. Yo te cuento algo, y luego vos, y sigo yo, y así sucesivamente.

La veo ponerse pálida y levantarse de la silla para irse. ¿Qué carajo dije? Me levanto a medias y la retengo por uno de sus brazos.

—Pará, Xime, ¿qué dije? Hasta hace un segundo estábamos relajados y dispuestos a charlar sobre el otro. Sea lo que sea, te pido disculpas, pero no te vayas. Estoy esperando este momento desde que te vi en la parada del micro. Por favor, quedáte —le pido suplicante.

La veo tironear y entiendo que se quiere ir. Me acerco a ella para darle un beso demasiado salvaje. Pero es que no pude contenerme. La siento forcejear un segundo, y al siguiente comienza a acariciarme los brazos. Gime en mi boca y me susurra algo sobre mis tatuajes y que deseó tocarlos desde que nos conocimos. Eso fue demasiado. Y, claro, ¿cómo no? Mi mejor amigo me pasa factura creciendo dentro de mi pantalón.

—¿Entendés que no podés decirme estas cosas, gemir en mi boca, y después irte, no? O si preferís, nos vamos a tu casa o a mi departamento, y hacemos lo que quieras —le digo en su boca, sin dejar de besarla ni morderle los labios.

Mientras sigo confundido, excitado y sin entender mucho sobre su reacción de hace segundos, me empuja y sale corriendo. Le grito y la sigo, pero luego desisto y la dejo ir. ¡Con esta chica no pego una! Al menos sé que no le soy indiferente. ¿Así que le gustan mis tatuajes? ¿Por qué habrá huido de esa forma? ¿No habrá sido por lo de pasar la noche juntos, no? Una chica de su edad ya no necesita cortejos ni flores, son demasiado experimentadas. ¿Será la diferencia de edad? ¿O Miranda le habrá advertido que no se acercara a mí? Ya lo había hecho en otras oportunidades, aunque con las anteriores habían sido celos infundados.

Volvería al Centro y pediría su dirección. Necesitaba saber qué le pasaba para tratarme así. Si no era hoy, en breve tendría que aclararme qué carajo le pasaba para levantarse, irse y dejarme plantado.

****

¡Qué tonta fui! Él tiene novia y solo quería pasar la noche conmigo. ¿Y qué era todo ese jueguito de "conocernos"? No puedo contarle que soy una asesina. ¿Pero qué me pasó por la cabeza para bajar la guardia de esa forma? Es que me gusta demasiado y no estoy acostumbrada a lidiar con esta clase de sentimientos. Estoy nerviosa, ansiosa, inquieta. Estoy excitada. No puedo creer que por primera vez me plantee compartir la cama con un hombre. Es que esos tatuajes me provocan cosas. Cualquiera podría pensar que la imagen de chico malo de Alfonso debería asustar a alguien como yo, con mis temores, pero él me inspira protección. Y sexo. Mucho de ambas cosas. Y eso es lo raro: porque yo odio y siento asco por todo lo que tenga que ver con el simple acto de un hombre encima de una mujer. Pero con él es diferente. Siento que si le cuento que nunca estuve con nadie, sin aclarar nada más, mi tatuado será condescendiente con mi condición. Y yo necesito romper con la barrera que tengo en mi mente y las imágenes que relacionan "sexo=abuso". Tengo que intentar ser normal en algún aspecto de mi vida.

¡Claro que quería pasar la noche con él! Pero ¿y después? Vendrían las preguntas típicas: de dónde sos, cómo se llaman tus padres, tenés hermanos, hace cuánto vivís en Rosario, por qué te mudaste, qué se siente matar a tu viejo… ¡No puedo! No quiero perder todo lo que conseguí en este tiempo.

—Xime, ¿sos vos? —Lo escucho gritar desde arriba a Lorenzo.

Vivimos en una casa de dos pisos, propiedad de su madre. Cuando falleció, puso la Escuela de Danzas en la parte de abajo y construyó una cocina arriba para estar más cómodos.

—Sí, Lo, soy yo. ¿Cocinaste o pedimos comida? —Le digo en el tono más tranquilo que puedo, mientras subo la escalera. Pero la caminata y los nervios pasados con Alfonso me mantienen agitada.

—Hola hermosa. ¿Qué te pasa? Te noto alterada —me mira preocupado. —¿Todo bien en el Centro?

Decido contarle la verdad. Él sabe todo de mí, es el hermano que nunca tuve y en el único que puedo confiar.

—Me gusta alguien… —Le confieso esperando su reacción. Solo me mira a los ojos esperando que siga. Suspiro y tomo aire. —Es Alfonso Pinedo, el profesor que trabaja conmigo. Me invitó a tomar algo después de clases. Le dije que sí. Me besó. Me excité. En realidad, nos excitamos los dos. Y cuando me dijo de charlar para conocernos e ir a su departamento, me levanté y huí corriendo. Fin de la historia.

Sigue mirándome serio hasta que comienza a reírse y me abraza.

—¡Xime, es genial! Al fin comenzaste a abrirte. Y celebro que te guste alguien y te hayas calentado con un tipo. Son sinónimos de salud. ¿Te das cuenta?

—¿De qué tengo que darme cuenta? ¿Qué me gusta alguien por primera vez y cuando se entere que soy una asesina me va a dejar con el corazón roto? ¿Eso tengo que celebrar?

—No seas tan negativa. Celebro que tu mente permitiera a tu cuerpo calentarse con un beso y, por primera vez, te hubieras planteado dejar de castigarte por algo que jamás provocaste. Nunca fuiste la culpable del abandono ni de la borrachera de mi tía, ni de las inclinaciones perversas del golpeador de tu viejo. El día que lo internalices, vas a perdonarte y a gozar. Y mucho. Por ahora, me conformo con que te mojaras. Porque así fue, ¿no? —Me pregunta pícaramente.

—Tarado...

—Hermosa...

—Ridículo...

—También te quiero —y me guiña un ojo. —Vamos a comer, que hice carne con ensalada. De lo contrario, ese churrasco se convertirá en suela. ¿Después de cenar te parece si buscamos el significado de su nombre y vemos si congeniarían o no como te gusta hacer con cada chica que salgo? ¡Al fin llegó el momento de mi venganza! —Se ríe a carcajadas.

Una vez más, Lorenzo me enseñaba a ver el lado positivo de las cosas. Tenía razón: yo no tenía la culpa de ninguna de las desgracias que me habían sucedido. Y, si bien no olvidaba que había asesinado a mi padre, lo había hecho en defensa propia.

Quizás me permitiera darle una oportunidad a Alfonso. Él me encantaba. El problema sería mantener mi vida en secreto hasta que esto acabara. No me cuestionaría más cosas y comenzaría a disfrutar de hacerme mujer con alguien que realmente me volara la cabeza. Eso sí: tendrá que estar conmigo bajo mis condiciones. Y creo que las va a aceptar porque vi cómo me miraba. Tenía claro que estar con él no implicaría contarle mi pasado, pero sí me permitiría experimentar y gozar, aunque sea por una vez en la vida. Luego de él, sé que no estaría con nadie más, pero al menos me sacaría las ganas.

Sí, definitivamente, deseaba estar con Alfonso.

Capítulo 6 - La yuta transa, los chorros transan, los pendejos transan[6]

Hacía días que Rodrigo venía insistiéndome en que debía ir a la Fiesta de Presentación de Nuevos Talentos del C.E.C.. Se trataba de una celebración por la llegada de los nuevos profesores y alumnos. No estaba convencida de asistir, pero Lorenzo se encargó de llenarme la cabeza para que lo hiciera.

Tuve que ir de urgencia a comprarme un vestido, porque no tenía ropa femenina para salir de noche. Siempre me había ocupado y preocupado en verme lo menos mujer posible para desalentar propuestas o malos entendidos. Esa era mi vida desde que tenía uso de razón: agachar la cabeza, no mirar a los hombres a los ojos, y vestirme masculinamente. Como si yo tuviera la culpa de haber nacido mujer. Elegí uno con un solo hombro, color coral y tela plisada, estilo A. Era ancho y lo menos ajustado posible, a propósito, a pesar de ser corto. Esa parte me preocupaba, porque además, los tacos destacaban mis largas piernas. Pero no sé por qué, no me importaba. El pelo pensaba llevarlo suelto y no me maquillaría. Estaba sencilla, y, por primera vez, compré ropa pensando en gustar. Pero no a cualquiera. Quería gustarle a él, a mi hombre de los ojos de hielo, a mi tatuado.

La reunión era ese sábado, en el Centro, a las diez de la noche. Como estaban invitados algunos políticos municipales, se exigía tarjeta. La extendí frente al Seguridad de la puerta y me dejó pasar. El interior del Salón principal del C.E.C. estaba decorado como para recibir a la

---

[6]"La yuta transa, los chorros transan, los pendejos transan": "La policía arregla, los ladrones arreglan, los chicos arreglan." Se refiere a la corrupción, a la delincuencia, a la droga.

Presidenta de la Nación. El foco se encontraba en el espacio central, y lo habían despejado para bailar o compartir charlas entre compañeros y alumnos. Una especie de escenario, no muy alto, estaba en el final de la estancia. Arañas y luces doradas iluminaban el ambiente, y los sillones y mesas bajas eran una combinación en blanco y negro. Estaba admirada del trabajo que Rodrigo había hecho en tan poco tiempo y sonreí para mí.

—Imagino que tu sonrisa es porque estás feliz de compartir una noche conmigo —me susurra Alfonso, detrás mío. Su sola voz me trastornaba. Me acaricia la espalda, me huele el pelo y me da un beso en la cabeza. Yo solo alcanzo a suspirar por tanto desborde de emociones. Giro y quedamos enfrentados, casi pegados. —Hola, qué suerte que viniste...

—Hola. ¿Cómo no iba a venir? Rodrigo me dijo que era casi obligatorio.

—Ah... Rodrigo te dijo y por eso viniste... —Me contesta celoso. —¿Se puede saber por qué él se ganó tu aprecio y yo no?

Y cuando iba a contestarle que él me inspiraba mucho más que aprecio, que estaba haciendo polvo todas mis convicciones y mis miedos, aparecieron Gerónimo y Rodrigo para saludarnos. Nos quedamos charlando un poco, pero luego me excusé para ir a conversar con mi grupo de alumnos. ¿Qué me sucedía? Había pasado del más absoluto recato y temor por los hombres al total descalabre emocional y hormonal. Cuando paso al lado de Alfonso, me roza los dedos provocándome una corriente fría que me recorre entera. No me doy vuelta, pero siento mi cara arder. Tengo vergüenza de mi comportamiento. ¿Qué van a pensar los demás? Inmediatamente, recuerdo que ya no estoy en mi pueblo, donde siempre era juzgada y observada por todos, y me obligo a relajarme y a disfrutar de la velada. ¡Qué difícil será cambiar el chip de persona quebrada a persona normal!

Mi primo tenía razón. La fiesta me sirvió mucho para conocer a los demás profesores y a los alumnos, de manera de abrirme socialmente.

Nunca había asistido a reuniones en mi pueblo. Primero, porque no me invitaban. Y segundo, porque mi papá siempre se encargaba de encerrarme en mi casa por las noches para intentar abusar de mí. No sé si por su cobardía, o porque mi fortaleza y determinación lo frenaban, nunca tuve que lamentar nada más que unos golpes o violencia psicológica. ¡Suficiente! Siempre caigo en el mismo espiral de negatividad. Necesito desprenderme de esta coraza maldita que me impide ser mujer. Y es cuando pienso en esto que Alfonso viene a mi mente. Toda la noche me había dedicado a evitar a mi tatuado, pero girara adonde girara, ahí estaban sus hermosos ojos azules mirándome oscuramente. ¿Qué pretendía intimidándome así? Y siempre acompañaba su mirada con esa sonrisa prometedora de cosas, traviesa, desafiante. Me ponía nerviosa y expectante a partes iguales.

—Su atención por favor… —Escucho a Rodrigo tomar un micrófono y subir al pequeño escenario. —Les agradezco su asistencia a esta maravillosa reunión. Gracias también a los funcionarios presentes, que sin ellos este Centro y sus actividades no serían posibles. Este año habrá muchas novedades y proyectos. Queremos participar de concursos internacionales y recibir alumnos de otros países. Es un proyecto ambicioso —dice dirigiéndose a un grupo de políticos y empresarios que están junto a Miranda—, pero sé que podremos lograrlo. Y por último, quiero presentarles a una nueva joya de la danza. Digo "nueva" por su juventud, pero se trata de una de las mejores bailarinas de Rosario. ¡Con ustedes, la profesora Ximena Newman!

Al escuchar mi nombre, me tiemblan las piernas y pienso que me voy a desmayar. Soy muy tímida y no me gusta la exposición. Veo que Rodrigo baja del escenario, toma mi mano, y casi me arrastra para que suba. Una vez arriba, me abraza por la cintura y me da un beso en la mejilla, cerca de la comisura de mis labios. No sé por qué, pero en ese momento solo puedo pensar en Alfonso. Giro la cabeza hacia donde lo vi por última vez y el panorama no es para nada alentador: sus ojos destilan celos, bronca, burla, y sus nudillos están blanquísimos de tanto apretar su vaso (realmente, tengo miedo que le estalle en sus manos y se corte). La gente me aplaude pero yo solo intercambio miradas con mi tatuado. No digo ni una palabra y agradezco con un leve movimiento de cabeza. Vuelvo a mirar hacia el lugar de mi hombre de los ojos azules y no lo veo más. Rodrigo baja conmigo de la tarima, sin soltarme la mano, y me conduce por todos lados presentándome como un mono de feria. Me sacudo de su mano enérgicamente, ante la sorpresa de mi jefe, y voy a la barra para pedir un vaso de tónica con limón y hielo. La mirada lasciva de algunos empresarios me provoca ganas de vomitar y solo quiero desaparecer.

A pesar de no verlo, y antes de escucharlo, mi cuerpo lo recibe: mi olfato lo huele, mi columna se tensa, mi estómago se contrae, mi centro palpita. Son sensaciones nuevas para mí, hermosas, que me demuestran que estaba muerta en vida antes de encontrarlo. Me apoya su mano en la parte baja de mi espalda y me deja una marca de fuego allí por donde pasaron sus dedos. Me doy vuelta y me atrapa entre la barra y su cuerpo. Increíblemente, esta especie de acoso no me asusta.

—¿Así que la mejor bailarina de Rosario? ¿No será mucho? ¿O es que nuestro jefe tuvo oportunidad de ver algo que yo no? —Me pregunta Alfonso irónicamente.

—No sé a qué te referís, pero creo que Rodrigo hizo alusión a mi currículum.

—¡Ya lo creo! —Me responde con sorna y me mira de arriba abajo.

Siento cómo los dedos de su mano derecha se entrelazan con los míos. Me los acaricia y me provoca escalofríos, pero de los lindos. No sabía que eso era posible, pero aquí estoy: con la piel de gallina por la excitación y una humedad placentera. Sonríe y me gana al segundo. No puedo resistirme a esos sensuales labios que forman una sola línea hacia uno de los lados de su mejilla, ni a sus ojos tan azules. Como autómata (realmente, les juro que me desconozco) le correspondo con el gesto, y de pronto nos encontramos bailando solos en el medio del salón. De fondo sonaba *Thinking Out Loud* de *Ed Sheeran*.

—No está bailando nadie —le digo.

—Es que somos profesores y creen que no estarán a la altura. —Me sonríe y yo amago a lo mismo, pero temo que piense que sea un avance. —¿Por qué siempre estás con esa carita de susto? No soy el lobo feroz... O sí... —Vuelve a regalarme su sonrisa.

Mientras me tiene sostenida y me lleva por el salón, me pregunto cómo llegué hasta acá: a estar en los brazos de un hombre y sentirme como en casa. Porque es muy duro pensar que cada caricia puede ser un potencial golpe. Que cada palabra cariñosa encierra una promesa mentirosa de amor filial. ¿Cómo confiar en alguien si los que te dieron la vida te enseñaron que siempre se puede ser un poco más infeliz y que todos mienten sin importarles nada? Pero había algo en Alfonso que aún no descubría. Como si tuviera la certeza que estar cerca suyo me ayudaría a cumplir con alguna misión. Sus ojos me miraban con curiosidad como queriendo leer mi mente.

¡Eso era! Ahí estaba el misterio. Sentía que Alfonso quería llegar a mi interior, y eso me descolocaba. Nunca antes nadie se había preocupado por mí, mis necesidades o mis sentimientos. Siempre fui un envase bonito al cual hostigar. Y tenía ganas de creer en él. En sus ojos de hielo; en su mirada cargada de curiosidad y deseo, como si yo fuera el rompecabezas más difícil de desentrañar; en su boca, que siempre que nos encontrábamos intentaba esconderme una sonrisa. Por primera vez, quería sentirme mujer en los brazos de un hombre que me miraba con ternura. Pero no en los brazos de cualquiera, sino en los de mi tatuado. Después de todo, por algo había comenzado a vestirme diferente, a cambiar mis rutinas, a romper la crisálida. A querer cruzar el puente, como me decía Andrea, la psicóloga que me había recomendado Lorenzo.

Sin darme cuenta, apoyo mi cabeza en el pecho de Alfonso y escucho cómo suspira. Siento una leve aceleración en su corazón y sus dedos subiendo y bajando por mi espalda. Alzo mi mirada y le sonrío. Mi tatuado me devuelve el gesto, pero sin separar sus labios. Como si estuviera descolocado en tiempo y lugar, pero al mismo tiempo, seguro de querer estar donde está: bailando conmigo.

—¿En qué pensabas? —Me pregunta.

—En vos —le digo antes de analizar lo que salía de mi boca.

—Ah, ¿sí? Bueno, ya somos dos —me dice mirando fijamente mis labios. Lo observo sin entender y se ve que mi gesto le advierte mi desconcierto. —Digo que somos dos, porque yo también pienso en mí y en qué va a ser de mi vida si llegas a irte alguna vez. Me tenés tan confundido que ya no pienso en otra cosa. No sé qué me hiciste, pero siento que para desentrañar este lío en el que me metiste tengo que respirar tu aliento, oler tu pelo, acariciar tus piernas... ¡Tus piernas me están volviendo pelotudo! —Me río. Es que me sorprendió lo poético que se había puesto y de pronto soltó una palabrota. Sus contrastes me sorprenden. Y él se ríe y me muestra sus dientes perfectos. —¡En serio, Xime, no te rías! O sí, porque amo escucharte hacerlo. No sé cómo explicarte que me generás curiosidad y ganas de protegerte. Nunca me había pasado. Voy a confesarte algo —se acerca a mi oído y me susurra—: toda mi vida viví solo y solamente me importaba yo. Pero desde que llegaste no puedo, ni quiero, separarme de vos.

Me asusta que me diga eso. Jamás quise provocar esto en Alfonso. No puedo arrastrar a nadie a mi infierno personal. Los asesinos debemos vivir solos. No puedo darme el lujo de tirar por la borda estos años en los que volví a reconstruirme. Cambio mi expresión de boba (porque seguro debo tener cara de babosa aplastada mientras lo escucho decirme todas esas cosas lindas), y mi hombre de los ojos de hielo me mira como entendiendo que algo pasó en mi interior, algo que cambió mis pensamientos. Hago que no con la cabeza, y me separo de él lentamente, para huir de sus brazos, dejándolo en el medio del salón.

Una cosa es intentar mejorar mi vida e inventarme una fachada para parecer normal y feliz. Otra muy distinta es pretender tener una relación normal con alguien como Alfonso. Él merece alguien mejor y no tan quebrado por dentro (como yo) que termine resquebrajándolo en mil pedazos. Porque estaba segura que si me metía de cabeza con mi tatuado, él me seguiría la corriente. Y no quería hundirlo en la mierda en la cual venía nadando desde hacía veinticinco años.

****

Jamás pensé en experimentar unos celos semejantes. Verla junto a Rodrigo, y observar cómo marcó territorio ese imbécil, me provocó una rabia inmensa. Me río de mí mismo y pienso que soy como *Maurice Bendrix* en *The End of the Affair*. Recuerdo una escena en la cual él se reconoce como un hombre celoso y le dice a *Sarah*, su amante, que tenía celos de la media que "besaba" su pierna, del botón de la camisa que la vestía porque pasaría todo el día con ella, y hasta de los zapatos que "la alejarían" de él. Sí, me había convertido en Maurice y, como él decía: *"Soy un hombre celoso. Yo media el amor en función de mis celos y como mis celos eran infinitos, mi amor también debería de haber sido infinito."*[7]

---

[7]The end of the affair - Graham Greene. La historia del libro The End of the Affair (titulada El fin del romance en España y El ocaso de un amor en Hispanoamérica) se llevó al cine como una coproducción británica-estadounidense estrenada en 1999. Dirigida por Neil Jordan y protagonizada por Julianne Moore, Ralph Fiennes y Stephen Rea, expone una dramática historia sobre el amor, la infidelidad y la fe, tanto como para encontrar la felicidad de uno mismo, hasta para creer en una fuerza superior.

Pero tampoco quería engañarme. Yo sentía celos infinitos por cualquiera que se le acercara a Ximena, pero amor, lo que se dice AMOR, eso sí que no. Imposible. Sería una locura. Y mientras más intentaba convencerme que lo mío solo era calentura, más pensaba en protegerla y no tanto en tenerla entre mis piernas. ¿Pero qué me pasaba con ella? Y lo peor es que todo lo que le había dicho desde que la conocía era cierto: necesito tenerla cerca para sentir que estoy en paz.

Mientras no paro de darle vueltas a esto tan raro en lo que me convirtió la profesora, voy caminando y me acerco sin querer a la oficina de Rodrigo. Escucho que está hablando con Miranda de guita, eventos, narcos. Todo eso en una misma oración no me gusta nada. Me aproximo un poco más a la puerta entreabierta y los escucho claramente. Están conversando de la plata que les piensa prestar un narcotraficante muy poderoso de Rosario. Se me revuelve el estómago y decido volver a mi casa.

No puedo olvidarme todo lo que la droga provocó en mi vida. Muchos amigos míos murieron en enfrentamientos. Mientras ellos vendían, sus novias se prostituían por una línea o por una tele. He visto morir a chicas y chicos en las "cocinas" de paco por alguna explosión "fortuita". No puedo permitir que nuestro C.E.C., o el prestigio de cada uno de sus profesores, se vean empañados por el narcotráfico y sus mierdas. Vuelvo sobre mis pasos y entro como una tromba en el despacho de Rodrigo. Miranda me mira asombrada y su piel se torna pálida, mientras que nuestro Jefe se calla, pero me mira burlonamente.

—Alfonso, ¿disfrutando de la fiesta? ¿No te enseñaron a golpear antes de entrar en un despacho privado?

Me aproximo al escritorio y me paro con mis brazos sobre él. Acerco mi cara a la de Rodrigo y le digo:

—Escucháme bien, pedazo de hijo de puta, porque no pienso repetir la pregunta y quiero que me digas la verdad: ¿Vos tenés vínculos con los narcos? La plata que estamos usando en materiales para las clases, las obras infantiles, y en nuestros extras, ¿sale de los bolsillos de esos asesinos?

Lo veo tragar saliva al muy cobarde y sus ojos se dirigen a Miranda. No quiero mirar a mi ex. Deseo dejarla afuera de todo esto, porque si me llego a enterar que ella también está metida me decepcionaría muchísimo.

—¿Y qué si así fuera? ¿Te irías del Centro? —Chasquea la lengua. —No lo creo. Así que cualquiera fuera mi respuesta, no cambiará nada, ¿no? Ahora si nos permitís, estábamos en una conversación privada —y me señala la puerta para que me vaya.

Me inclino un poco más y lo agarro de su camisa, rozándole el cuello con mis manos. La idea era que sintiera que, en cualquier momento de la conversación, podría apretar mis pulgares contra su cuello y asfixiarlo como la cucaracha que era.

—Mirá, pelotudo. Una cosa es que te banque mientras les miras el culo a las alumnas, las hostigas, o te haces el gallito del lugar. Porque no creas que no sé de tus manejos para acosarlas. Y otra muy diferente, es que te perdone la vida si me llego a enterar que estás usando guita narco para las actividades del Centro, o que te llegas a acercar a Ximena. Tanto el C.E.C. como ella son intocables para mí. ¿Entendiste? —Y como no escucho ninguna respuesta de su boca, y solo me sonríe desafiante, tomo su cuello y comienzo a asfixiarlo lentamente. Le cambia la expresión y ahora el que sonríe soy yo. —¿Escuchaste o te lo explico mejor?

Abre la boca para tomar aire y mueve la cabeza para asentir. Claro, no puede hablar. Lo suelto y me doy la vuelta para salir de la oficina.

—¡Alfonso, esperá! —Me pide Miranda y estira su brazo para tomarme mi mano.

Ladeo mi cara un poco, la miro con desprecio y me suelto con fuerza de su agarre. No puedo creer que la persona que creí amar y conocer se relacione con este tipo de lacras. Ella agacha su cabeza, mientras el turro de Rodrigo no para de toser para recuperar el aire que le quité hace un rato.

Me voy con el sabor amargo de que algo putrefacto se está cocinando en mi querido lugar de trabajo. En el sitio que me regaló un nombre y un prestigio. Parecía que estaba viviendo la letra de la canción *Transan*[8] de *Intoxicados* y se me revolvían las tripas.

Pero si de algo estaba seguro era que no pensaba permitir que los narcos me siguieran quitando cosas en mi vida. Y mucho menos ahora.

---

[8]Canción sobre la droga, la delincuencia y la corrupción de la sociedad.

Capítulo 7 - Voy a dejar que marques el ritmo porque yo no pienso con claridad

Recuerdo que antes de conocer a la persona que me ayudó a cambiar mi forma de ver mi pasado, estaba reticente a buscar apoyo psicológico. Realmente no creía que un ser humano como yo pudiera ayudarme a salvar mi vida. Tenía tanta vergüenza de ir con un psicólogo, de verme cara a cara con alguien y contarle sobre mi problema, que Lorenzo tuvo que convencerme para que fuera. Él se encargó de conseguirme una cita con una de las profesionales rosarinas más mentadas en temas de abuso. Su nombre es Andrea Romero.

La primera sesión no hablé nada. Acordamos vernos dos veces por semana, para ir tomando confianza y que yo pudiera irme abriendo de a poco. Y funcionó. Lloré mucho al principio, y me dijo que para eso estaban las sesiones, que solo me preocupara en conocerme a mí misma.

—Ximena, no sé aún por qué te ves a vos misma como alguien débil. Yo veo otra cosa. ¿Querés que te lo diga o preferís seguir creyendo tu versión y quedarte cómoda en ese lugar? —Me dolió que me dijera eso. No estaba cómoda ni me estaba victimizando. ¿O sí? Bajé la mirada, suspiré ruidosamente y luego le hice una seña para que continuara. —Bien. Para mí, sos una *resiliente*. —La miro confundida. —Te voy a explicar. Un resiliente es aquel que puede sobreponerse a la adversidad. Entre las características de un resiliente, se puede destacar que no teme a los cambios; lo nuevo, en lugar de angustiarlo o asustarlo, lo seduce; es alegre y tiene la fortaleza y la confianza en sí mismo para que una situación adversa no pueda vencerlo. La esencia de la resiliencia remite, entonces, a la capacidad de sobreponerse a las situaciones adversas que la vida pone, a cada momento, en el camino de todos y cada uno de nosotros.

—Estás equivocada, Andrea. Yo sí temo a todo...

—No es así. Pasemos a ejemplificar con tu vida: cuando sucedió lo de tu padre, lo primero que pensaste fue en venir a una ciudad totalmente nueva. Y no a cualquier ciudad, si no, a una de las más grandes e importantes de Santa Fe. Te planteaste el desafío de recomenzar tu vida en un lugar nuevo, con gente nueva, llevando a cabo tu sueño de bailar, comenzando a mostrarte femenina a la hora de vestirte y dejando de lado tu ropa masculina. Todo eso que venimos hablando en nuestros encuentros te muestra como alguien fuerte, con autoconfianza, con determinación. Por supuesto que los cambios nos asustan a todos. Así sean cambios para bien. Pero hay personas que no pueden llevarlos a cabo, y vos sí pudiste... —Me sonríe con ternura y cierra su carpeta. —Bueno, por hoy terminamos...

No podía levantarme del sillón. Me había dejado pensando. Yo no era así. Nos saludamos y voy caminando hacia mi casa por Oroño. Necesitaba internalizar todo lo que Andrea me había mostrado con ejemplos. Mi vida era un cúmulo de pruebas constantes, de desafíos, y los había logrado sortear a casi todos.

Digo "casi" porque Alfonso era la nueva prueba. ¿Qué diría Andrea cuando le contara de él? De cómo me puse en la fiesta con apenas un roce suyo. ¿Pero qué le iba a decir? ¿Que había un hombre que por primera vez no me inspiraba miedo? ¿Que me había excitado y que me gustó? ¿Que su mirada me hacía sentir mujer y deseada? Creo que no me entendería y prefería no exponerme. Ya bastante me había abierto.

Sigo caminando y veo a una pareja sentada en uno de los bancos del Boulevard. ¡Lo que daría por estar así con mi tatuado! Pero sé que jamás sucederá. Y con esa imagen comprendí que sí debía contarle a mi psicóloga sobre Alfonso, para que me ayudara a dejar atrás lo que me estaba impidiendo ser una mujer completa.

En la próxima sesión se lo diría. No solo le contaría de él, sino que le pediría que me diera las herramientas necesarias para poder acercarme sin tantos resquemores. Mi hombre de los ojos azules sería mío. Necesitaba que lo fuera, porque sabía con certeza que si no lo lograba con él, no lo haría con nadie.

****

Tener la llave del despacho del Director y acceso total a todos los archivos tiene sus ventajas. No fue difícil entrar, averiguar la dirección de Ximena y salir muy campante. Aquel día en que tuvo esa reacción inexplicable y me dejó en el bar, me fui a mi departamento. Pero como no podía dormir, decidí ir al Centro para obtener su domicilio y así exigirle cara a cara una explicación. Anoté todo en un papelito que encontré sobre el escritorio de Rodrigo y nunca más lo toqué. Hasta hoy.

Después de lo sucedido en la fiesta, el sábado pasado, merecía muchas explicaciones. Pero… ¿Qué es esto? ¿Vive en una Academia de Danzas? Debe haber dado una dirección falsa. Caminando y mirando los números de esa cuadra, me choco con una señora que está por entrar a la casa contigua y no pienso perder la oportunidad. ¿Cómo es que dicen? Si querés saber algo, preguntále siempre a la chusma del barrio.

—Buenas noches, señora. Disculpe las molestias. Quisiera saber si conoce a la señorita Ximena Newman. Es una chica de veinticinco años, alta, rubia, muy hermosa…

—Sí, sí, querido. Ya entendí. La chica te gusta. ¡Pero que descripción hiciste! ¿Y para qué la andas buscando? —Me pregunta de mala manera la viejita. De dulce, nada. Encima, la veo mirarme los tatuajes con asco.

—Soy su compañero de trabajo en el C.E.C.. Se olvidó su celular y venía a traérselo. Pero veo que me dieron mal la dirección, porque ésta es una Escuela de Danzas.

—Es que ella vive arriba de la escuela, junto a Lorenzo —me explica la señora. ¿Quién carajos es Lorenzo? —Toque timbre y vea si tiene suerte y lo atienden. Aunque estas no son horas de andar molestando, mi hijito...

—Muchas gracias, señora. Ha sido usted muy amable.

—No me lo agradezca, jovencito. Lo hice porque tiene usted una cara de desesperado que me parte el alma —y se va sin saludar.

¡Vieja amargada! Al menos me dio la información que necesitaba. Toco el timbre varias veces, pero nadie contesta el portero automático y siguen las luces apagadas. Cuando estoy por irme, se encienden las del zaguán y se ilumina la puerta vidriada, dejando adivinar la silueta del cuerpo de Ximena.

—¿Quién es? —La oigo preguntar con voz de dormida.

—Ximena, soy Alfonso. Abríme. ¿Estabas durmiendo?

—¿Alfonso? ¡¿Qué haces acá?! ¿Quién te dio mi dirección?

—Nadie. Necesito hablar con vos y que me aclares, de una buena vez, qué te pasa conmigo.

—¡Andáte o llamo a la policía!

—Llamála, pero no me voy de acá hasta que me abras y me des una explicación cara a cara. Y si no lo hacés, te juro que soy capaz de armar un flor de quilombo para que tu barrio disfrute un ratito.

Escucho el sonido de la llave girar para abrir la puerta y veo la visión más dulce de mi vida, que borra de un plumazo todo el enojo que tenía por esa chica. Ximena está toda despeinada, con una musculosa blanca cortita y un short de ositos, tipo bóxer. Me pareció tan sensual verla recién levantada de la cama y con cara de dormida, que no pude hacer otra cosa que entrar y comenzar a besarla contra la pared. ¡Esta chica va a pensar que soy un acosador sexual! Coloqué una de mis piernas en el medio de las suyas y la frotaba para excitarla, mientras la tomaba de la cabeza y la besaba con urgencia. Mi lengua iba y venía por el interior de su boca. Al principio la noté sorprendida, pero a los pocos segundos me siguió en este camino sensual que habíamos iniciado desde que nos vimos, y que sería muy difícil de parar en el futuro. Me tomó el culo con sus manos, apretándomelo y acariciándomelo como si se le fuera la vida en eso. Luego subió hasta mis brazos y no dejaba de repetir que le encantaban mis tatuajes y que quería descubrir todos los que tuviera. Mi erección me dolía por estar atrapada en mi pantalón. Dejé de besarla en su boca para continuar bajando desde su cuello hasta sus pechos. Le mordisqueé un pezón por sobre la remera y ella echó su cabeza hacia atrás para gemir ruidosamente. Verla tan entregada me excitaba de tal forma, que mi único objetivo era estar dentro de ella cuanto antes. Metí mi mano dentro de su bóxer de ositos para introducir dos dedos en su humedad. ¡Estaba tan mojada! Ahogué su grito con mis besos y comencé a entrar y salir rápidamente de su sexo para darle alivio. Sus temblores internos me indicaban que estaba por llegar y así lo hizo. Ver su cara de felicidad y su hermosa sonrisa de agradecimiento hizo que me desbocara y quisiera desabrocharme los botones de mi jean. Necesitaba poseerla. Saco mis dedos de su centro de placer y los chupo delante de ellas. Me agacho para bajarle su piyama y, en el movimiento, arrastro su diminuta tanga. Teniéndola desnuda de la cintura para abajo, comienzo a desprenderme el pantalón mientras la miro con un deseo que nubla mi razón. De pronto, escucho la voz de un hombre desde arriba de las escaleras.

—Xime... ¿Qué pasa? Me pareció escucharte hablar... ¿Estás bien?

Los celos encienden mi rabia y me prendo los pantalones rápidamente. Ximena se coloca rápidamente la parte de abajo de su piyama y me hace señas para que permanezca callado colocándome un dedo sobre mi boca. Para ponerla nerviosa, comienzo a mordérselo.

—Sí, Lorenzo. Ya subo. La señora de al lado me vino a traer una cosa —le responde en voz alta. Verla mentir tan livianamente me enoja hasta darle un mordisco mucho más fuerte en su dedo.

—Bueno, pero no tardes.

—No, esperáme que en un segundo estoy. —Al escucharla, mi rabia crece a niveles infinitos.

—¿Pero qué clase de mentirosa profesional sos que podés mentirle a tu novio en su propia casa mientras yo te hago acabar?

—Esperá, te equivocás…

—¡¿Yo me equivoco?! Vos sos una hipócrita mintiéndole a tu pareja y haciéndote pasar por santita y ¿yo me equivoco? Ahora entiendo por qué no podías pasar la noche conmigo: ¡Estás con alguien! ¿Rodrigo sabe que estás comprometida o a él también le mentiste? Igual, ahora que lo pienso, si a vos no te molesta, no veo por qué tendría que importarme a mí. Llamálo al tal Lorenzo y hacemos un trío… —Y siento su palma sobre mi mejilla. —¿Acabás de darme un cachetazo?

—Te lo merecías… No me conocés y me estás juzgando… —Me contesta llorando en silencio. Sus lágrimas no dejan de caer por su cara. —Andáte y no vuelvas. Nos vemos el jueves.

Me empuja hacia afuera y me cierra la puerta en mi cara. Creo que esta vez la cagué. Siempre me pierde mi boca. Necesito disculparme ahora mismo, pero tampoco quiero traerle problemas con su novio. Por suerte, cuando obtuve su dirección también me agendé su teléfono celular. Decido mandarle un mensaje de disculpas.

"Ximena, te pido disculpas. No puedo aguantar tres días más para vernos. Necesito hablar con vos y explicarte que si me comporté así fue

por celos. Me gustás demasiado. No me importa si estás casada y tenés hijos. Agendá mi número y llamáme, por favor. Te deseo. A."

Espero que tenga apagado su celular y no le haya sonado en el medio de la noche. Camino las veinte cuadras que separan mi casa de la de ella esperando que me perdone. Tiene que hacerlo, y si no, le pediré perdón de mil maneras diferentes hasta ganarle por cansancio.

****

No pensaba responderle el mensaje. Que se comiera la cabeza. ¡Psicópata! No solo averiguó mi dirección sino que también consiguió mi teléfono. De todas maneras, lo agendé para estar prevenida en el futuro si me llamaba o no.

Después de las sensaciones tan hermosas que había disfrutado iba a ser imposible dormir. A Lorenzo no le dije nada. Mañana le contaría todo en el desayuno, pero ahora era inútil hacerlo, estaba profundamente dormido.

La cara de felicidad de Alfonso viendo mi orgasmo me haría soñar despierta hasta volver a verlo. Su expresión orgullosa, su sonrisa de lado, sus cejas levemente arqueadas formando pequeñas arrugas en su frente, su barba de horas... Todos detalles inolvidables para mí. Mi primer orgasmo verdadero, sin culpas, y había sido con Alfonso.

Porque si bien me había tocado varias veces inocentemente, creía que el placer era un tema tabú, culposo. De abuso. Un medio para que el hombre ejerciera poder sobre una mujer. Yo sentía que si llegaba a poder gozar alguna vez con un amante iba a ser tildada de puta. El sexo somete a la mujer, y ésta solo debe obedecer lo que el macho le pida, sin importar si obtiene o no satisfacción. Siempre. Ese era el chip que mis viejos me habían programado.

Debería marcarlo en un calendario como *"el día que me permití disfrutar"*. Si mi hombre soñado supiera lo que sus besos, su lengua y sus dedos habían comenzado a imprimir en mí, lo que obraron en mi corazón y en mis pensamientos, no se hubiera ido tan enojado.

Así termine destrozada, tengo que sentirlo dentro mío, porque mi razón ya no entiende de lógica ni de culpas. Mi mente quedó desconectada apenas me besó y mi cuerpo empezó a mandar y exigir. Mi centro de placer y mi alma lo reclaman como suyo. Y así deberá ser, o me voy a volver loca. ¿Pero qué voy a hacer cuando me pida más de lo que puedo darle? Podría plantearle una relación basada en el sexo, aunque yo estuviera enamorada, y de esa forma impedir que me exigiera explicaciones. Sí, eso haré: interpretaré el papel de superada con tal de tenerlo y él aceptará mis condiciones. Esperemos. Me duermo pensando en mi plan y soñando con brazos tatuados que me protegen de todo.

A la mañana siguiente me levanto con el olor de las tostadas recién hechas por Lorenzo, dispuesta a dar la clase a mis pequeñas alumnitas. Cuando bajo al salón, veo a mi primo flirtear con una de las madres y no me gusta nada. Es que varias de las mujeres que tuvieron sexo con él dejaron de venir luego de darse cuenta que él solo las quería para una noche. Sin embargo, con ésta le veo una expresión diferente, como si le gustara realmente. Me acerco dispuesta a averiguar un poco más.

—Buen día, ¿cómo están?

—Buen día —me saluda la mujer. —Soy Ana Paula, la mamá de Julieta.

—¡Qué gusto! Julieta es de mis preferidas. Tiene un don increíble. Todo lo aprende rápido y es de las más humildes y obedientes de la clase.

—Gracias, me enorgullece que me lo digas. Desde que su padre nos abandonó cuando ella era bebé, hemos construido una relación muy estrecha y hacemos casi todo juntas. Es una nena muy sensible y amada por todos.

—Siento mucho lo que me contás. Te felicito por el trabajo que hiciste con ella. Si me disculpan, voy a empezar la clase. Lorenzo, después quisiera hablar con vos —y mi primo asiente intrigado.

—Hasta luego —me despido de Paula con un beso.

Al mediodía, cuando estamos almorzando decido abordar a Lorenzo.

—Lo, primito del alma, ¿qué te pasa con Ana Paula?

—¿Con quién? —Me pregunta nervioso, pero sé que me entendió.

—Con la mamá de Julieta. Ojo con esa mujer, que no se parece a ninguna de las que vos estás acostumbrado a tratar. Me cayó muy bien y me parece que sufrió mucho como para que la utilices.

—"Primita del alma", metete en tus cosas, que aún no me contaste quién era el tipo que vino ayer. Que yo me haga el boludo no significa que me chupo el dedo.

—¡Chusma! Así que escuchaste todo, ¿no? —Nos reímos a carcajadas.
—Sí, era Alfonso que vino a disculparse —le contesté, obviando la parte de mi primer orgasmo con un hombre.

—¿Así que ahora se le dice "disculparse" a tener sexo en el zaguán? Ay Xime, Xime… ¡estás al horno con papas y chorizo! Si yo no te interrumpía, hubieras tenido tu primera vez de parada, ¿o no? Dejá, no me agradezcas, terminá de almorzar que te espero abajo. —Y se va al salón para dar su clase, negando con la cabeza y sonriendo.

Es verdad, estoy en el horno. El jueves soluciono todo. Ya no puedo seguir negando lo que me pasa. Además, ¿por qué hacerlo? Tengo derecho a ser feliz y así será.

****

¡Otra vez tarde! Tendré que dejar de extenderme en las clases con mis nenas o me van a terminar quitando la beca. Tengo que entender que debo cuidar mis clases en el Centro si quiero progresar. Pero ¿qué ven mis ojos? ¿Ese es Alfonso? ¡Sí, es Alfonso!

—Buenas, Ximena, ¿cómo estás? —Me saluda con carita de pollo mojado, en la garita de la parada del micro. —¿Cómo van las clases en la Escuela de tu primo? —Se acerca para darme un beso muy cerca de mis labios mientras yo permanezco en el lugar. Así que ya se enteró que Lorenzo es de mi familia. —Quiero pedirte disculpas por lo del lunes. Ya sé que Lorenzo no es tu pareja…

—Buenas tardes, Alfonso —le contesto pasando de largo hasta sentarme en los asientos de la parada.

—¿Solo eso vas a decirme? ¿Nada de "acepto tus disculpas, Alfonso, vamos a tu departamento para reconciliarnos en grande"? —Se hace el gracioso, pero yo no estoy de humor.

—No te hagas el vivo, que esa noche ya tuviste tu premio sin merecerlo. —En el fondo me estoy divirtiendo viendo que él comienza a desesperarse porque no obtiene mi perdón.

—Xime, eso no fue nada comparado con todo lo que estuve pensando que podríamos hacer juntos. Si no hubiera aparecido tu primo, te habría matado de mil formas diferentes. ¿Entendés que te deseo como un loco? Quería pedirte que nos dieras otra oportunidad para conocernos mejor y…

Lo interrumpo porque creo que me dio el pie justo para lanzarme al vacío y estrellarme de una vez por todas contra su corazón y sus tatuajes.

—Alfonso, pará. Necesito decirte algo y no quiero que me interrumpas. Si estás de acuerdo, genial; y si no, acá no pasó nada. —Tomo aire porque, por primera vez en mi vida, me estoy exponiendo, como me pidió Andrea que hiciera. Que *cruzara el puente*, como me dice siempre. —Estuve pensando y sí quiero tener algo con vos. —Me mata su sonrisa de "te lo dije". Está hermoso con su barbita de tres días, que le ensombrece el rostro oscuramente y hace que sus ojos y su nariz perfecta resalten. Está vestido con una campera de cuero negra, remera blanca con botones y jean azul oscuro. Mejor, no me distraigo, porque esto que estoy por decir cambiará mi vida. Y todavía no dimensionaba hasta qué punto. —No sonrías ni te agrandes tan rápido. Lo que te propongo es algo secreto y para que yo experimente. —Tomo aire y bajo la mirada porque me avergüenza lo que estoy por confesarle. —Nunca estuve con un hombre. —Veo cómo sus ojos se van agrandando rápidamente y hace gestos de querer hablar, pero solo abre y cierra su boca continuamente. —Pero quiero que entiendas, y esto es excluyente, que estar juntos no te dará derecho a meterte en mi vida en ninguna forma. Nada de preguntas personales ni del pasado. Y basta de aparecerte en mi casa a la noche o mientras doy clases. ¿Aceptás?

Alfonso comienza a caminar dentro del rectángulo de la parada como fiera atrapada. No dice nada y me pone más nerviosa. Pero sus increíbles ojos de hielo hablan y me transmiten su sorpresa y todo el deseo que debe estar sintiendo. Hasta que me toma de la mano, para un taxi que justo está pasando por acá y me sube sin soltarme. Le da la dirección de la que imagino debe ser su casa y nos vamos hacia allí. No queda muy lejos de la mía, pero sí del centro rosarino. Paga sin soltarme la mano. Bajamos apurados y subimos las escaleras corriendo. Abre la puerta sin separarse de mí y una vez adentro de su lugar, me mira a los ojos con un deseo que los vuelve del color de la noche.

Lo noto muy nervioso y eso me hace pensar que no está tan seguro de lo que está por pasar. Además, sigue sin contestarme si acepta o no el tipo de relación que le propuse. Me toma de la cara con sus dos manos y me acaricia la mejilla con sus pulgares. Recuerdo perfectamente lo que esos dedos largos me hicieron hace tres días y me empapo al segundo. Me besa suavemente y lo escucho susurrar sobre mi boca.

—Xime, no sé qué me hiciste, no soy así. Sé que cualquier hombre estaría feliz de que una mina como vos le propusiera tener algo sin compromiso. Y de solo pensar que no podré reclamarte como mía frente a los demás, no saber más de vos de lo que me permitas conocer, o que no podré visitarte por las noches, ya me desespera. Pero de algo sí estoy seguro y es que tengo que estar dentro de vos cuanto antes. Por eso te digo que acepto. Prometo cumplir con lo que me pidas, enseñarte lo que necesites y aprender juntos cómo funcionamos en la cama. Porque para eso querés estar conmigo, ¿no? —Me pregunta en tono vanidoso y con su sonrisa de medio lado.

¿Cómo decirle que lo necesito porque tengo un trauma por los abusos no consumados de mi padre? ¿Que no puedo pensar en tener intimidad con un hombre sin que me den ganas de vomitar, pero que es la primera vez que mi cuerpo reacciona al pensar que él puede estar dentro mío? ¿Cómo explicarle que me excité desde que lo vi de espaldas y no podía dejar de pensar en que esos brazos fibrosos me sostuvieran mientras me penetraba? ¿Cómo confesarle que me enamoré de sus movimientos y sus caricias la primera vez que bailamos, y que necesito tocarlo cada vez que lo veo? No puedo decirle todo eso, huiría maratónicamente y querría saber todo de mi pasado. Además, me da mucha vergüenza que piense que yo pude haber provocado esas actitudes abusivas. ¿No es lo que todos piensan siempre?

—Sí, solo por eso. Te noto con ganas de enseñar y me gustás. Combo perfecto —le contesto haciéndome la superada.

—Genial, nena, te conseguiste al mejor. ¿Comenzamos?

—Pero… ¿y las clases?

—No te preocupes. Mandé un mensaje a Gerónimo, mi amigo que está en la parte de Asistencias del Centro. Le dije que hoy no habría clases porque estamos ideando un proyecto para juntar firmas por la Ley Nacional de Danzas. Si te preguntan, estuvimos todo el día armando una coreografía que fusionará movimientos de Jazz-Contemporáneo con Tango.

—Bueno... —Susurro sobre sus labios.

Nos besamos tiernamente mientras me conduce al sillón. Me apoya de espaldas suavemente, sin dejar de besarme, y me quita mi musculosa gris. Va dejando un reguero de mordisquitos desde el lóbulo de mi oreja, bajando por el cuello, hasta el medio de mis pechos, para juntarlos con sus manos y chuparlos sobre el encaje de mi corpiño.

—Muy bonito, Xime, pero estorba mis planes —me dice sacándomelo por la cabeza, sin desprenderlo.

Me mira con sus ojos casi negros por el deseo, como pidiéndome permiso para seguir. Le contesto que sí con la cabeza, y me moja las costillas y el ombligo con su lengua. Su saliva en mi piel está haciendo estragos en mi panza y mil remolinos se están formando en mi interior, hirviéndome la sangre. Se detiene para desabrocharme el short de jean y me lo quita, dejándome solo con mi tanga floreada.

—Sos perfecta. Tenerte acá, así, me vuelve loco de deseo por hacerte de todo. ¿Llegás a entender lo que me está costando ir tan despacio? Me duele el cuerpo de controlarme, Ximena...

Lo veo sacarse la remera. Es tan hermoso. Por primera vez, le veo el tiburón que tiene en su costado derecho y el águila que custodia sus abdominales. ¡Esos tatuajes le pegan tanto! Es como imaginarlo el rey del agua y del cielo. Mi rey, mi sexy tatuado, el hombre que me convertirá en mujer. Se quita el jean y el bóxer al mismo tiempo y veo su cara de alivio al liberar su erección. No tengo experiencia con otros hombres, pero mis conocimientos teóricos me dicen que es grande. Y no es que me importe solo eso, si no que intento pensar en todo lo periférico al acto, para concentrarme y no preocuparme en si podré alcanzar la meta.

—Parece que te gusta lo que ves. No tengas miedo que no te haré doler. Lo vamos a hacer muy despacio...

Sus últimas palabras me trajeron recuerdos horribles que se colaron en este increíble momento. *"Dale, Ximenita, ¿qué te cuesta? No tengas miedo que soy tu papito y jamás te haría daño...Vamos a la cama que la vas a pasar bien... Así vas practicando para cuando tengas novio..."*

—¡¡¡NO!!! —Grito y me levanto como un resorte del sillón.

Alfonso me mira sorprendido mientras me visto en segundos y huyo de nuevo. Lo oigo gritar mi nombre en el pasillo, pero ya estoy en la calle. Corro hacia mi casa sin dejar de llorar.

No puedo, nunca podré. Ese maldito me arruinó para siempre. Pensé que Alfonso me ayudaría, pero si él no pudo, nadie lo hará.

Estoy fallada y tendré que convivir con esa idea para siempre.

****

Nunca había estado con una chica sin experiencia, pero creo que lo de Ximena no fue miedo al dolor de su primera vez o vergüenza. A ella le está pasando algo más y tengo que saber qué es para poder estar juntos.

Escucho el timbre de mi departamento y estoy seguro que es Ximena, que vuelve arrepentida. Voy a abrir con la mejor de las sonrisas, dispuesto a retomar lo de hace un rato, pero cuando la veo a Miranda en mi puerta, mi descontento y fastidio borran de un plumazo mi alegría.

—Acabo de ver salir a la profesora Newman del edificio. ¿La pasaron bien? ¿Para esto se pidieron el día? ¿Coge mejor que yo?

—Miranda, últimamente estás muy maleducada y demasiado hincha pelotas. Ya te dije que entre Ximena y yo no hay nada. Y sí, acaba de irse porque estamos preparando juntos una coreografía para presentar en la jornada por la Ley Nacional de Danza que se llevará a cabo en dos meses. Avisamos en el C.E.C. lo que estábamos haciendo y por qué suspendimos la clase.

—No sabía que pensabas participar de la jornada. Nunca te interesó nada que no fueras vos. ¿Se le ocurrió a la pendejita mientras te montaba?

—Veo que no pensás cambiar de tema y seguís fantasiosa como siempre. Te lo voy a decir por última vez: no tengo nada con Ximena. Y lo de la jornada me lo propuso Gerónimo. Sabes que él, como coreógrafo, participa del C.O.B.A.I.[9]. De hecho, pensábamos ir mostrándole lo que fuéramos armando, para que él nos diera el visto bueno. Ahora que ya me interrogaste lo suficiente, es mi turno. ¿Para qué viniste?

—Quería pasar una tarde agradable con vos y luego me acordé que tenías clases. Estaba por irme cuando la vi salir a Newman. Entonces quise subir para preguntarte cara a cara qué sentís por ella.

—No voy a seguir hablando del asunto como si fuéramos pareja, Miranda. Andáte de una vez y dejáme en paz. Ya aclaramos lo necesario como para terminar bien las cosas. Si no lo entendiste, problema tuyo. ¡Viví y dejá vivir! —Le digo muy enojado. Agacha la cabeza, en señal de derrota, y camino hacia ella para abrazarla mientras solloza. No me gusta

---

[9] Sigla que significa Coreógrafos, Bailarines e Investigadores del Movimiento Independientes de Rosario. La COBAI es una asociación civil sin fines de lucro, que impulsa la producción artística en las nuevas tendencias de los lenguajes del movimiento, proponiéndose realizar actividades que mejoren las condiciones de desarrollo de artistas y estudiantes.

tratarla mal. Fue alguien muy importante para mí y no quiero que nos lastimemos de más. —Nos quisimos mucho, Miranda, no arruines el recuerdo de nuestros años felices haciendo el papel de ex novia despechada —le propongo suavemente.

—Tenés razón, amor —ignoro, a propósito, la última palabra porque no la veo bien. —Nos vemos —se despide con un beso en la boca.

Sale de mi puerta y me duele ver que alguien tan fuerte e inteligente como Miranda no pueda, ni quiera, comprender que las cosas se terminan. La quise mucho, pero lo nuestro no avanzaba. Ella quería hijos y dejar Rosario, mientras que yo no me imaginaba siendo padre y dejando mi prestigio de lado. En esta ciudad todavía me quedaban cosas por hacer, tenía un nombre que me abría puertas y gente que me pedía consejos. Aún no había alcanzado mi techo. Además, con Gerónimo estábamos planificando "Danzar salva". Se trataba de abrir un teatro donde capacitaríamos gratuitamente a personas de las villas rosarinas, de todas las edades, para que exhibieran sus propias obras y ganaran dinero artísticamente. Queríamos hacer un semillero de artistas humildes para que se sintieran integrados. El proyecto lo solventaríamos con donaciones, publicidad y préstamos municipales. Teníamos todo muy aceitado.

Desde que la conocí a Ximena, esa idea cobró fuerzas en mi mente y quería incluirla en nuestro sueño. Con Miranda no me había pasado lo mismo. Es que jamás le atrajo nada que no fuera ella misma, nuestras presentaciones artísticas, y mucho menos Gerónimo y sus ideas altruistas. Ya tenía la excusa perfecta para volver a acercarme a Xime. Hablaría con mi amigo para que me ayudara.

Alfonso no sabía que Miranda se había ido de su casa tan humillada y resentida, que una idea había comenzado a germinar en su cabeza: averiguar el punto débil de Ximena para correrla de la vida de su amor para siempre. Y para eso, ella conocía mucha gente dispuesta a todo, que le debía favores y se los pensaba cobrar. Miranda sabía que esa chica escondía algo. Su experiencia se lo decía y agradecía a su sexto sentido por salvarla una vez más.

Capítulo 8 - De lo peor he pasado y lo mejor está por llegar

Estoy feliz. Hoy a la noche es la fiesta de cumpleaños de mi amiga Mara. En Tostado, es la única que me habla abiertamente y no se avergüenza de compartir nada conmigo. Pero no los juzgo. Al contrario, los entiendo. De todas formas, el día que sea madre fomentaré en mis hijos que todos somos iguales ante Dios. ¡Cuando sea madre! ¿Pero qué estoy diciendo? A veces parece que me olvidara que jamás podré serlo. Una lágrima escapa sin querer de mi mejilla. Pero sé que la Virgen, en algún lugar, me tiene reservado algo mejor que este continuo sufrir.

Me pongo el vestido azul oscuro que me prestó mi amiga. Es hermoso, pero demasiado corto. Es que, según ella, tengo que lucir mis piernas de bailarina. Además, me dijo que hoy estaría Fernando. Es un ex compañero del secundario, y el único de los varones, que siempre me trató con respeto. Mara me confesó que hoy, Fer, piensa preguntarme si me gustaría salir con él a tomar algo. ¡Por fin podré experimentar lo que significa tener una cita con un chico! Y aunque Fernando no me inspire nada, está bueno al menos escuchar qué le dicen los hombres a las mujeres que no prejuzgan por su familia o por los chismes. Vuelvo a mirarme y me gusta lo que veo: el vestido es muy mi onda (aunque "mi onda" sean los pantalones de hombre y las remeras anchas). Tiene volados en la cintura, con una falda muy corta y ajustada, y escote corazón. Me pongo unos zapatos negros de plataforma (también prestados, yo siempre uso zapatillas), sin maquillaje y con el pelo suelto.

Salgo de mi pieza y mi padre está tirado en el sillón, con una cerveza en la mano, viendo el partido de la fecha. Gira un poco la cabeza y, apenas me ve, sus ojos se dilatan, vidriosos por el alcohol. Esboza una mueca lasciva que intenta ser una sonrisa.

—¡Al fin apareció la prostituta de la casa! Te advierto que antes de irte vas a tener que acercarte para darle un beso a tu papi, y hacer lo que mejor sabés... —Se ríe y tose al mismo tiempo, escupiendo un poco de su cerveza.

A pesar del nivel de alcohol en sangre que debe tener y de su caminar errático, se acerca rápidamente hasta mí. Al darme cuenta de lo que pretende, y como sé que es el triple de fuerte que yo, decido correr nuevamente hacia mi habitación para que no me atrapen sus asquerosas manos. Cierro con fuerza la puerta justo a tiempo para escuchar que mi papá intenta abrirla. Hace un mes atrás había colocado un sistema (por mí misma, hasta eso tuve que aprender) que sirve para trabar desde adentro y brindar seguridad. Eso impidió que ese animal entrara. También empujé mi chifonier hacia la abertura, aunque aún no sé de dónde saqué las fuerzas para hacerlo. Dicen que frente a situaciones límites, nuestro cuerpo cobra fuerzas necesarias para lo que sea y nuestro cerebro toma decisiones extremas. ¿Será? Lo único que entiendo es que, todo esto que había planificado "por si algún día" sucedía algo, me está sirviendo.

El infierno de golpes y miedo duró casi una hora. Mi padre intentó mil veces abrirla y no pudo. Es que estaba tan borracho que creo que ni energías le quedaban ya. Pero además, por primera vez, llegué a vislumbrar que estaba diferente. Como con sus sentidos embotados, y no solo por el alcohol. ¡Lo único que me faltaba era que también se drogara! El día que descubriera eso, sí o sí debería irme de esta casa, porque no habría nada que impidiera que abusara de mí.

No pude pegar un ojo en toda la noche. Incluso, por no salir ni al baño, hice pis en el tachito de la basura que tenía al lado de mi escritorio. Me preguntaba si los vecinos habrían escuchado. En realidad siempre escuchaban. Lo sabía porque al otro día me miraban como si yo tuviera la culpa de haber nacido en un hogar de borrachos y abusadores. Pero aunque esperara mil años a que se compadecieran de mí y me sacaran de allí, nadie hacía nada. Siempre es más cómodo mirar para otro lado, ¿no? El famoso "no te metás".

Hoy lo había comprendido: estaba sola. Para siempre.

****

Me despierto totalmente contracturada. Toda la noche había dormido contra la puerta por miedo a que mi viejo la abriera y yo ni me enterara. Este infierno tenía que terminar, ya no daba para más. Espío por el ojo de la cerradura y veo que mi papá ya no está. Corro como puedo el chifonier, me asomo y no se escucha ni un ruido. Miro la hora y veo que son las diez de la mañana del sábado. Ya debe estar en el bar emborrachándose.

Mi panza emite un ruido horrible. Lógico: tengo un hambre feroz porque no como desde las cinco de la tarde del día anterior. Solo había merendado una taza de chocolatada, ya que pensaba cenar en la fiesta de Mara. Me siento desganada, sin fuerzas y agotada como si hubiera competido en una Olimpíada de Matemáticas. Encima, había adelgazado demasiado en los últimos meses. Mi vida se basaba en casi no dormir (por miedo a que mi viejo se colara en mi pieza), y tampoco comía mucho, porque ya no había guita en casa. Además, la que llegaba a ahorrar por mis trabajos temporarios, mi padre me la robaba para tomar.

Mientras preparo el desayuno me repito que jamás volveré a ponerme nada que muestre ni un centímetro de mi piel. En cierta forma, mi viejo tenía razón, porque el vestido no dejaba nada a la imaginación y era una provocación constante para cualquiera... ¿Pero qué estoy diciendo? ¡Como si un enfermo necesitara provocación! Ya estaba culpándome por los impulsos abusivos de mi viejo. Vivía vistiéndome casi como una

69

monja, o con ropa ancha y masculina, había dejado de depilarme, no me bañaba durante el fin de semana para que mi pelo estuviera sucio, y, así y todo, sus insinuaciones eran ininterrumpidas. Me odiaba por tener esta maldita belleza que generaba lujuria en los hombres (incluyendo al ser que me dio la vida) y envidia en las mujeres (que evitaban hasta nombrarme por los celos que me tenían). "¡Pero si es mi padre, por Dios!", no dejaba de repetirme. ¿Por qué tuvo que tocarme esto a mí, Virgencita? Siempre te pido para que obres un milagro en mi papá. No lo odio, pero no lo entiendo, y eso hace que no pueda seguir perdonándolo. Y no quiero terminar rota tanto por dentro como por fuera. Ya estoy bastante quebrada. Necesito que lo que sea que hayas reservado para mí aparezca pronto. Hoy iré a pedirte de nuevo que él cambie y que mi vida pueda tener un poco de paz…

—Ah… ¡Pero miren quien se levantó! ¿Dormiste bien, hijita? —Me mira con ojos llenos de inmoralidad y odio. Intenta sonreír, pero solo aprieta más sus labios. Presiento que hoy será un antes y un después en mi vida, y me estremezco. —¿Hoy estás de ánimo para complacer a tu padre?

Me sobresalta su voz pastosa, su aroma a alcohol y algo más que aún no puedo distinguir. Sin despegar mis ojos de los suyos, lo observo caminar lentamente, como el depredador que sabe que su presa está servida. Miro para todos lados hasta que veo la pala que siempre usamos para limpiar el terreno y que jamás dejamos dentro de la casa. No sé qué hace acá ni quién la puso, pero pienso usarla. Espero a que esté lo suficientemente cerca para darle un golpe con ella y, recién en ese momento, la tomo con ambas manos. Es como si una mano invisible hubiera guiado mis brazos y me hubiera impreso una fuerza sobrenatural. Otra vez esa sensación de estar fuera de mí y que otro tomara el mando. Veo como mi padre se desploma como una bolsa de papas y un charco de sangre no deja de brotar de su cabeza.

Se me revuelve el estómago. Me miro y mi remera parece un batik entre lo blanco y lo rojo. Se terminó. Por fin. Y todo se vuelve negro de repente, como si el piso se acercara a mi cara. Me desmayé y no sé qué será de mí, pero no me importa. Sea lo que sea, tiene que ser bueno.

Me repito mentalmente que no me importa. Ahora solo quiero dormir.

Capítulo 9 - Es por el ritmo en que mi corazón salta cuando estoy contigo

—¿Pensás salir con Alfonso que te pusiste tan linda? —Me pregunta Lorenzo.

— No, con Rodrigo —le contesto mientras me acomodo mi vestido. Había elegido uno holgado, color rosa pálido, que combiné con un cinturón finito color negro, medias opacas y ballerinas oscuras. Estaba aprendiendo a ser femenina y a disfrutar con la imagen de mi nuevo yo. De abrigo, mi campera de cuero negra. —¿Estoy bien o es demasiado para salir con un amigo?

—¿Y ese? —Me ignora mi primo. —¿Otro candidato? Pasaste de ser la Madre Teresa a Doña Flor —se ríe de su propio chiste. A mí no me causa ninguna gracia y lo miro con cara de asesina a través del espejo. Pero ¿no había sido él quien me había insistido en que comenzara a conocer gente? —Okey, no fue el mejor ejemplo. Disculpáme —me dice con cara arrepentida. —Estás bien así. Ni muy aburrida ni muy trola[10].

—Perfecto, es lo que quiero.

_____

[10] Trola: Modismo argentino que significa "puta".

Escuchamos el timbre y me despido de Lorenzo. Agarro mi bolso y le abro a Rodrigo. Mientras lo miro, pienso que es un chico muy lindo pero no siento nada. No me malinterpreten. Está impecable con un traje azul oscuro con rayitas blancas casi invisibles, remera gris topo y zapatos de vestir. Con su look entre informal pero formal, me conquistaría sin dudarlo. Pero eso sería posible si no hubiera conocido al sexy de Alfonso, sus tatuajes, sus ojos azules, su barba de días, su nariz perfecta, su cuerpo fibroso, sus dedos que me queman cuando me tocan... ¿Pero qué me pasa? Me colgué pensando en Alfonso mientras miraba a Rodrigo y me excité. Y he ahí la respuesta al por qué decidí salir con mi jefe y no con mi compañero de clases: ese chico rubio de ojos verdes no me mueve ni un pelo. Con él podía mantenerme a raya, sin miedo a que mi cuerpo me traicionara y terminara desnuda en sus brazos. Y de paso, podría ir ganando confianza con el sexo opuesto. Creo que lo mío era falta de horas de vuelo.

—Hola Xime, estás preciosa —me saluda con un beso en la mejilla y me mira de arriba hacia abajo, con demasiado interés para ser la mirada de un simple amigo. —¿Trabajaron mucho hoy con Alfonso? —Me preguntó en tono raro, como si adivinara algo de todo lo sucedido en la tarde.

—Mejor no hablemos de trabajo.

¿Por qué tuvo que nombrarlo? No quería traerlo a este momento. Bastante me costó hoy levantarme e irme de su lado como para volver a recordarlo como lo hice recién.

—Tenés razón. Hoy lo que menos quiero es charlar de trabajo. Y menos con vos. Vamos, así no llegamos tarde —me dice con una sonrisa perfecta.

Es demasiado lindo, qué lástima que no me interese. Pero no quiero cerrarme. Quizás en el transcurso de la noche descubra que es interesantísimo y logre sacarme de la cabeza a Alfonso y su lengua en mis caderas. Mentira: ni leyendo a Christian Grey me olvidaría de la imagen erótica de mi tatuado besándome cada centímetro del cuerpo. Sí, yo también leí Grey. Me sentí muy identificada con ese corazón torturado, que solo buscaba que lo comprendieran y lo salvaran de sí mismo para evitar su autodestrucción. Quizás, como me pasa a mí. Igual, Alfonso nada que ver con Anastasia. Me río de mis pensamientos, y el pobre Rodrigo me sonríe como si mi contentura momentánea se debiera a su compañía.

Subimos a su Citroën DS3 azul y partimos hacia *Sara de O*, un restaurant ubicado en una vieja casona de los años treinta sobre el Boulevard Oroño. Chequearon nuestras reservas y nos ubicaron en un sector apartado. Rodrigo pidió de entrada un cocktail de camarones y langostinos para él, pero yo no quise nada. De principal él pidió Dim Sum de vegetales con verduras salteadas, que son paquetitos de masa filo rellenos de vegetales, cocidos al vapor y servidos sobre un chop suey de vegetales y una delicada salsa asiática, y para mí un risotto de pescado y marisco al vino de cava. Ya que teníamos que conocernos, que fuera con buena comida, ¿no? Una vez que se fue la moza, comenzaron las preguntas que, en mi caso, eran incómodas. Como a cada cosa que me preguntaba mi acompañante yo contestaba con evasivas o con monosílabos, empezó a contarme de él. Tenía un hermano mayor que vivía en España. Su padre, el Director del C.E.C., le tomó examen para ingresar y fue muy duro, así que no entró por acomodo. Me reí mucho durante toda la noche. Rodrigo era un buen contador de anécdotas y un compañero de salida inmejorable. Divertido, atento, caballero y respetuoso. Podríamos ser amigos y, aunque sabía que él quería algo más, solo el tiempo lo definiría. Cuando llegó el momento del postre, ambos dijimos que preferíamos solo un café antes de irnos.

En la puerta de mi casa, Rodrigo me dijo que se había sentido muy cómodo y que quería volver a repetir la salida este fin de semana, pero dejando en claro sus intenciones de algo más. Le agradecí el cumplido y le dije que ya hablaríamos. Intenté despedirme con un beso en la mejilla, pero antes de bajar de su auto, él me retuvo unos segundos para rozarme los labios. Nada. Ni un cosquilleo. Tierno, pero anodino. Dulce, pero me provocó un leve rechazo. Lo miré incómoda y él me miró esperanzado. Finalmente, descendí del auto, casi huyendo.

Cuando estaba por cerrar la puerta, y Rodrigo se había asegurado que hubiera entrado en mi casa sana y salva, escucho detrás de mí una voz conocida.

—¿La pasaron bien? —Me pregunta Alfonso, lleno de rabia y celos.

—¿Qué hacés acá? ¿Quién te dejó entrar? Lorenzo… ¡Lorenzoooooooo! —Llamo a los gritos a mi primo.

—No está. Salió con una amiga de él y dijo que no lo esperáramos. Pero estuvo muy amable en dejarme pasar a esperarte. Me cae bien tu primo. —Se acerca para tomarme un brazo con fuerza. —¿Por qué saliste con el pelotudo de Rodrigo? ¿A él también le propusiste lo mismo? ¿Venís de acostarte con él o le hiciste el jueguito de la virgen arrepentida como a mí? —Y, sin pensarlo, le encajo un cachetazo.

Se acaricia la mejilla, me toma con más fuerza, y comienza a besarme con desesperación mientras me confiesa sus inseguridades.

—Decíme que no le planteaste lo mismo. ¡Decímelo, Ximena! Necesito saber que no te arrepentiste de lo que me propusiste a la tarde. Acepto lo que me quieras dar, pero por favor estemos juntos. Te deseo tanto que te firmo lo que me pidas.

Yo no podía hablar. Mi mente estaba en llamas y mi cuerpo tenía vida propia. Mis manos acariciaban sus brazos tatuados y lo pellizcaban para comprobar que fuera real. Mi lengua se movía dentro de su boca con la única misión de mostrarle que yo también podía darle placer. Yo también lo deseaba más allá de la razón, y ya era tarde para echarse atrás. No me importaba si se enteraba de mi pasado y lo arrastraba a mi mundo desgraciado de culpa, resentimiento y dolor. No me importaba que estuviera tan fallada que no pudiera darle hijos. Después de todo, lo único que Alfonso quería era una sola noche conmigo. Tal vez algunas más, pero hasta ahí. No me importaba nada. O quizás sí.

—Pará Alfonso… ¡Pará! —Le grito y lo empujo lejos mío. —Sí, me arrepiento de lo que te propuse. Andáte, por favor. No me la compliques más. Ahora que salí con Rodrigo estoy confundida… Necesito tiempo.

—¿Tiempo? ¿Para qué? ¿Para estar con él y conmigo y compararnos?

—Te advierto que te voy a estampar otro bife[11] si seguís por ese camino —le dije. Necesitaba salvarlo de mis mierdas.

—Ximena, por última vez: acepto lo que quieras ofrecerme. Si ahora me llegara a ir sin ese trato, se acabaron los besos, histeriqueos, miraditas, etcétera. Vamos a volver a ser el profesor Pinedo y la Profesora Newman. ¿Querés eso? Porque yo no. Quiero que seas mía y de nadie más. Dejáme ser el primero…

¿De eso se trataba? ¿De ver quién me ganaba primero? Estaba trastornada, no podía pensar ni responder, solo admirar la belleza masculina que tenía delante. La visión de sus ojitos suplicantes, su boca cerrada en actitud combativa, la remera blanca ajustada y de manga corta que marcaban sus abdominales y dejaban ver sus hermosos tatuajes, y su erección bajo su jean oscuro me estaban sorbiendo el cerebro. Ni hablar que mi humedad no paraba de reclamar sus dedos largos, como aquella vez, o su masculinidad. ¿Cómo sería sentirlo dentro de mí? ¿Por qué en mi cabeza todo tenía que rayar en abuso? Todo, menos Alfonso que me tensaba el cuerpo con sus palabras, como si fuera un violín que se va poniendo a punto de a poco.

—¡Andáte! ¿Sos sordo o hablo en chino?

—Okey, me voy. Pero recordá: SE-A-CA-BÓ.

---

[11] Bife: Modismo argentino que se usa como "cachetazo".

Me mira por última vez, abre la puerta y sale enojado y dolido. Ya sé que no debería haberle hecho lo mismo dos veces. Pero es que el fuego que se genera en mí cuando está cerca me derrite y me anula. Y cuando vuelvo a pensar, a recordar, es demasiado tarde y termino retrocediendo. Tengo miedo a que él termine odiándome por ser una asesina, o amándome de tal forma, que se lance a planificar un futuro que no podré darle.

El bastardo de mi viejo siempre quiso abusar de mí porque un médico del pueblo, amigo de él, le dijo que yo padecía endometriosis, luego que tuvieran que internarme de urgencia por unos cólicos menstruales agudos. Me explicaron que era una enfermedad dolorosa y que, en casos severos, impide la concepción. También había leído que provoca dolor constante, pero esa parte yo no la tengo, gracias a Dios. Solo padecí inflamación y dolor en esa oportunidad. Nunca quise hacerme estudios ginecológicos ni de ningún tipo. ¿Para qué cuidar mi salud si toda la vida quise morirme? De todas formas, para mantener controlados los síntomas de mi endometriosis moderada, me habían prescrito *danocrina*, con la advertencia de que nunca buscara un embarazo mientras la tomaba (para evitar daños en el feto).

Conocer a Alfonso agregó un nuevo motivo para odiar esta existencia miserable. Si no podía tenerlo, ya nada importaba. Prefería que me odiara ahora y que yo me desgarrara por dentro, a que sufriéramos ambos en un futuro cercano.

Con Rodrigo todo sería más fácil. Era un buen hombre que sabría esperarme y comprender mis silencios. Me había demostrado esta noche que su interés era sincero y que no era un huracán pretendiendo meterse en cada poro a fuerza de toques que me anulaban por completo. Al menos, eso creía en ese momento. Mientras que Alfonso era la pasión incontrolable, el dueño de un deseo que comenzaba a descubrir. Siempre querría más de mí, hasta poseerme en cuerpo y alma. Y yo no podía permitir eso. Necesitaba controlar al que estuviera a mi lado para poder estar tranquila con mi futuro. Y eso con mi hombre sexy y tatuado no pasaría jamás.

A veces las mujeres nos cegamos con teorías que armamos en nuestras cabezas y nos obligamos a pensar que tenemos razón, a pesar de saber e intuir que estamos equivocadas, consumiendo nuestras propias mentiras. Yo no sería diferente del resto y estaba por comprobarlo.

****

A la semana siguiente, después de estar ignorándonos en clases y solo saludarnos con un movimiento de manos a distancia, llegó la revancha y mi ansiado reencuentro con los dedos de mi tatuado.

Había estado leyendo algunos artículos, de un portal de psicología en internet que me había pasado Andrea, sobre los comportamientos de las mujeres como yo. Observé que algunos de los síntomas que padecían eran como los míos: pesadillas y disturbios del sueño, recuerdos vívidos y ataques de pánico, dolor físico, la pérdida de conciencia frente a ciertas situaciones que me recordaran algún abuso, culpa, vergüenza, rechazo a mi cuerpo, ansiedad, aislamiento, fobias sexuales. Y un dato que no dejaba de hacer eco en mi mente era que, las mujeres que en su infancia habían sufrido abuso emocional (sin llegar al físico) y que les fuera difícil imaginarse en una relación sexual (como yo), con tratamiento, teníamos esperanzas de llevar una vida sexual activa. Creo que Andrea quiso que yo descubriera por mí misma algunos síntomas y no me sintiera avergonzada frente a ella, como a veces le decía. Y había sido una genialidad de su parte, porque todo lo leído me había servido para entender muchas cosas.

Ese sábado había decidido olvidarme un poco de todo el torbellino de emociones nuevas que venían agitándome y quise conocer con las chicas un poco de la noche rosarina. De a poco voy acercándome a Ana Paula. Hay algo en ella que me inspira confianza. En Tostado no tenía amigos: cuando era chica, las madres no querían que sus hijos vinieran a mi casa a estudiar; cuando crecí, las chicas se ponían celosas de mi belleza y los chicos solo querían mi cuerpo. Eso, y los constantes avances de mi padre junto a los desprecios de mi madre, forjaron mi carácter y me demostraron que no se podía confiar en nadie.

Pero con Anita no había competencia ni recelos. Ella era una madre luchadora, y siempre que nos veíamos me saludaba con respeto, cálidamente, y charlábamos un rato antes de cada clase. Por eso, no dudé en aceptar la invitación para ir a bailar con su amiga Lorena. Sería *noche de chicas*. Como no conocía la movida de la ciudad santafesina y ellas sí, me adapté a todo lo que me habían propuesto: tomar y picar algo en *Rock&Feller's* y luego ir a *Moore* a bailar un poco. Pero en cero plan de conocer chicos. Al menos, yo.

Había elegido un vestido strapless negro de un material similar al cuero, muy corto, con volados en la parte de abajo y botones en la delantera. Sencillo, pero que dejaba ver mis piernas, la parte favorita de mi tatuado. ¡Otra vez él imponiendo su presencia! Es que tenía ganas de sentirme sexy, y eso debía agradecérselo a mi hombre de los ojos del color del hielo que ocupaba mi mente desde que lo había conocido. ¿Y por qué negarlo? Alfonso también ocupaba mi sexo, porque me había enseñado que era una mujer, más allá de las culpas y los traumas. De a poco, él estaba contribuyendo con sus acercamientos a desterrar mi baja autoestima, mi depresión, la dificultad de expresar mis sentimientos. Cosas horribles que venía acumulando desde mi infancia y que me habían "regalado" mis padres para toda la vida. Pero, ¿y si ya no era para toda la vida y tenía posibilidad de ser feliz de una vez por todas? ¿Y si había llegado *la persona* que me demostraría que se podía hacer el amor y no solo tener sexo violento y abusivo?

—¿Con quién me dijiste que Ana Paula iba a dejar a su hija? —Me preguntó Lorenzo en un tono raro.

—No te dije, primito. Y tampoco lo sé. Creo que con la vecina de al lado de su departamento. Porque siempre se la cuida Lorena, pero esta noche salimos las tres —le contesté mientras terminaba de maquillarme. ¿Por qué le importaba tanto a mi primo lo que hiciéramos esta noche?

—¿Y a dónde van a ir? Porque con los chicos vamos a salir y así no nos cruzamos.

—¿Con qué chicos vas a salir? —Mi sexto sentido me decía que había gato encerrado y lo miré fijo desde el espejo.

—Con Alfonso, Gerónimo y Rodrigo. ¿Me decís a dónde van o no?

—Lo, no lo sé —mentí—, pero si lo supiera tampoco te lo diría. Sabes que no quiero cruzarme con Alfonso. A vos no puedo mentirte: no puedo resistirme a él.

—Y no lo hagas, Xime. Ambos están solteros y se gustan. Tenés que aprovechar para sacarte esa tara de tu cabeza: sos normal, no estás fallada, no sos una asesina y te mereces ser feliz. ¿Andrea no te estuvo ayudando con todo eso? A mí me cae bien ese chico. Además, se ven siempre en el C.E.C. y para Danzar Salva, ¿qué diferencia habría si se vieran hoy también? Yo no tengo muchos amigos y con ellos comparto cosas en común. Así que te sugiero que te vayas acostumbrando a verlo seguido por acá —dejó caer como si nada y se fue de mi pieza.

Las palabras de mi primo no dejaron de rebotar en mi cabeza. *"Te merecés ser feliz"*. ¿Y a quién quería engañar? ¿A mí? ¿A Alfonso? ¿Al mundo? Mi hombre de los ojos de hielo me tenía obnubilada y aunque hacía de todo para evitarlo, mi cuerpo me traicionaba cada vez que lo tenía delante. No podía dejar de pensar en sus dedos proporcionándome placer. Placer del cual siempre había leído y nunca reparado, porque sabía que jamás sería para mí. Su boca besando cada lugarcito de mi cuello y mi cara. Su lengua recorriendo mi cuerpo como aquella vez en su departamento...

Justo cuando estoy terminando de arreglarme, suena el timbre y bajo a abrir. Eran Lorena y Ana Paula, que me pasaban a buscar. Saludé a mi primo y nos fuimos a comenzar con nuestra noche. Arrancamos como habíamos dicho, tomando algo en el bar temático de Oroño para luego ir al boliche cercano a la Estación Fluvial. La estábamos pasando genial. Las chicas me habían hecho olvidar de mis debates mentales con sus bromas y los puntajes que les daban a los hombres que venían a encararnos.

Cuando comenzó a sonar la canción *Ay Vamos* de *J Balvin*, Lorena saltó como un resorte y nos arrastró a la pista. Riéndonos y bailando como locas entre nosotras, en un momento vimos a los chicos. Lorenzo tomó, por detrás y por la cintura, a Ana Paula, sorprendiéndola, y Alfonso se quedó frente a mí, sin moverse y solo me saludó levemente con la cabeza. Rodrigo y Gerónimo se presentaron con Lorena y Anita, y se fueron a sentar a uno de los sillones junto a mi tatuado. Desde donde estábamos, pude ver y sentir la mirada de hielo (que en esos momentos, era fuego puro para mí) sobre mis piernas. Sus ojos me recorrían de pies a cabeza, lentamente, demorándose en mis pechos, en mi cadera, en mi centro. Era como si me acariciara con la mirada, mientras tomaba su trago y se pasaba la lengua por toda la boca.

Ah ah ah, ah ah ah

Peleamos, nos arreglamos

Nos mantenemos en esa pero nos amamos

Ay vamos

Ah ah ah, ah ah ah

Qué pena me daría

No tenerte en mi vida, vida mía, mami

Ah ah ah, ah ah ah

Peleamos, nos arreglamos

Nos mantenemos en esa pero nos amamos

Ay vamos

Ah ah ah, ah ah ah

Qué pena me daría

No tenerte en mi vida, vida mía.

Su sonrisa de lado me decía que le gustaba cómo me estaba moviendo. Es que me había girado para quedar frente a él y bailarle como si no hubiera nadie más. Eso solo lo podía provocar Alfonso. Sus ojos sobre mí me hacían sentir poderosa, deseada. Eso era un hallazgo: provocar a un hombre sin sentirme una puta (como me había dicho siempre mi padre) y estar disfrutándolo. Estaba sentado con sus musculosas piernas abiertas y sus brazos apoyados en ella, con los labios apretados por la tensión sexual que nos dirigíamos a distancia. Comenzaba a conocer sus reacciones y sabía que la escenita no le estaba resultando indiferente. Levantó su vaso en mi dirección, como felicitándome por la imagen que le estaba regalando y me di vuelta para quedar de espaldas a él y a su mirada sensual. Estaba tan excitada con este juego, que sabía en qué iba a terminar todo. Tampoco quería prometer algo para lo que aún no estaba preparada. ¿O sí? ¡Maldita la hora en la que se me ocurrió responderle el mensaje a Lorenzo y decirle dónde estábamos! Creo que tampoco me voy a hacer la desentendida: cuando le contesté a mi primo, secretamente deseaba que vinieran.

—Me voy a sentar —le digo a Lorenzo y a Anita. —Están cambiando la música y no tengo ganas de estar acá sin pareja. —Pero creo que ni me escucharon.

Mi primo y mi amiga estaban midiéndose, mientras se movían apoyados uno en el otro, y me miraron sin emitir palabra. Otros que tendrían que resolver cuanto antes la tensión sexual existente entre ellos. Dicho y hecho: terminó el reggaetón y comenzó a sonar *Just a fool* de *Christina Aguilera.*

Camino hacia los chicos, que están sentados en los sillones, y veo que Alfonso se levanta. Se dirige a mí con determinación y con su bella sonrisa de lado, la que siempre usa para hacerme creer que me promete todo lo que se me ocurra y más. Me paralizo, como esperándolo, y me toma suavemente de la mano. Mira nuestros dedos juntos y me aprieta contra su cuerpo. ¡¿Quiere bailar un tema lento conmigo?! Claramente, la diferencia de edad y de experiencias de cada uno nos estaba jugando en contra: para los de mi generación, los lentos ya habían desaparecido, y aunque hubieran existido, ¿quién hubiera querido bailar uno con la putita de Tostado? He ahí mi poca experiencia en estas lides.

—Hola —me susurra en el oído. —Estás hermosa. Tus piernas me estaban volviendo loco —me dice sensualmente.

—Hola. Vos también… —Le contesto, y bajo la vista a su boca para ver justo cuando me sonríe metiendo la punta de su lengua entre los dientes.

No le estaba mintiendo. Había entrado con su campera de cuero negra, llevándose las miradas de todas las mujeres. Pero ahora, mientras bailábamos demasiado pegados, celebraba que se la hubiera sacado. Admiraba cómo le caían a la cadera estos jeans gastados y su remera gris que le marcaba sus musculosos y dibujados brazos. El escote en V dejaba adivinar un poco de su vello, que yo ya conocía después de aquella erótica tarde en su departamento.

—Parece que siempre nos toca bailar canciones lentas cuando estamos en público —y me río porque yo había pensado lo mismo, recordando cuando bailamos *Ed Sheeran* en la fiesta del C.E.C..

¿Por qué justo esta canción? Parecía que el DJ ponía música para nosotros: a *J Balvin*, hablando de que nos peleábamos pero íbamos y volvíamos, porque era imposible estar separados; y ahora a *Christina Aguilera*, gritando a los cuatro vientos que el amor es cruel, doloroso, y que era una tonta por haber creído. ¡Genial! ¡Agradezco a toda la fucking música que siempre se complota en mi contra cuando menos lo necesito!

Comenzaba a enojarme con la actitud de superado que me mostraba siempre. A enojarme y a calentarme (en el mejor de los sentidos) a partes iguales.

—Nunca bailé nada con nadie, Alfonso. Salvo con vos. Pero eso ya lo debías suponer. ¿Qué hacés acá?

—Bajá las armas, nena. Vine por vos. Odio estar con mucha gente, pero tenía que verte. Aún tengo la esperanza de convencerte que retomes el trato que me propusiste la otra vez. Preferiría que estuviéramos en mi departamento, o en cualquier otro lado, sin nadie que nos molestara y poder charlar tranquilos —me dice con su sonrisa burlona, como dándome a entender que lo que menos haríamos sería hablar.

—¿Para qué querés charlar conmigo?

—¿De verdad me lo preguntás, Ximena? Para explicarte y mostrarte que juntos podemos hacer de todo. Este vestido te queda impresionante y no puedo dejar de pensar en tus piernas largas alrededor de mi cadera mientras te estampo contra la pared. Además, no soporto los comentarios de Rodrigo diciendo que le vas a dar una oportunidad y no se cuánta sarta de pelotudeces más. ¿Nos vamos?

—¿Pero quién te pensás que sos? ¿Creíste que venías, me decías cuatro cositas lindas y yo me iba con vos? —Le pregunté indignada, mientras seguía sonando esa estúpida canción.

I'm just a fool

A fool for you

I'm just a fool[12]

—¿La verdad? Sí. Te morís de ganas como yo, así que basta de tanta negación, rubia. —No aguanté más y amagué a irme, dejándolo solo en la pista. ¡Será creído! Pero él fue más rápido y me retuvo con más fuerza. —¡Pará! ¿A dónde vas? —Me pregunta bajando sus manos a mi cola y manteniéndome pegada, evitando mi huida.

Me acaricia suavemente y me mete una de sus manos debajo del vestido para comprobar qué ropa interior llevaba. Y ustedes se preguntarán ¿por qué no le crucé la cara de un bife? Simplemente, porque me gustaba lo que me hacía y porque estaba harta de fingir. A esta altura, y después de tanto histeriqueo, beso y toqueteo, ambos sabíamos que terminaríamos en la cama tarde o temprano. Para Alfonso, debía ser un paso lógico, normal. Pero, ¿y para mí? ¿Qué era lógico y normal? Nada. Solo sabía que, cuando mi tatuado me tocaba, mi cuerpo se desconectaba de mi pasado, de mi cerebro y de mis traumas psicológicos: quería gozar y ser mujer de una vez por todas.

Cuando estoy a punto de besarlo, veo por el rabillo del ojo que Rodrigo viene con cara de loco. Sin entender nada, lo toma a Alfonso del hombro, lo separa de mí y comienzan a pegarse en el medio de la pista. Busco a Lorenzo con la mirada, pero ni él ni Ana Paula están por ningún lado. Gerónimo y otros hombres los separan mientras me voy corriendo al baño. Estoy cansada que se peleen por mí como si fuera un objeto. Lorena viene a preguntarme qué pasó y cuando estoy por contarle, la puerta del baño se abre y entra Alfonso. Tiene sangre en el labio y le hace señas a la amiga de Anita para que nos deje solos. Ella me sonríe y se va, mientras mi chico de los ojos azules como la noche se acerca y me abraza. Me mira, me toma la cara con sus manos, y me seca las lágrimas con sus

---

[12] Soy una tonta, una tonta por vos... Soy una tonta (Soy una tonta - C. Aguilera y Blake Shelton)

pulgares y su boca. Me roza los labios suavemente y su mirada me transmite tranquilidad. Desciende con su lengua por mi cuello, y sube nuevamente a chuparme el lóbulo de mi oreja derecha. Mi centro se funde y se calienta al instante, como si de lava se tratara. La humedad a la que comenzaba a acostumbrarme cuando estaba cerca de Alfonso, y que me había acompañado desde que lo había visto entrar en el boliche, se intensifica al sentir el aliento de mi hermoso tentándome a ceder, a entregarme, para estar juntos por primera vez.

—Xime, necesito tocarte como hace un rato en la pista... —Me suplica en tono ronco. —¡Me volvés loco, nena! ¿No te das cuenta que sos la dueña de mi deseo? La que marca el ritmo entre nosotros. Si tengo que seguir tocándote para prepararte y convencerte, lo voy a hacer. Porque, a pesar de mis urgencias, de mi deseo de estar en vos y quedarme seco de tanto pensarte, entiendo que tu primera vez debe darte miedo. —Mi tatuado piensa que solo tengo temor a una primera penetración. Mi amor no sabe de mis fallas, y aun así quiere esperarme. —Te voy a dar el tiempo que necesites, diosa. Solo regaláme la oportunidad de seguir adorándote con mis dedos...

Y dicho ésto, me gira, apoyándome sobre la mesada del baño de mujeres. ¿Cómo negarme a ese pedido tan sensual, pero a la vez tan dulce? Alfonso me estaba suplicando una oportunidad. Me separó un poco las piernas y, mientras me mordía y besaba el trapecio de mis hombros, su mano derecha se metía en mi ropa interior buscando mi calor. Entraba y salía con su dedo mayor, y su pulgar me acariciaba mi botón de placer. No daba más. Ver su brazo tatuado moverse, primero con lentitud y luego con rapidez, al son del goce que sus dedos me proporcionaban, era una danza tan erótica que hasta sentía que sus dibujos la estaban bailando con nosotros.

—Miráte como te miro yo, Ximena —me sorprendió con su voz ronca y sensual, levantándome la barbilla y obligándome a mirarnos en el espejo. —Necesito que te veas y te reconozcas en esa imagen: vos también sos esa, diosa. Sos la mujer que goza sin prejuicios y sin miedos. Asumíte y dejáte llevar para que pueda complacerte en lo que me pidas. El día que te olvides de tus recelos y tabúes en cuanto al sexo, vas a explotar a la enésima potencia de lo que lo haces ahora...

Verlo detrás de mí, apoyándome su erección, con su mano izquierda apretando mi cadera, su mano derecha dándome placer, sonriéndome de lado, y con sus ojos oscuros de deseo, me pudo y grité mi orgasmo. ¡Dios, lo deseaba tanto! Qué tremendo lío tenía en mi cabeza: gozar y aprender todo con este hombre o alejarme de él para no salpicarlo con mis traumas y mi pasado de asesina. Me apoyé en la mesada, satisfecha pero exhausta de tanta lucha interna, y Alfonso volvió a girarme para besarme.

—Vamos a mi departamento. Quiero seguirla allá y terminar dentro de vos mientras estás arriba y decís mi nombre...

Pero no pudo continuar porque entró alguien y nos interrumpió.

Capítulo 10 - Tenía mi corazón puesto en ti, pero nada más hiere como tú

—¡Ay, Pau, estoy como loco! ¡Tenés un culo de campeonato! —Me dice Lorenzo, sin parar de acariciarme la cola.

Vinimos a unos reservados y me sentó de un tirón a horcajadas sobre él. El que tenía una erección de campeonato era este profesor.

—¡Lorenzo pará que me da vergüenza con las chicas!

—Si no nos ve nadie... Dale...

—¿Dale qué? —Le pregunto.

Y mi respuesta llega de una manera poco ortodoxa. El chico que lidera mis fantasías desde que lo conozco me metió una de sus manazas dentro de mi top y comenzó a pellizcar uno de mis pezones. No llevaba corpiño porque el top era armado (y tampoco era que tuviera mucho que sostener).

—Qué conveniente que no hayas traído ropa interior... ¿O sí? —Y su mano izquierda se mete debajo de mi mini negra para tocarme la tanga. —Sos hermosa —me dice con voz ronca.

Ambos estábamos totalmente excitados y descontrolados. Lo mío era lógico: hacía mucho que no tenía una alegría. Pero no porque me faltaran candidatos, sino porque estaba encaprichada con el primo de mi amiga. Lorenzo no paraba de tocarme por todas partes y, mientras, me frotaba sobre el bulto escondido dentro de su jean que solo buscaba alivio. ¡Ni en mis mejores fantasías lo había imaginado tan entregado! Bueno, miento: una, en las fantasías, imagina al chico de sus sueños más que entregado y haciéndole sexo oral hasta morir. ¡Si hasta lo había atado! Pensar en eso y ver cómo la boca carnosa del profesor de mi hija me decía cosas sucias (pero lindas), comenzó a generarme un calor interno que me estaba consumiendo. De repente, una moza nos interrumpió y nos preguntó si necesitábamos algo.

—¡Sí, un preservativo y que te vayas! —Le dijo enojado Lorenzo.

Eso fue suficiente para que volviera a la realidad de dónde estábamos y el espectáculo que estábamos dando. Me desprendí con dificultad de sus sensuales labios, que estaban dejándome sin oxígeno con el beso que estábamos disfrutando.

—¡Lorenzo, pará!

—¿Y ahora qué pasa?

—Pasa que Ximena se fue llorando al baño, y que Rodrigo y Alfonso se están matando a piñas.

Se dio vuelta y suspiró. Tenía ganas de comérmelo de un bocadito. Puso tal cara de decepción al ver que le estaban cortando nuestro momento, que me inspiró mucha ternura. Me miró y alzó los hombros en gesto despreocupado. Estaba sexy como siempre: jeans gastados color azul, camisa a cuadros casi hecha a medida de esa espalda ancha, peinado descuidado, ojos celestes súper transparentes... Si seguía así, lo raptaba detrás de los parlantes. ¡Focalizáte, Paula! Le sonreí como entendiendo la situación, y mostrándole que también yo estaba un poco desilusionada por la interrupción. Me levanté y me ayudó a acomodarme. Nos miramos y nos empezamos a reír a carcajadas por su evidente erección. Lo bueno era que en la oscuridad nadie se daría cuenta. Al menos, eso esperábamos.

Nos dimos la mano y mi chico (¿mi?) fue a separar a los galanes de su prima. Luego, llevamos a Rodrigo a los sillones donde estábamos y Alfonso desapareció. Pedimos hielo para los cortes y golpes que tenía el jefe de Ximena, y para bajarle la hinchazón de la cara. Acto seguido, vi cómo Lorena me hacía señas, dándome a entender que Alfonso y la prima de Lorenzo estaban juntos y que iría por ellos.

Esperaba que todo terminara tranquilo, porque no me gustaba nada la mirada que tenía Rodrigo. Me recordaba a mi ex y eso no era buena señal.

****

—¡Chicos, no puedo seguir reteniendo a las mujeres que desean usar el baño! Les dije que mi amiga estaba descompuesta, pero van a llamar al Seguridad del boliche. ¡Vamos! —Nos dice Lorena.

La amiga de Ana me toma de la mano para lograr separarme de mi tatuado. Él se negaba a soltarme, pero debíamos volver a los sillones. Ahí veo a Rodrigo que nos miraba con rabia y tenía un ojo morado; Gerónimo y Alfonso, sonriéndose, como dando a entender que todos sospechaban lo que había sucedido en el baño; y Ana Paula y Lorenzo, ni se miraban.

—¿Dónde estaban? —Me pregunta mi primo.

En ese momento, Alfonso toma entre sus dedos el trago que tenía antes de irme a buscar a la pista, mete sus largos dedos en el líquido y los chupa lentamente sin quitarme la vista de encima.

—Mmm, ¡EXQUISITA! Digo… Exquisito… —Y se relame los labios, demostrándome que aún conservaba mi sabor y que seguía disfrutando de lo sucedido hace un rato. Me atraganto, ruborizándome de golpe, e intento desviar la atención de todos hacia mi primo.

—¡Lo mismo te pregunto yo a vos! —Le devuelvo a Lorenzo, y Anita baja la vista avergonzada. ¿Qué les pasaba a estos dos?

—Menos averigua Dios y perdona, primita... —Se ríe Lorenzo. Toma a Ana Paula de la mano y le guiña un ojo. —Nosotros nos vamos —anuncia mi primo. Y sin mediar palabra, se levantan y desaparecen.

—¡Ah bueno! Si ellos pueden, ¿por qué nosotros no? —Me pregunta el desubicado de Alfonso.

Me remuevo nerviosa en mi asiento y lo miro como para comerlo vivo. Creo que si las miradas mataran, él estaría aniquilado en ese mismo instante. Entre el alcohol que tenía encima, mi reciente orgasmo en el baño en los brazos dibujados de mi hombre, y que sonaba de fondo *Dangerous* de *Guetta*, todo me daba vuelta.

Show me your soul, I gotta know

Bet that you're beautiful inside[13]

—Ximena, ¿estás bien? —Me pregunta suavemente Rodrigo. —Nos dijo Lorena que te había bajado la presión por vernos pelear con Alfonso. Te pido disculpas, no fue mi intención incomodarte. Pero creí que te estaba molestando y por eso me atreví a defenderte...

¡Pobre Rodrigo! Si supiera que necesito que Alfonso me "moleste" sin tregua, no se apenaría tanto. Escucho la risa burlona de mi tatuado y la rabia crece en mí como nunca.

—Gracias, Rodrigo, pero sé defenderme sola. Y es verdad, me bajó la presión porque detesto las peleas. Y sobre todo, detesto que la gente discuta por mi causa. Ahora si me disculpan, es tarde y preferiría volver a casa.

—Yo te alcanzo —dice el dulce de mi jefe.

—No, gracias. Lorena lo hará. ¿Vamos, Lore?

---

[13] Muéstrame tu alma, quiero conocerla. Apuesto que eres hermosa por dentro. (Peligroso - D. Guetta y Sam Martin)

Y por suerte, la amiga de Ana Paula, entiende mi situación y se levanta para acompañarme.

—Nos vemos en clases, Ximena —lo escucho decir a Alfonso.

Ni siquiera lo miro y sigo caminando. Ya no estoy en Moore, a pesar de seguir físicamente en el lugar mientras camino hacia la salida. Yo acabo de huir de allí para esconderme en mi interior, como siempre hago cuando algo me perturba, y así poder reflexionar sobre qué haré con mi vida.

¿Estoy dispuesta a dejar todo atrás para comenzar de cero una relación que sé que no tiene futuro? Porque cuando se entere que soy una asesina y que no puedo formar una familia, me soltará como si fuera un fierro caliente. ¿Estoy preparada para tener sexo por primera vez y ver si olvidé los manoseos a los que me sometía mi padre? Porque una cosa son los preliminares y la masturbación, pero otra cosa es imaginarme un hombre encima, aunque se trate de Alfonso. ¿Podré cruzar esa línea con mi tatuado o prefiero no someterme a esa presión y seguir pensando que estoy cómoda así? En realidad, estoy de todo menos cómoda, como intenta decirme siempre que puede Andrea. Mi hombre de los ojos de hielo me demostró que no soy inmune a él y su toque, que cuando él quiera puede tenerme, y que deseo sentirlo a pesar de mis excusas y mis fallas. Y yo me duermo pensando y repitiéndome convencida que si no es con él, no será con nadie.

De a poco, las barreras y traumas de Ximena iban despareciendo para permitirse comenzar a ser una persona normal. Tenía derecho a descubrirse desde otro punto de vista. No sabía cuál era, pero era distinto, alejado de la culpa de un crimen que cometió en defensa propia y del abuso psicológico al que la sometió el padre para impedirle gozar como mujer.

Como nos pasa a todos cuando algo nos tienta a traspasar nuestros propios límites: pensamos que es más cómodo siempre mantener un status quo. Pero ¿y si esa comodidad nos aleja de la felicidad? Es tan linda la sensación de planear sin motor, livianos, sin mochilas, con la adrenalina de pensar que podemos caer en cualquier momento. Libres.

Afortunadamente, Ximena Newman estaba a un segundo de su nueva vida.

****

—Lorenzo... Esperá... Quiero saber ¿por qué ahora?

—No entiendo la pregunta —me mira desorientado mientras vamos en el auto a alguna parte.

Me lo imaginaba más de moto grande, pero creo que le escuché decirle a Lorena que las odia. Igual, qué me importa si tiene moto o monopatín. Mientras salíamos del boliche no le pregunté dónde me estaba llevando porque no me importaba, solo quería estar con él. Pero ahora, necesito saber dónde estoy parada.

—Una vez nos encontramos en Rock&Feller´s, me dejaste hablando sola y te fuiste con una tal Rubí. ¿Qué cambió?

—¿Qué cambió? Buena pregunta. Yo. Esa noche no paré de pensar en vos y te veía debajo de mí cada vez que me metía en Rubí... O te imaginaba la cara mientras acababas o mientras me hacías sexo oral. Aquella noche en el bar te vi diferente y me asusté. Preferí seguir pensándote como la madre con la que siempre conversaba antes de mis clases. —Me encanta escucharlo reconocer que sintió placer al imaginarme. Como me pasa a mí cuando me toco pensando en él. —Quiero que esta noche nos saquemos las ganas. ¿Estás dispuesta a que haya solo sexo entre nosotros? No quiero mentirte y siempre hablo claro:

92

me gustás, muchísimo, pero no tengo planificado tener pareja ni hacer de padre.

Me duele escucharlo, me incomoda. Pero ¿qué esperaba que me dijera? Es Lorenzo Luminé, el profesor que se acostó con el ochenta por ciento de las madres de su Escuela. Sabía dónde me metía. La pregunta era si tenía ganas de estar con él. ¡Y claro que las tenía! Pero no quería sufrir más. Necesitaba a alguien con mis mismos objetivos y no un inmaduro que solo deseaba dormir una noche con una y a la siguiente con otra, sin comprometerse.

—Pará el auto. Dejáme acá… —Sigue manejando y comienzo a enojarme. —¿No me escuchaste? —Le pregunto mirándolo a su perfil. Lo veo tenso, nervioso. —¡PARÁ EL AUTO YA! —Le grité.

Con un ruido a neumáticos frenando de golpe, se orilló y estacionamos. Con las manos sobre el volante, sus nudillos casi blancos de tanto apretarlo y sin mirarme, esperó a que descendiera.

—Lorenzo, lo lamento. Me encantás, pero así no. Quizás, más adelante, cuando esté más desesperada, nos hablamos. Pero ahora, no. Buenas noches.

Caminé unos metros y paré un taxi para irme a mi casa. Mañana recogería a Juli de lo de mi vecina. Ahora, necesitaba descansar y pensar. Me desmaquillé, me puse una remera para dormir y me abracé a mi almohada a llorar desconsoladamente. ¡Qué sola estaba! Pero a veces es mejor sola que mal acompañada. Una noche de sexo, y con el hombre que ocupaba mis fantasías, hubiera sido la gloria. Lo sé. Pero ¿y después? Otra vez el vacío, las inseguridades, esperar para nada. Tengo una hija y tengo responsabilidades. Ya vendría el adecuado. Y si no, seríamos siempre nosotras dos para todo.

****

¡Lo voy a matar! ¡Como si yo fuera un idiota que no supiera que estuvieron juntos! Estoy sentado solo, en mi departamento, mientras pienso qué hacer para meterme entre las piernas de Ximena. Sería fácil drogarla, someterla y saciarme de ella, como hago cuando alguna se me resiste, pero no quiero eso. Quiero que me desee, provocarle cosas, que grite mi nombre y me busque con la mirada. Como hace con Alfonso. Quiero humillarla por lo de esta noche. Me sentí un pelotudo y no estoy acostumbrado. En el fondo, todas son iguales y buscan lo mismo. Algunas mujeres deberían ser educadas en la obediencia y sometimiento al hombre.

Hoy exploté y me dejé llevar por la rabia de verlos juntos, pero tendré que ser más cuidadoso. No puedo dar ningún paso en falso. Si es necesario, tendré que aliarme con Miranda para sacar ventaja, pero juro por mi vida que Ximena será mía. Por las buenas o por las malas. Y aunque me gusten muchísimo las malas y no esté acostumbrado a otra forma, intentaré cambiar de estrategia porque ella es diferente. Se nota que le falta experiencia y tengo ganas de ser su mentor, enseñarle lo sucio que puede ser tener sexo con alguien como yo, y así llevarla a mi terreno convirtiéndola a mi imagen y semejanza.

Me doy una ducha y me masturbo pensando en ella. Tengo muchas ganas de salir a buscar alguna candidata que me ayude a saciar el instinto animal que se desató en mí y que crece al mismo nivel que mi furia. Pero no. Debo ser paciente. Mañana hablaré con Robledo a ver qué se le ocurre.

Estoy cansado de nadar en la mierda, y sé que mi pase hacia la redención es Ximena Newman. Vas a ser mía, cueste lo que cueste.

Capítulo 11 - Estoy despertando, lo siento en mis huesos

Salir del Instituto tampoco me dio la libertad que estaba buscando. Si bien estaba fuera, seguía obedeciendo intereses de otros. El Rudo ya tenía armada su pequeño "ejército" adicto a sus salvajadas, el cual nos incluía a Tincho y a mí. Pero como cada vez nos rebelábamos más en contra de realizar ciertos actos, nos comenzaron a quitar beneficios y autoridad.

La tarde en que empezó a gestarse en mí el tema de abrirme de ese maldito mundo llegó con nubarrones, como si el cielo presagiara lo que estaba por venir. El Rudo nos había mandado a Martín y a mí a revisar las cuentas de unas "cocinas" que estaban en una de las villas construidas al costado del ferrocarril y que era "propiedad" del mexicano: Las Delicias.

Rosario tiene más de noventa villas, y quince de esos asentamientos irregulares están a la vera del tendido férreo en actividad por donde circulan a diario formaciones tanto de carga como de pasajeros. Los asaltos y la delincuencia más cruda que se vive a diario en esos lugares muestran, no sólo la existencia de un circuito de compra y venta de lo que se roba, sino además una realidad de pobreza y de riesgo constante para quienes habitan a apenas unos metros del lugar por donde pasa el tren. Estábamos cansados de leer a especialistas afirmando que la coexistencia de viviendas y trenes es técnicamente reprobable e insegura; y a los vecinos diciendo que las ratas, la basura, las vibraciones, el ruido y el miedo a que el tren se vaya encima de las casas es "un castigo". Mientras, los políticos anunciaban que pensaban erradicar esos asentamientos y construir barrios con las necesidades básicas cubiertas para esa pobre gente... ¡Mentirosos! Solo pensaban en la guita que les generaba tenerlos bajo su yugo, trabajando por una miseria o un plan social. Y ni hablar, la guita que se estaba generando con las "cocinas" de donde se obtenían las sustancias.

Nos separamos y nos prometimos mantenernos comunicados. Luego de una hora de revisar que todo estuviera en orden, salí de Las Delicias. Marqué el número de mi ex compañero y ahora jefe, El Rudo, pero no llegué a escuchar más nada. El sonido de una explosión hizo que trastabillara y cayera, sorprendido, contra una pared y pensara inmediatamente en mi amigo. Corrí las cinco cuadras que nos separaban, temiendo lo peor. Me juré que si Tincho seguía vivo abandonaría toda esta mierda. Así no se podía vivir. A mí ya no me importaba ni yo, pero seguir perdiendo gente conocida por este trabajo nefasto, que no solo les quitaba la vida a mis amigos, sino a los que nos compraban, me estaba pesando en la conciencia. Si algún día tenía hijos no podría mirarlos a la cara.

No dejaba de repetirme, mientras corría hacia donde se suponía que estaba Martín, que largaría todo y me dedicaría a alcanzar mi sueño: estudiar para el Profesorado de Danza y ser profesor de Tango. Ya había estado leyendo que la ciudad no dejaba de crecer y que se estaban armando ferias y shows callejeros financiados por el municipio. Podría averiguar y meterme en esos grupos. Así tuviera que trabajar por el pancho y la gaseosa, lo haría. Lo que fuera para huir de este círculo vicioso que empezaba y terminaba con muerte: ya fuera de los que vendían o los que consumían. Tarde o temprano (creo que más temprano que tarde, en este caso), terminaría destripado por una balacera o muerto a causa de una explosión porque algún boludo había manipulado mal los químicos para producir las sustancias. A veces, necesitamos que la vida nos sacuda con alguna tragedia para despertarnos y sacarnos de nuestra comodidad (si es que a esta vida se la podía llamar "cómoda").

Llego agitadísimo y con mucho miedo. A pesar del humo, las corridas y los gritos, veo a mi hermano de la vida ensangrentado pero vivo. Tincho estaba sacando a la gente que tenía alguna esperanza de vivir, y no le importaba si para eso tenía que meterse entre el fuego y los escombros. Es que Martín tenía un alma generosa y también comenzaba a pesarle toda esta mierda.

—¡Tincho! ¡Rajá de ahí que esto puede volver a explotar!

Dicho y hecho: una segunda explosión de menor magnitud volvió a sacudir el suelo. Esta vez, caímos inconscientes y despertamos en el hospital. No sabemos quién nos salvó ni cuantas horas pasaron. Lo único importante es que estábamos vivos.

La vida nos daba otra oportunidad y debíamos aprovecharla.

****

A la semana, ya estábamos otra vez en las calles, pero esta vez no era para lo mismo. Ayer le había dicho a Martín que hoy me iría de Rosario para no volver jamás. Estaba todo demasiado enquilombado[14]: la Policía buscaba a los responsables y los políticos se pasaban la pelota acerca de la responsabilidad que cada partido tenía por los asentamientos narcos. Estaban buscando chivos expiatorios y yo no pensaba pagar culpas de otros.

Por otro lado, se iniciaron las tareas técnicas y operativas de demolición de las construcciones que se consideraban irrecuperables tras la explosión, algunas con riesgos de derrumbe. La explosión, había alcanzado a unas diez manzanas a la redonda, afectado a unas setecientas familias y a alrededor de cuatrocientas construcciones, según el relevamiento municipal. La gente había comenzado a cortar rutas pidiendo viviendas seguras y la sociedad estaba pidiendo explicaciones.

---

[14] Quilombo: Modismo argentino que se usa para decir que está todo hecho un lío, un desastre.

Para colmo, había peritajes que se contradecían: casi todos descartaron un cortocircuito (como querían hacer creer algunos funcionarios que vivían del dinero narco), y confirmaron que la explosión se produjo en el patio de la vivienda que funcionaba como "cocina", donde quedó un profundo cráter. Las pesquisas preliminares estaban hablando de la presencia de productos inflamables (y necesarios para producir metanfetamina) como: alcohol etílico, gas butano, fósforo, yodo, drano, líquido de frenos, efedrina, hidróxido de sodio y anhídrido amoníaco. Básicamente, la mirada estaba puesta sobre los jefes narcos, y la impunidad de la cual gozaban en una de las ciudades más importantes de Argentina. Inclusive, se le había dado parte al *Sedronar*[15], que había reconocido la presencia de precursores químicos que son habitualmente utilizados para producir drogas.

La cuestión estaba planteada y se había lanzado una cacería de brujas. Por eso le dije a Tincho que esa misma tarde me iría y que, si él quería, podría venir conmigo. Me dijo que sí y, sin decir una palabra a nadie, desaparecimos de Rosario. Luego de hacer de todo durante mucho tiempo y huir cada vez que empezábamos a asentarnos en las ciudades, decidimos que era hora de separarnos. El Rudo ya no podría encontrarnos y se habría olvidado de nosotros. Martín me comentó que había averiguado todo para ir a estudiar la carrera de Técnico Superior en Seguridad Pública en la Escuela de Policía Juan Vucetich, pero para eso debía recibirse previamente como Oficial de la Policía. Intentó insistirme para que lo acompañara pero mis planes eran muy diferentes. Volvería para quedarme.

Después de todo, el derecho de piso estaba pagado con creces.

---

[15] La SEDRONAR es el organismo argentino responsable de coordinar las políticas nacionales de lucha contra las adicciones. Como órgano especializado en la prevención y asistencia en el uso indebido de drogas, sus áreas programáticas tienen como objetivo asegurar la presencia del Estado en las regiones más vulnerables de Argentina, garantizando el desarrollo de redes preventivo-asistenciales integrales articuladas intergubernamentalmente.

****

Hoy es el gran día. En Rosario habrá una audición para un mega espectáculo de Tango, Jazz y Contemporáneo con proyección internacional. Menos mal que mis compañeros me avisaron. Estoy tranquilo porque tengo experiencia. No en vano estudié y me perfeccioné durante más de cinco años. Además, pienso sorprender audicionando para la parte tanguera. No creo que se presenten muchos, y si lo hacen, igual les paso el trapo a todos.

Cuando miro para atrás, aún no puedo creer cómo zafé y solo pienso en mis compañeros caídos por las malditas adicciones y los enfrentamientos. Les hicimos el caldo gordo a quienes se beneficiaron con nosotros, ya sea siendo *dealers* o muriendo por la guita que los puso donde están: enquistados en el poder. Narcos y políticos mezclados y sacando rédito de los pelotudos que les servíamos. Pero ya no más. Hace años que todo eso quedó atrás. Hoy soy el profesor Alfonso Pinedo y jamás volveré a estar metido en toda esa mierda. Lo juro por mi vida.

Llega mi turno y me presento. Explico al jurado que mi coreografía es para la parte de Tango, y les enseño mi propuesta y el tema que elegí. Todos se muestran interesados desde el principio, menos la integrante femenina, Miranda Robledo. Antes de presentarme había investigado a cada uno de los que me evaluarían y de ella me sorprendió su increíble trayectoria a pesar de su corta edad. Sabía que no muchas cosas podían causarle sorpresa, pero mi coreografía era vanguardista y no estaba dispuesto a dejar pasar la oportunidad. Agradeciéndome, me dijeron que me avisarían si había quedado y me pidieron que me retirara del escenario.

Al término de la jornada, y siendo casi las once de la noche, me había quedado esperando a que saliera alguno de los jurados. No pensaba permanecer con la espina, esperando una semana para saber el resultado de la audición. Cuando vi salir a Miranda me lancé jugándome el todo por el todo. Aunque tuviera que acostarme con ella o representar el papel que fuera, la convencería de que yo era el indicado.

—Buenas noches —la intercepté. —¿Me permitirías acompañarte? No son horas para que una dama camine sola. —La veo dudar y esa es la señal. —Disculpáme si te sorprendí, solo pretendí ser amable. Y como me estaba yendo y justo te vi, quise proponerte caminar al lado tuyo para que no anduvieras sola. Pero si eso representa una molestia para vos, yo...

—No, está bien. Acompañáme. No conozco Rosario y me vendría bien que me guiaras hasta mi departamento.

—¿Cenaste? Porque por acá hay un puestito en la Costanera que es una genialidad. —Me sonríe y me dice que no con la cabeza. —Entonces, no se diga más: yo te invito.

Comenzamos a caminar y la tomo de la mano. No sé por qué, me salió acariciarle el dorso de su muñeca. Me encantaba su perfume y la veía tan mujer, que ya no estaba representando ningún papel. Quería que me mirara con respeto y admiración. Pero, además, esa noche deseaba enterrarme en ella. Que fuera más grande tenía un plus, porque estaba bastante cansado de las chiquitas que se me regalaban por las noches. Miranda constituía un desafío muy interesante, y hacía rato que no me topaba con ninguno.

Luego de la cena, llegamos a su departamento. Era muy ella: ordenado, limpio, con pocas cosas, lleno de libros y cuadros. Tomó el control desde el principio y a mí no me importó. Para variar, necesitaba una mujer que me mostrara su experiencia en la cama y no al revés. Me deslumbró. Esos cinco años de más que me llevaba se hicieron notar y pasé una de las mejores noches. Pero no solo fue sexo. Por primera vez, le puse sentimiento al acto y quería que ella experimentara lo mismo.

Hablamos mucho, cogimos mucho, nos abrazamos demasiado. Esta vez, el sorprendido fui yo, porque sentía que había conectado por primera vez con una mujer. Me sentía un poco "el cazador cazado", pero era como si no me importara, porque la mina me había dado vuelta como a una media. Estaba seguro que Miranda era la persona que necesitaba para crecer y ordenarme en todos los aspectos de mi vida, y no pensaba separarme de ella.

Al fin habían llegado la paz y el amor a mi existencia, después de haber nadado en tanta mierda y en tanta soledad. Era tiempo de establecer bases y dejar de lado un rato los remos.

Capítulo 12 - Cuando sientas mi calor, mira dentro de mis ojos: es donde se esconden mis demonios

Pasaron casi quince días desde esa noche en Moore. En esas dos semanas, Ximena no dejaba de tratarme de "usted" en las clases, aunque había logrado pasar más tiempo con ella en el C.E.C. con la excusa de ensayar la coreografía que presentaríamos en la jornada por la Ley de Danza. Además, y gracias a mi pedido, Gerónimo la incluyó en el proyecto "Danzar Salva". Era insoportable pasar tanto tiempo juntos y casi no dirigirnos la palabra. Ya no sabía cómo acercarme a mi diosa. Intuía que la tenía confundida con mis "acosos", y por eso había decidido darle un respiro. Sería difícil, pero lo intentaría, porque quería que estuviera conmigo por su propia decisión y sin presiones.

Como Miranda estaba muy tranquila y no estaba creando problemas, no tuve reparos en incluirla en la coreografía que estábamos preparando con Ximena. Así que, los cuatro, trabajábamos a la par para que todo saliera perfecto.

—¡Así no! Ximena, ¿tanto te cuesta entender que en el Tango guía el hombre? —Le pregunta Miranda.

—¿Y tanto te cuesta entender a vos que me gusta el estilo del *Tango Queer*[16]? ¿Otra vez tengo que explicar el mismo tema? Siento que Alfonso y vos siguen sin comprender mi aporte. Además, Gerónimo es nuestro coreógrafo, no vos. Por eso aun no entiendo por qué te incluyó Alfonso.

---

[16]En el Tango Queer se experimenta el intercambio de roles de género y se propone bailar el tango sin que los roles estén fijos al sexo de quienes lo danzan. De esta manera se desarrolla una comunicación más abierta entre los bailarines.

Mejor dicho, sí entiendo —le contesta Ximena, pero clavando sus ojos celestes en mí. Creo que acabo de ligarla sin merecerlo. Baja del escenario y camina para irse.

—Chicas —escucho a mi amigo—, por favor, trabajemos en paz que solo nos queda un mes. Tenemos que terminarla, limpiarla y ensayarla. Miranda, si no podes adaptarte a lo que marco, te saco del cuadro —dijo Gero con autoridad. —Xime, subí por favor, así finalizamos de una vez por todas. Alfonso, tomá de la nuca a Ximena, acercále la cara a la tuya como para besarla, y sostenéla por la cintura. Ella, mientras, dejará estirada su pierna derecha, y la izquierda le quedará atrapando tu cuerpo. La idea es que la pose final quede como la típica figura de casi todos los bailes tangueros que vimos. De esa manera, la gente, se sorprenderá tanto con cosas nuevas como con conocidas. A ver, ¿podrían hacerla para mirarla?

Ximena subió, nos colocamos en la posición marcada, y mientras posaba sus increíbles ojos en los míos, leí temor. Sigo sin entender por qué me huye. Ya no me alcanzan las clases de los lunes y los jueves, por eso le había pedido a Gerónimo que la incluyéramos en nuestro proyecto. Porque la necesito cerca. Pero no quiero que se dé cuenta que mi deseo por ella se me está yendo de las manos ni someterme a sus devaneos. Quiero que me necesite y que, esta vez, ella sea la que me suplique que acepta cualquier cosa que yo quiera darle. La tomo de la nuca con posesión y la ajusto a mi cuerpo desde su cintura. La siento temblar y la veo sonrojarse.

—¿Estás bien? —Le susurro. —Me encanta tenerte así. Al menos, en la danza, mando yo —le digo sonriendo.

—En todo mandas vos… —Me contesta suavemente, entornando sus ojos y poniéndose más roja de lo que estaba. Tanto me sorprende su respuesta que me quedo sin palabras.

—¡Ximena! No bajes la mirada, mantenésela —le dice Gerónimo.

—Xime, no me ilusiones. Te deseo tanto que voy a explotar. ¿Me sentís? —Le pregunto, apretándome contra ella para que sienta mi erección. —Todavía no entiendo por qué no estamos juntos. ¿Hay algo que pueda hacer? Me someto a lo que me pidas.

—¡Alfonso! Terminen con un beso —me dice mi amigo. Nota mental: hacerle un monumento a Gerónimo en la entrada a Rosario.

—¡¿Qué tiene que ver el beso con la coreo y la fusión?! —Grita indignada Miranda.

—Todo. Ximena representa un estilo, el Jazz-Contemporáneo, Alfonso al Tango y vos la vida y los prejuicios. Danzan e intentan unirse todo el tiempo, pero vos los separas continuamente. Hasta que se encuentran, se acoplan y sellan su fusión con un beso.

—¿Puedo? —Le pregunto en un susurro a mi chica. —Si no querés, le digo a Gero que…

No me deja continuar porque se acerca y me da un beso dulce, ansioso. Veo sus ojitos cerrados y le sigo la corriente. Nos olvidamos del mundo y de la pose, y comenzamos a acariciarnos. Hasta que las carcajadas de mi amigo nos vuelven a la realidad.

—Algo así pedí para ilustrar mi concepto… Sigan, sigan… Por hoy, terminamos —se despide con una sonrisa nuestro coreógrafo.

La veo irse a Miranda, echando humo. La conozco y sé que cuando se pone así se avecina una tormenta. Ahora me arrepiento de haberla incluido.

—Disculpáme —la oigo a Ximena, y me mira mordiéndose el labio de costado. Esa boca me pierde.

—¿Me estás cargando? ¡Yo pensando que no querías besarme y pidiéndote permiso, cuando que me primereaste encajándome uno de los mejores besos que nos dimos! ¿Repetimos la pose final? —Le pregunto sonriéndole, para que se relaje.

—Alfonso... En serio, no quiero confundirte. Es que ya, ni yo misma me entiendo... No podemos estar juntos. Y no me preguntes más.

No comprendo por qué me dice esas cosas si es evidente que su cuerpo responde al mío. Creo que tendré que dejarme de contemplaciones y recordarle quién manda. Me acerco unos centímetros para acorralarla contra una de las patas del escenario.

—Me estoy cansando, Ximena. Ahora mismo me vas a decir por qué no podés estar conmigo. ¿Tenés miedo? ¿O es por el estúpido de Rodrigo? ¿También te gusta él? Porque hasta soy capaz de bancarme que estés con los dos para que termines decidiéndote por el mejor: o sea, yo —le susurro sobre su boca, mientras ya tengo mi mano metida dentro de su short de jean, buscando para comprobar su humedad.

—Pará, ¿quién te pensás que soy? —Me pregunta enojada.

—No sé, decímelo vos. Te voy a sacar a placer lo que no me querés decir. ¿Él te hace ésto? —Comienzo a acariciar con mi pulgar su centro excitado y empapado. La veo cerrar los ojos, abrir su boca, morderse el labio inferior de nuevo y chupárselo, todo al mismo tiempo, mientras arqueo mis dedos índice y mayor, sacándolos y metiéndolos con celeridad. Su inocencia y entrega me hacen desearla demasiado.

—Basta, Alfonso... Por favor... —Me pide suavemente.

—¿Basta qué? ¿Dejo o sigo? Vos mandás, no yo. Ya no, Xime... Solo pienso en tu deseo y en volver a disfrutar tu carita al acabar... Dale, déjate fluir, hermosa...

Termino de decir ésto y comienzo a sentir sus temblores. Me toma de los hombros para sostenerse y comienza a acariciarme los brazos de arriba hacia abajo. Sé que en este momento la visión de mis dibujos la están volviendo loca y me aprovecho.

—Amo tus tatuajes… —Me lo dice tan bajito que apenas la escucho.

—Prometo que voy a dibujarte cada milímetro con mi lengua, nena… Sentíme lo duro que estoy de solo meterte dos dedos y de pensar en lamerte completa…

Jadea, soltando el aire entre sus dientes, y se deja ir apoyando su cabeza en mi hombro izquierdo, clavándome sus uñas en mis brazos. Le tomo la cara para ponerla a la altura de la mía y verle su expresión de plenitud.

—¡Sos tan hermosa! Por favor, Xime, vayamos a mi departamento… —Intento convencerla. —¡No puedo más! Somos grandes y nos necesitamos físicamente. Te prometo lo que quieras.

Comienzo a besarla con urgencia, pero me toma desprevenido su llanto. ¿Pero qué carajos está pasando que la tiene tan angustiada?

—Nena, ¿qué te pasa? Podés confiar en mí. Contáme y lo solucionaremos juntos. Lo de mi departamento fue una sugerencia. Si querés, vamos a tomar algo y te relajás. No tiene que ser hoy nuestra primera vez. Te seguiré adorando solo con mis dedos hasta que estés totalmente lista. Nací para prepararte, diosa.

—¡Dejáme ir, Alfonso! ¡Me ahogás todo el tiempo! —Me grita, mientras no deja de llorar, y se va corriendo.

¡No entiendo nada! Solo sé que el deseo por ella me va a consumir. Me tiene harto con sus misterios, pero me deja tranquilo que no le soy indiferente. A su cuerpo me lo gané a fuerza de caricias. Y a su corazón… Ya veré cómo llego a su corazón.

****

¡¿Por qué?! ¿Por qué siempre tiene que terminar así? Prometiéndome todo: paciencia, el mundo, su corazón, la vida. No puedo enamorarme. Maldita la hora en que nos conocimos. ¡No! No quería maldecir algo tan hermoso como había sido nuestro encuentro. Es que mi cuerpo no me obedece más, solo quiere sentir a Alfonso y no se va a conformar con menos. Eso es lo que me enoja conmigo y con el mundo. Creo que lo mejor sería irme de Rosario. Viviendo en la misma ciudad, trabajando de lo mismo y en el mismo lugar no podremos cortar con esta soga que nos tiene anudados con deseo.

Voy a ir a verlo para decirle que, si no piensa dejar de acosarme, no podremos seguir trabajando juntos ni en el C.E.C. ni en "Danzar salva". Y, mucho menos, hacer la coreografía para la jornada por la Ley de Danza. Cuando llego a su edificio me canso de tocar el portero eléctrico. Evidentemente no está. ¿Seguirá en el Centro? ¿Estará con Miranda? Es capaz. Seguro que se llena la boca con su discursito de que soy la dueña de su deseo y está sacándose las ganas con otra. Hombres. Todos son iguales. Solo quieren "eso", como me decía el hijo de puta de mi padre. Y parece que Alfonso no dista mucho de los demás, porque se la pasa diciéndome que me quiere en su cama. Al menos es sincero en eso y no la disfraza con palabras cursis.

Camino hacia el C.E.C. y veo luces en el aula que siempre usamos con Alfonso. A medida que me voy acercando, escucho música y observo sombras en movimiento. No me equivocaba: Miranda y él están juntos. ¡Qué estúpida soy! Yo pensando en dejar todo para no seguir viéndonos y no lastimarlo, y él pasándola bien. Mejor me voy, no quiero sufrir de más. ¿O sí? Creo que me conviene acercarme y quitarme la venda de mis ojos para extirparlo de mi corazón y, sobre todo, de mi cuerpo. Ya le contaré a Andrea mi versión de que "cruzar el puente", al final, es una mierda.

Cuando llego a una de las ventanas tengo la visión más increíble de mi vida. Alfonso improvisando movimientos, como si estuviera sobre un escenario. De fondo, sonaba *Wasting Love* de *Iron Maiden*. Las sombras que creí ver eran los movimientos de él, yendo de un lado al otro, saltando, rolleando y estirando, disfrutando de semejante canción.

Spend Your Days Full Of Emptiness

Spend Your Years Full Of Loneliness

Wasting Love, In A Desperate Caress

Rolling Shadows Of Nights[17]

Cómoda en mi posición, a pesar de la lluvia, me coloco bajo un alero y comienzo a gozar del espectáculo que representa el cuerpo perfecto de mi sexy tatuado. Solo llevaba puesto un bóxer, tiro bajo y ajustado, porque hacía mucho calor. Sus brazos, en tensión por la danza que estaba practicando, hacían que sus tatuajes cobraran vida. Me los imaginaba imprimiéndose en mi cuerpo mientras hacíamos el amor, trasladándose a mi piel, como ofrenda de placer. Su pecho, con algunas gotitas de sudor, se ensanchaba y sus oblicuos se escondían y aparecían dependiendo del movimiento. En sus piernas fibrosas, cada músculo sobresalía queriendo cobrar protagonismo. Me asombré al ver que no tenía tatuajes en ellas. Mejor, porque pensaba decirle que se tatuara mi nombre cerca de su ingle, así me recordaría por siempre después que estuviéramos juntos. Me reí de mi propia ocurrencia. Evidentemente, el deseo y la excitación por Alfonso me estaban derritiendo las neuronas.

¿Por qué seguía negándome al apetito por él que me consumía? Si no es con Alfonso, sé que no será con nadie, y era evidente que me moría por sentirme mujer sobre su cuerpo tatuado y experimentar todo con mi

---

[17] Pasas tus días llenos de vacío. Pasas tus años llenos de soledad. Desperdiciando amor, en una caricia desesperada, sombras onduladas de la noche. (Desperdiciando amor – Iron Maiden)

hombre de los ojos azules. ¿Y por qué tenía que cuidar yo de sus sentimientos? Quizás, si le contaba la verdad y él pensaba que no era nada, podríamos gozar juntos del acuerdo que le había propuesto al principio. ¿Pero en qué estaba pensando? ¿Cómo una persona podría quitarle importancia a un asesinato? Poniéndome en el lugar de los demás, si viniera alguien a contarme una historia como la mía, tampoco le creería eso de "en defensa propia". Fueron muchos años aguantando y podría haberme ido antes para evitar esa muerte, ¿no? No. Porque el que sufre abuso sabe perfectamente cómo te manipulan psicológicamente para hacerte creer que fuera de ese círculo de horror no sos nada y tampoco nadie te querrá. Que la depresión, la baja autoestima y los sentimientos de estigmatización pasan a ser tu segunda piel.

Distraída por mis pensamientos, me moví sin querer y un perro se acercó a ladrarme. Del susto, grité como si me estuvieran matando, y, a partir de ahí, no recuerdo más, porque sentí que todo se volvió negro cuando alguien me golpeó.

Capítulo 13 - El amor alivia como la luz del sol tras la lluvia[18]

¡Qué lluvia! Hice bien en quedarme a quemar un poco de energía para olvidar lo de hoy a la tarde. Tengo ganas de escuchar música, moverme e improvisar en base a lo que vaya oyendo. Necesito transpirar este deseo incontrolable que tengo por Ximena.

Sumando cada uno de nuestros encuentros fallidos, creo que tengo una teoría de lo que le pasa. Un pensamiento recurrente me dice que el problema no soy yo, sino algo que le pasó antes de venir a Rosario. Tampoco creo que se trate de un tema religioso. Es algo relacionado con tener intimidad con los hombres y por eso no se abrió al placer de tener sexo. ¿Habrán abusado de ella? ¿Lorenzo sabrá de los problemas que tiene su prima?

No puedo dejar de bailar. Necesito agotarme. Este tema de *Iron Maiden*, su letra, me hace pensar en el tiempo que estamos perdiendo Xime y yo sin conocernos. Siempre que estamos juntos, saltan chispas de todo tipo y eso tiene que terminar.

¿Qué fue ese ruido? ¿Y ese grito? Me pareció escuchar que venía de afuera y sonó como la voz de Ximena. Imposible. Ya no solo necesito sentirla a través de la danza, sino que hasta la imagino que viene por mí, a buscarme. Iluso. Definitivamente, estoy entregadísimo. Es lo que pasa cuando uno no concreta. Igual, salgo a ver, porque ese grito no fue imaginación mía, y me encuentro con un perro lamiéndole la cara a mi hermosa, intentando reanimarla. ¡Era ella!

---

[18] William Shakespeare

—Hola cusquito, ¿vos sabes qué le pasó a mi chica? —Me ladra en señal de respuesta. —Okey, tenés razón: la llevamos adentro para que no se enfríe, y después que me cuente ella.

La cargo sobre mis brazos y el perrito me sigue a los saltos. Es uno de los animalitos que vaga por el C.E.C. y que no quiere irse con nadie. Si no fuera así, ya lo estaría adoptando porque, desde hoy, es mi nuevo héroe: cuidó a mi Ximena.

Una vez adentro, la apoyo sobre una pila de colchonetas y le quito la ropa húmeda. La dejo en ropa interior, aprovechando que el salón tiene una buena temperatura y que la lluvia no la había enfriado mucho. Verla así, indefensa, y con su pelo rubio cubriéndole sus facciones perfectas, parecía más joven de lo que ya era. La ternura que me inundó se mezcló con el deseo que me tironeó dentro del pantalón y ya no pude ver más nada. Me acerqué lentamente y la besé con suavidad. Me dejé llevar y comencé a morderle sus labios para despertarla. Ximena abrió sus ojos sorprendida y respondió a mi beso. Se incorporó para atraerme hacia ella mientras me acariciaba los brazos y la espalda. ¿Esto era un sueño o estaba pasando realmente? Su boca comenzó un recorrido por mis tatuajes y la parte superior de mi cuerpo. Me mordió las tetillas y me pasó la lengua descendiendo por la línea que marcaba mi final feliz. No sé cómo, pero la detuve. Quería retomar el control. Se suponía que el experto era yo y deseaba marcar el ritmo en su primera vez. Porque estaba seguro, lo leía en sus ojos y en su cuerpo: esta noche explotaría todo.

La di vuelta para dejarla boca abajo y le fui dando pequeños besos desde su talón hasta la raya de su cola. Iba y venía, alternando con mi lengua. Con cada gemido que ella me regalaba, mi excitación y deseo crecían exponencialmente. Esta mujer me iba a matar. A pesar de su inexperiencia era tan receptiva que me provocaba hacerle de todo. Le bajo su tanga suavemente para crearle expectativa y la oigo suspirar con fuerza.

—Xime, hermosa, esta vez sí, ¿no? Juráme que me vas a dejar mostrarte cómo te sueño y qué imagino hacerte.

Ladea la cabeza para mirarme y asiente con una sonrisa sensual que me descoloca. Le dije que me esperara y fui a buscar un preservativo del bolsillo trasero de mi jean.

—¡No! —La escucho decirme. —Quiero que mi primera vez sea sin objetos de por medio. Quiero sentirte dentro mío, Alfonso. A vos, no al látex.

—Pero tengo miedo de no controlarme y acabar dentro tuyo. No quiero consecuencias de mi delirio por vos. No quiero preocuparme por nada que no sea darte placer.

—No te preocupes —me contesta con una mueca triste. —Te aseguro que no las habrá. —Debe tomar pastillas, seguramente. Por mi parte, estaba sanísimo. Y respecto a ella, iba a ser el primero. Supuse que no debía inquietarme. —Quiero que me hagas explotar, mi sexy tatuado —me dice jadeante.

—¿Sexy tatuado? —Le pregunté con una sonrisa enorme y pícara, dejando de lado la confesión que me acababa de hacer. —Me gusta... Hermosa dueña de mi deseo...

La vuelvo a poner frente a mí para sacarle el corpiño y dejarla totalmente desnuda. Me pide con una seña que le permita sacarme el bóxer y disfruto viéndola hacerlo. La acuesto suavemente sobre las colchonetas y me coloco encima de su cuerpo espigado. Tiene la piel tan suave que no puedo parar de acariciarla y besarla. Como sé que es su primera vez, leo el temor en sus ojos y necesito tranquilizarla.

—Preciosa, no te preocupes. Jamás te haría daño. Voy a entrar en vos en forma lenta y controlada, y me vas a ir diciendo si te duele, ¿okey? —Me responde con un movimiento suave de cabeza. —Muy bien, hermosa mía, ahí voy.

Comienzo a introducirme suavemente, sin perderme ni una de las expresiones de Ximena. Está tan mojada que me asombra. Pensé que el temor no le permitiría humedecerse, pero no fue así y lo celebro, porque eso hará que mi intromisión le duela menos. Una vez que siento que se acostumbró al dolor y está más relajada, empiezo a moverme muy despacio. Se aferra a mis brazos y me susurra que ama ver cómo cobran vida mis tatuajes cuando me muevo. ¡Es tan hermosa! Y me enciende que sea tan fetichista con algo mío. Sus temblores van apareciendo y sé que está por tener su cuarto orgasmo juntos: el primero conmigo dentro y que pienso disfrutar junto a ella, pero el cuarto desde que empezamos este jueguito de hacernos desear. Sí, los contaba, ¿y qué?

—¡Alfonso! —Grita suplicante.

—¡Hermosa! —Respondo con un gruñido, en tono apenas audible.

Explotamos. Ya sabía yo que no podría controlarme y acabaría al mismo tiempo que ella.

—Disculpáme, quería aguantar más, pero tus contracciones y mi nombre estallando en tu boca me mataron. Ahora que sos mía, no pienso parar. Viviría dentro de vos, las veinticuatro horas haciéndote el amor. Pero convendría que te recuperaras, descansaras y lo intentáramos mañana. La primera vez es dolorosa y encima te golpearon —me mira con sonrisa de satisfecha. Mi *orgullo de macho iniciador* me está tocando la puerta y no puedo dejar de preguntarle. —¿Te gustó? ¿Te dolió mucho? ¿Fue cómo te imaginaste? ¿Cumplí con tus expectativas?

—Eso y más, mi sexy tatuado —me contesta acariciando uno a uno mis tatuajes y pasándole la lengua al del tiburón que está en mi costado derecho. —Tenés razón. Me dejé llevar y me olvidé del golpe. Pero ahora me duele un poco la cabeza. —Hace una pausa. —Me gustó mucho y quiero volver a intentarlo… Ahora. —Me mira sensualmente, clava sus enormes ojos celestes en mí y se muerde su labio inferior. Sonríe y levanta una ceja. —Como la dueña de tu deseo ordeno que me complazcas —se ríe pícaramente.

—Sus deseos, y los míos, son órdenes —le digo guiñándole un ojo.

Y volvemos a descubrirnos, a tocarnos como si quisiéramos aprendernos de memoria. Esta vez, con más pasión que la anterior, porque el dolor del principio ya había pasado y dio paso a la curiosidad insaciable por el cuerpo del otro. Era increíble ver el empeño que Ximena ponía en cada entrega para darme placer, como si su experiencia fuera determinante para mi deseo. Nada más lejos de la realidad que eso. A mí me excitaba ella, no su conocimiento previo de sexo. Me volvían loco su pelo lacio, su cuerpo, su boca carnosa, sus ojos dulces pero valientes, su devoción por mis tatuajes, su entrega y su ansiedad por complacerme. Ella. Ya se lo explicaría más adelante, ahora solo quería que aprendiera a sentirnos, a disfrutar el acoplamiento de nuestros cuerpos, al goce de la piel contra la piel. La siento arquear su cuerpo y explotar con su cabeza echada hacia atrás. La sigo porque no puedo controlarme. Nunca había experimentado esta ansiedad por acabar cuando lo hacían mis amantes. Tampoco con Miranda. Es como si no quisiera soltarla jamás, ni siquiera en el orgasmo. La necesitaba todo el tiempo a mi lado.

¡Cuántas horas nos habíamos perdido! Menos mal que recapacitó y vino a buscarme. Pero ¿qué la habrá motivado a hacerlo? No me importaba. En este momento solo contaba la satisfacción de nuestros deseos. Se desploma sobre mí, nos relajamos y nos quedamos dormidos.

****

Estúpida. ¿Por qué tenía que estar ahí? Pensaba mantenerme escondida observando a Alfonso, y cuando fuera el momento máximo de su bronca, entrar y aprovecharme para volver a tener sexo como cuando estábamos juntos. Pero tuvo que aparecer esa pendeja odiosa que solo sabe traerlo de las narices. ¿Qué habría ido a buscar? A mi novio, seguramente. Ella también estaba embobada con el espectáculo que representaba Alfonso danzando.

¡Y ese maldito perro que me estaba por delatar! Tuve que golpear a Newman porque se había dado vuelta y me iba a ver. De todas formas, no creo que se diera cuenta quién la atacó. Cuando observé que Alfonso se había detenido por el grito de esa imbécil, supe que estaba viniendo a ver qué pasaba y no podía quedarme para ser descubierta.

¿La habrá podido despertar? ¡Qué me importa! No puedo dejar de preguntarme qué busca. No soy estúpida y noto el deseo que los sobrepasa cuando están juntos. Ella no puede evitar embobarse con sus tatuajes y su cuerpo, como si no entendiera por qué le gusta. Y él no deja de mirarla con ternura, pero cada vez que puede, la roza o la toca con posesión, marcando territorio. Tengo que evitar que alguna vez estén juntos, porque intuyo que después de ese momento, será muy difícil separarlos.

Recuerdo cuando nos conocimos hace diez años, en una audición. Tuve que evaluarlo y me sorprendió su talento y originalidad. Después de todo, ¿qué chico se presentaba a un concurso con una coreografía de tango? Me impactaron sus movimientos únicos, porque es difícil mostrar la sensualidad tanguera bailando solo. Pero mi Alfonso supo hacerlo. También se había dado cuenta cómo lo miraba y se aprovechó de eso. Me esperó hasta las once de la noche a que terminaran las audiciones, y me abordó a la salida para invitarme a cenar en un puestito. Luego de compartir la cena en uno de los lugares típicos de la Costanera rosarina, me preguntó si lo dejaba acompañarme hasta mi casa. No contesté y caminó junto a mí. Pasadas dos cuadras en silencio, me tomó de la mano y no dejó de acariciármela hasta que llegamos a mi departamento. Lo dejé subir porque quería saber hasta dónde avanzaría. Me sorprendieron y conquistaron su firmeza y seguridad, y esa noche hicimos el amor. Y uso la palabra *amor* y no *sexo* porque desde ese momento me enamoré de Alfonso. Jamás me había fijado en alguien menor, pero él era una especie de chico malo desamparado que me provocó protegerlo y disfrutarlo al mismo tiempo. Si no funcionaba, sabía que la única lastimada de todo esto sería yo, pero ya era tarde: me había enamorado por primera vez en mi vida.

Creo que aún estoy a tiempo de recuperarlo. Mi relación con Alfonso siempre se basó en la seguridad que yo le daba de tenerle todo resuelto y, contra eso, Newman no puede competir. Él es quién es gracias a mí y a mis contactos, y pienso aprovecharme de eso. El único problema fueron, son y serán mis celos. Pero soy capaz de jugar el papel de ex novia solidaria y comprensiva, mientras averiguo cómo sacar del medio a Ximena. Sé que tiene un punto débil y lo pienso usar a mi favor.

Por mi Alfonso, todo.

Capítulo 14 - El amor después del amor

Pero ¿dónde se habrá metido Ximena? Estoy preocupado porque no conoce a nadie, salvo a sus compañeros del Centro. Me tranquiliza que no es de mandarse cagadas, es muy medida, pero ¿y si le pasó algo? Igual, algo me dice que el tal Alfonso tiene que ver. ¡Ese le tiene unas ganas! Pero parece buen pibe, me cae bien. ¿Y si la llamo y está con él? No creo, pero…

—¡Hola, qué rico! ¿Estás preparando el desayuno? —Me pregunta Rubí, tomándome desde atrás por mi cintura.

—Sí, ¿cómo amaneciste? Igual, estoy apurado, así que lo tomaremos rápido —le contesto.

Una cosa eran los buenos modales y otra que se instalara. Encima tenía clases y mi prima no aparecía.

—No te preocupes que estaba por irme, ya sé que te ponés paranoico la mañana siguiente —me dice enojada. —¿Al menos puedo tomar una taza de café?

—¡Buen día! —Entra sonriente Ximena. —Ah, disculpen… No sabía que tenías visitas, Lo. Hola, soy Ximena, su prima.

Le tiende la mano a mi amante de turno y la quiero ahorcar. Ay ay ay, Ximena, innecesaria presentación… Recordar matar a mi hermanita postiza, y darle una charla sobre los *"toco y me voy"* de los hombres.

—Hola, soy Rubí… ¿Qué vendría a ser yo, Lorenzo? Así me presento debidamente. —Me pregunta rabiosa.

—Rubí, tomá tu café —le contesto intentando evitar discusiones.

—Hola Xime, ¿dónde estuviste?

—Después hablamos. Subí para avisarte que abajo están Ana Paula y Julieta, son las primeras en llegar. Las hice pasar, ¿hice mal? —Me pregunta con una mezcla de malicia y diversión.

Debe estar devolviéndome la jugadita que le hice con Alfonso la otra noche, cuando le permití esperarla sin avisarle.

—Para nada. Rubí ya se iba y podemos comenzar las clases.

¿Cómo haría para que Ana Paula no viera salir a Rubí? La miré a Ximena y me entendió al instante.

—Lo, vuelvo en un segundo. Le diré a Julieta y a las demás nenas que hayan llegado, que vayan entrando, así las madres pueden irse tranquilas. Terminen su café —la escucho a mi querida prima. Nota mental: dejar de lado el plan para matarla y comprarle un buen regalo.

—Gracias, así no nos atrasamos —le guiño un ojo a Xime. —Preciosa, nos vemos en otro momento, ¿te parece? —Ahora que no tenía apuro, podía ser el más adorable de los amantes.

—Sí, precioso. Nos mensajeamos —me sonríe.

Por suerte, se evitó un desastre. Es que, aunque no tengo nada con Ana, no quiero que nadie sepa de mis encuentros. Acompaño a Rubí y me sorprendo al ver a la mamá de Julieta sentada en la sala contigua al zaguán.

—Ana, ¿cómo estás? —La saludo nervioso. ¿Pero qué me pasa? Me comporto como si esta mujer fuera mi novia. Después de todo, solo fueron unos besos en un boliche. No firmé exclusividad con nadie.

—Hola Lorenzo, todo bien —y la mira a Rubí, esperando que esta vez sí las presente oficialmente. ¡Ni loco!

—¿Te quedaste esperando por alguna razón en especial? ¿Pasó algo con Julieta?

—En realidad, quería decirte que su padre volvió a aparecer. Era para advertirles que no permitan que Juli se vaya con nadie, salvo conmigo.

—Disculpen, pero ya que no me presentan, me voy. Soy Rubí —le da un beso a Ana Paula y se va celosa. —Después hablamos.

Cuando nos quedamos solos, me mira con desaprobación. ¿Y ahora qué hice?

—Pobre chica, podrías habernos presentado. Lamento haberte interrumpido, pero es que era urgente. ¿Es tu novia? —Me pregunta en tono celoso.

— ¡No! —Digo vehementemente. Se sobresalta con mi tono y lo suavizo. —Quiero decir, es solo una amiga. Contáme más de tu ex y describímelo, así estaremos alertados.

Comienzo a escucharla, pero en realidad, estoy distraído. Noto un destello de inseguridad y temor que me provoca abrazarla. Nunca la había visto así: como las leonas que protegen a sus cachorros, que luchan con valentía, pero entienden que se enfrentan con una fiera y podrían morir. Mejor no meterme y cortar por lo sano.

—Ana Paula, quedáte tranquila, nadie se llevará a Julieta sin tu consentimiento. Pero entendé que si viene el padre con una orden legal o la fuerza pública, tendré que acatarla.

—Entiendo... —Me contesta derrotada. —No te molesto más. En un rato vuelvo por mi hija.

La veo irse y un sentimiento de culpa me invade. ¿Por qué tengo que comportarme siempre como *Don Quijote*? Creo que mi buena acción de la vida la cumplí y la cumplo todos los días con Ximena. Ana Paula puede cuidarse solita. Pero luego, durante el día, no puedo dejar de pensar en ayudarlas. Creo que estoy deliberando con mi otra cabeza, e imagino como recompensa un buen polvo con una M.I.L.F.[19], y no tanto en ser altruista. No. No es solo eso. Es decir, Ana Paula está muy bien, pero hay algo más. Quizás, me seduce el creer que con ella podría intentar algo serio. Es linda, inteligente, buena persona y me necesitan ella y su hija. ¡Epa! ¿Qué me pasa? ¿De dónde vino ese pensamiento traicionero? Debo estar envejeciendo. Pero realmente siento que debo ayudarlas.

Veremos qué surge de dejarse fluir.

****

En la cena, y después de un día de mucho trabajo, nos distendemos un poco con Ximena.

—¿Pero se puede saber cómo haces para estar con diferentes mujeres en la semana? ¡Lo tuyo no es normal, Lorenzo!

—Son mis promesas lujuriosas las que las vuelven locas —y nos reímos ambos—. En honor a la verdad, tengo instalado en mi celular un programita que se llama *Tinder*[20]. Me permite elegir mis candidatas según la zona y así es más fácil encontrarnos. Todo cortito y al pie —le guiño un ojo.

—¿Y ellas van? ¿No tienen miedo que seas un loquito o no te parezcas al de la foto de perfil? ¿Tan desesperada está la gente? —Me pregunta entono curioso, pero no tan indignada como creí que se pondría.

---

[19]Mothers I Like To Fuck (Madres con las que me gustaría tener sexo)
[20]Tinder es una aplicación que opera como un intermediario. Tomando en cuenta los datos de perfil de Facebook del usuario, brinda opciones de personas compatibles en edad, intereses, zonas geográficas y amigos en común.

—Mmm... No puedo explicarte todo, prima, sos demasiado inocente...
—Veo que pone caras y revolea los ojos hasta ponerlos en blanco.
—Porque seguís siendo "inocente", ¿no? —Como Ximena seguía sin responderme, comienzo a reírme a carcajadas. —¡No me digas que lo hiciste! Con Alfonso, ¿no? —Y la veo que empieza a llorar sin parar.
—Pero primita, ¿qué te pasa? ¿Te hizo algo? ¿Te maltrató? ¿Te forzó? ¡Decíme, porque le parto la cara!

—¡No! Fue increíble, Lo... Es que fui para decirle que lo odiaba y pedirle que me dejara en paz, o de lo contrario, me iría de Rosario... Pero cuando llegué, estaba bailando tan enojado y tan hermoso al mismo tiempo, que fue imposible no admirar la pasión que despedía su cuerpo. De pronto, me desmayé porque alguien me golpeó, y desperté dentro del Centro, con Alfonso cuidándome. Una cosa llevó a la otra y... —Bajó su mirada avergonzada y comenzó nuevamente su llanto. —¡Lo amo! ¿Entendés mi desgracia, Lorenzo? Cuando sepa que soy una asesina no me va a querer ver nunca más.

—Pará, Ximena, no sos una asesina. Terminála con eso. Te defendiste de un monstruo. Ese desenlace fue producto de unos padres de mierda. ¡Y lo sabés!

—Pero huí de Tostado como una asesina... ¿Quién me va a creer si no me presenté a contar ni mi versión de los hechos? Además, estoy fallada, Lo. Como mujer ni siquiera puedo engendrar...

—Eso no importa ahora. Madre no es solo quién engendra, y si quisieras una familia más adelante, hasta podrías adoptar. ¡Lo increíble y destacable es el gran paso que pudiste dar, Xime! Por primera vez, te permitiste escucharte y no reprimirte. Fuiste feliz sin culpas. Sin importarte el qué dirán, tus traumas pasados o si a Alfonso no lo ves nunca más. ¿Llegas a dimensionar el avance? Pensé que jamás lo lograrías. Todo lo demás, es solucionable.

—No sé, Lo... Necesito pensar, tomarme unos días. Pero estoy comprometida con tantas cosas... —La oigo suspirar profundamente.

—Andá tranquila. Por nuestra Escuela no te preocupes. Y por el Centro y la coreografía para la Jornada, si me dejan, te cubro y después ensayamos juntos para que no te pierdas los avances.

—Gracias, primo. Sos mi ángel de la guarda, como te digo siempre —me abraza y me besa en la mejilla.

—Y vos sos mi hermanita, y nadie te va a joder más mientras yo viva.

—Me voy a hacer el bolso así salgo temprano.

Observo que va rápidamente a su habitación, decidida a tomarse un tiempo para ella lejos de acá, para reflexionar y mirarse, como me contó que le había dicho Andrea en la última sesión. Qué bueno que Ximena haya iniciado el camino de perdonarse a sí misma. Le tengo fe al tal Alfonso. Y sino, intervendré para que mi prima sea feliz. La veo como un ciervito, queriendo pararse para caminar, mientras flaquean sus piernas. Pero si vuelve a caerse, acá estaré yo. Ella es mi familia y nunca más estará sola.

****

A la mañana siguiente, antes de salir de la ciudad, hablé con Rodrigo. Le conté que me iría el fin de semana, asegurándole que volvería el lunes a mis clases, como correspondía, pero que ante cualquier eventualidad, contara con Lorenzo para suplirme. Me dijo que no habría problema y que cualquier cosa que necesitara le avisara. Me preguntó dónde estaría y si viajaría acompañada. Le contesté que prefería no revelar mucho porque necesitaba unos días sola. Creo que entendió la indirecta porque concluyó la conversación pidiéndome que no dejara de llamarlo, que él estaría dónde fuera en un santiamén.

Al único que no le comenté de mis planes ni le respondí sus mensajes fue a Alfonso. Desde que habíamos hecho el amor no paró de escribirme. Cada vez que aparecía su nombre en la pantalla me vibraba todo. Recordaba sus caricias, sus besos en todo mi cuerpo, su sexo entrando y saliendo, sus tatuajes, su voz susurrándome cosas, su respiración entrecortada al acabar. Fue hermoso sentirlo dentro mío, empujando lentamente y luego con urgencia. Qué placer acariciar sus brazos dibujados y pasar mi lengua por sus marcas.

No puedo dejar de pensar en que me odiará cuando se entere de mis mentiras. En realidad, nunca lo engañé, solo oculté mi pasado. Después de todo, no tengo por qué andar por ahí contando mi vida, ¿no? Pero en este caso, creo que sí debería haber hablado con él. Me sorprendió que no le diera importancia ni hubiera preguntado más nada cuando le mencioné eso que "no habría consecuencias". Tampoco se preocupó por averiguar si se trataba de esterilidad o simplemente de profilaxis femenina. ¿Y qué importancia le iba a dar? Tampoco es que queríamos formar una familia. Solo fue una noche. O quizás sean más, pero no es que Alfonso estuviera pensando en ese momento en tener hijos.

El micro, después de casi una hora, entró en la Terminal de colectivos de San Lorenzo. Saco de la mochila la dirección del Hotel Horizonte para dirigirme hacia allí. Mi primo me lo había recomendado porque ya lo conocía de una estadía anterior. Decidí caminar para recorrer un poco y conocer la ciudad cabecera de partido. Llegué hasta la Oficina de Orientación al Turista y allí me dieron folletos con actividades. Una vez en el hotel, me registré y dejé mis cosas. Era casi el mediodía y comenzaba a tener hambre. Tenía ganas de almorzar pescado de río y me recomendaron un lugar especial. Pedí la especialidad de la casa, surubí a la parrilla y la acompañé con una ensalada mixta. Todo muy liviano para poder caminar.

Durante la tarde visité el Museo Sanmartiniano. Allí, pude recorrer toda la vida del Libertador de América, el General Don José de San Martín. Como estaba cansada del viaje y de tanto pensar en Alfonso, paré a merendar en "El paseo del pino", que era el paseo y zona de encuentro de los jóvenes, muy cercano a los principales bares y boliches bailables. Hablaba de *los jóvenes* como si yo no fuera uno de ellos. Es que había sufrido tanto en la vida, a pesar de mi corta edad, que a veces me sentía como de cien años. Luego, me dirigí al Paseo Costanero para aprovechar las vistas nocturnas del Paraná.

En los días siguientes conocí el Convento San Carlos, ligado a la historia sanmartiniana y el Campo de la Gloria. En el primero, descubrí tanto reliquias pertenecientes a San Martin, como de la vida monástica de los últimos doscientos años. Y el Campo de la Gloria, el cual no tiene más de dos hectáreas y está ubicado frente al convento y junto al río Paraná, recuerda el lugar donde se produjo el combate de San Lorenzo[21].El guía me explicó que el lugar se encuentra distinguido con un gran monumento en el que sobresalen las "Alas de la Libertad", con un monolito por cada granadero fallecido a causa de las heridas en este combate. También hay un mástil mayor para la bandera argentina y mástiles menores que en ocasiones muestran otras banderas. Cada año, el 3 de Febrero, aquí se celebra un aniversario del combate de San Lorenzo. El público disfruta "la carga de caballería" con los granaderos y sus caballos recorriendo a pleno galope el Campo de la Gloria en sentido homenaje a sus camaradas de aquel entonces. Algún día vendría para apreciar este bello espectáculo. Ojalá, fuera de la mano de Alfonso.

Intenté embotarme de información histórica y de las hermosas imágenes de la ciudad sanlorenzina, pero nada evitó que siguiera pensando en mi sexy tatuado. En sus insistentes ojos azules, en su sonrisa pícara, en su sexo haciéndome mujer, en su barba de días rozándome mi centro de placer mientras me besaba hasta delirar... Recordar a Alfonso

---

[21]Este combate marcó el inicio de la liberación de Sudamérica de la corona española.

entrando en mí, y sentirme morir de amor en ese segundo, era haber alcanzado el cielo con las manos. Fue como romper todas las ataduras, los complejos, los miedos, la culpa, para renacer en una nueva Ximena. La Ximena mujer. La Ximena viva. Porque, ahora lo entiendo, andaba muerta por la vida, sobreviviendo con una mochila llena de piedras. Y cada uno había contribuido con alguna para ir llenándola de a poco, hasta que se me hiciera insoportable de cargar: mis padres, las madres de mis amigos del colegio, los que me despreciaron en el pueblo, los que me señalaban como la provocadora de un abusador. Y sobre todo, las había llenado yo con mis propias piedras, con mis prejuicios, con mis autocastigos o autocensuras cuando vislumbraba una posible lucecita de felicidad. Pero había llegado mi tatuado, mi hombre de los ojos azules, para mostrarme que es posible iniciar el camino del perdón si estamos acompañados. Que la redención se hace más fácil cuando uno comparte sus penas y aligera la carga.

Aquí, en soledad, recordé lo que me había dicho Andrea, mi psicóloga, en una de las sesiones. Yo ya le había planteado lo que me provocaba Alfonso con sus caricias, sus palabras, sus actitudes, sus miradas. Y ella, me miró comprensiva y me dijo que había veces que era necesario cruzar el puente. La miré sin entender, pero con la paciencia y la tranquilidad que la caracterizaban me explicó que, para ser un resiliente activo, concretamente hay que creer fehacientemente que será posible cruzar la línea que nos está marcando un antes y un después en nuestra vida. Cruzar hacia la felicidad que estamos buscando o deseando conseguir. Y por eso me había pedido que no lo cruzara con resignación, pero sí con cautela. Porque todo cruce hacia otro estado implica desequilibrios, acostumbrarnos a cosas nuevas, y por eso necesitaba darle tiempo al tiempo, para acomodar mi mente. Más que nada, para aceptar a esta nueva Ximena que estaba naciendo y quería romper la crisálida. Y una vez que lo hubiera cruzado, que hubiera aceptado el cambio, quizás hasta saliera fortalecida. Pero me había hecho una salvedad: tenía que tener en claro que estaba por cambiar para siempre, y debía preguntarme si estaba dispuesta a hacerlo, porque luego ya no habría vuelta atrás.

¡Claro que quería cambiar esta sensación de no ser dueña de mi vida! Porque, aunque me mostrara fuerte con los demás, mi interior estaba resquebrajado y lleno de inseguridades. No podía acercarme a ningún hombre sin sentirme insegura, cualquier situación o frase me recordaba a los abusos a los que había sido sometida, siempre pensaba que cualquier muestra de cariño implicaba segundas intenciones. Sin embargo, mientras me decía todo ésto, pensaba que había una luz que me esperaba al final de ese puente: Alfonso. Él desenganchaba de mis hombros todas las mochilas que arrastraba desde siempre.

Volvería y estaría con mi tatuado. Me entregaría entera. Porque en cuerpo ya lo había hecho, y mi corazón le pertenecía también, pero mi mente se resistía. Mis miedos seguían paralizándome. Ya me había demostrado que él estaba tirando muy fuerte de nuestro hilo y yo insistía en alejarme. Pero eso se terminó.

¿Qué haría cuando volviera? ¿Le diría finalmente la verdad? ¿Me alejaría de él? Ya no. Si no hubiéramos compartido ese acto sublime que me mostró lo hermoso de estar con el hombre que amo, quizás tendría una esperanza. Pero ahora, sería imposible separarme de él. Y si lo lograba, siempre recordaría esa noche con *Iron Maiden* de fondo.

¿Y si volvía a Tostado para averiguar qué había pasado después de mi huida? Podría pedirle a Lorenzo que me acompañara y preguntara cosas, sin levantar mucha polvareda. Yo necesitaba saber si habían cerrado la causa o si aún seguían investigando para descubrir al culpable. No me quedaba otra: tenía que enfrentarme a las consecuencias de mis acciones. Ahora estaba fortalecida y no estaba sola. Volvería a mi pueblo para arreglar las cosas y poder ser una mujer sin cadenas para Alfonso.

Ximena no sospechaba que tenía una enemiga que acechaba y la estaba por hundir, sin importar cuánto ella quisiera solucionar su pasado.

****

¡Tengo una bronca que me ciega! ¡Pero cuando la vea, me va a escuchar! No solo que no me respondió ninguno de los mensajes ni las llamadas, sino que tampoco me avisó que se iría unos días.

Apenas me enteré, pensé que ella había dejado Rosario para siempre. Sé que era un pensamiento un poco extremista, pero la había visto tan rara previamente a que hiciéramos el amor, que lo primero que temí fue eso. Y para colmo, el pelotudo de Rodrigo, viendo mi desesperación, me dijo que sabía dónde estaba y que hablaba con ella dos veces al día. Eso provocó mi ira y le di una piña en el medio de su cara bonita. ¡Que se joda! Menos mal que tengo buena relación con Lorenzo y me dijo que, lo que me había dicho mi jefe, era mentira. Ximena se había ido durante el fin de semana, no hablaba con nadie y volvía el domingo. Eso me tranquilizó y redujo mis celos a un nivel casi nulo.

Así que, acá estoy: sentado en la puerta de la casa de los primitos, esperando a la dueña de mi deseo. Estos días había preparado mi departamento para pasarnos las mañanas, las tardes y las noches uno dentro del otro, acariciándonos y besándonos sin cesar. Pero la cabezota de mi diosa tuvo que huir. Siempre hace lo mismo. De hoy no pasa sin que me cuente qué carajos esconde. Le voy a decir que puede confiar ciegamente en mí y que, sea lo que sea, la pienso apoyar y ayudar.

Escucho la llegada de un taxi. La veo bajar con su pelo suelto, ese con el que tanto soñéenestos días que me rozara los tatuajes mientras la embestía una y otra vez, su remera blanca y muy corta, y sus jeans ajustadísimos. Parece alguien que acaba de llegar de su excursión. Cuando nota mi presencia, baja sus hermosos ojos, se muerde su labio y vuelve a mirarme. Me sonríe y corre hasta mí para treparse con sus piernas en mi cintura y darme un beso larguísimo.

—Te extrañé —me saluda. —Mucho. ¿Y vos? —Me pregunta dulcemente, sobre mis labios.

No sé qué decirle ni cómo reaccionar. Toda la bronca que tenía, mis preguntas, mis reproches, mis exigencias, se diluyen ante el deseo por tenerla. Ese deseo que nubla mi razón hasta hacerla puré.

—Vamos a mi departamento antes que te empotre contra la puerta de tu casa. No me olvido que acá vienen nenas chiquitas, y que tus vecinos y tu primo son bastantes chusmas.

Sin darle tiempo a que me diga si sí o no, la tomo de la mano, la subo a mi moto *Royal Enfield Electra 500* y le pongo un casco.

—¿Y esta hermosura? No me dijiste que tenías una moto. Siempre te veía esperando el micro.

—Es que la tenía en el taller. Quise hacerle una reforma *scrambler*[22]pa ra que luciera más clásica aún. ¿Te gustan las motos, Xime?

—¡Me encantan! ¿Vamos a dar una vuelta por el centro?

Me mira como una nena chiquita pidiendo un dulce. Pero el único dulce que quiero darle es de otro tipo. Sonrío por mi ocurrencia. Me convierto en un animal tan posesivo y tan celoso cuando la tengo delante, que a veces, me desconozco.

—¡Ni loco! ¡A mi departamento, ya! Necesito estar dentro tuyo para calmar toda la bronca que me hiciste pasar y satisfacer el deseo que me está consumiendo desde el jueves.

Salimos rápidamente hacia mi casa y llegamos en diez minutos. Guardo la moto en mi cochera y la arrastro hasta mi puerta. Entramos sin

---

[22]Scrambler: Manillar alto, ruedas de tacos, escape por arriba, guarda-barros bajos, corte clásico.

decirnos una palabra, la atraigo hacia mí y la penetro por detrás. Ximena se inclina hacia delante, formando con las manos la típica "carpa" que usamos en el calentamiento de nuestras clases, para modificar el ángulo y así conseguir una mayor profundidad. La siento bastante mojada, y su interior me succiona de tal forma que me dejo llevar y la embisto con fuerza. La escucho gemir y pedirme que la acaricie. Me encanta que no solo disfrute y se deje guiar, sino que también me pida en base a su deseo y a pesar de su inexperiencia. Con mis dedos comienzo a tocarla suavemente en su humedad, mientras con mi otra mano le acaricio sus pechos. Sus temblores me anticipan su orgasmo. Por eso aprovecho y, para dejarla con ganas de más, salgo despacio sin avisarle y la conduzco hacia la cama. La recuesto boca arriba y le pido que coloque sus pies sobre mis hombros. La noto demasiado lubricada y eso ayuda a que mis penetraciones se hagan muy profundas. La ventaja de mi diosa es que es tan flexible y está tan entregada que no pregunta. Sé que se debe estar planteando si lo está haciendo bien, porque empiezo a conocer su carita de inseguridad y la pose de su hermosa boca cuando está a punto de decir algo. Solo le sonrío de lado para dejarla tranquila y ella me devuelve el gesto. Me mata su confianza en mí. Saber que soy el primero (y juro que seré el único, o si no me convertiré en asesino serial) acrecienta mi orgullo de macho. Mi deseo crece exponencialmente en cada encuentro y necesito conocer cada gesto de ella en estos momentos de intimidad. Sí. La necesito. Ya está, lo asumo.

—Alfonso… Te quiero…

Su voz, sus ojos cerrados por el placer, mi nombre en sus labios, sus manos blancas destacando sobre los dibujos de mis brazos, y mis dedos presionando su cola mientras entraba y salía de ella, desataron un orgasmo poderoso e incontrolable, dejándome ir en su interior. ¡Qué sensación más placentera era sentir que la llenaba con mi deseo! Temí que ella no hubiera acabado, pero me siguió al instante y me relajé. Todo era así con Ximena: incontrolable.

—¿Estás bien? —Le pregunto.

Abre sus ojos y me mira sonriente. Asiente y me da un beso en la nariz. Salgo de ella y la ayudo a girar para colocarla sobre mi pecho. Quedamos desnudos y con nuestros sexos apoyados uno contra el otro. La veo observar cada uno de mis tatuajes y sonreír.

—Alguna vez voy a querer que te tatúes mi nombre. ¿Te molestaría? —Me pregunta pícara.

—Para nada. De hecho, lo estuve pensando.

—¿Lo de mi nombre en alguna parte de tu cuerpo? —Me consulta sorprendida, pero contenta.

—Algo así… Se me ocurrió que nos hiciéramos unos tatuajes juntos, ¿te gustaría? Por ejemplo, mi nombre en tu ingle, para que cuando estés en malla, cualquier boludo sepa que no tiene por qué mirar lo que me pertenece —le guiño un ojo y la escucho reírse.

—Bueno, podría ser… Y a mí se me ocurrió que te tatuaras mi nombre en algún huequito que te quedara libre en cualquiera de tus brazos. Estaría escondido, pero yo lo miraría cada vez que hiciéramos el amor y eso me bastaría. Amo tus brazos y cómo toman vida los dibujos cuando los tensionas, ya sea bailando o mientras disfrutamos cuando estamos a solas…

Me pareció tan dulce y tan poco pretenciosa, que la deseé más. La tomé a ambos lados de su cara, la besé con fuerza y ella me regaló una sonrisa sensual que me volvió a calentar. Me incorporo con ella encima, apoyo mi espalda contra la pared y la siento sobre mí, colocándola sobre mi erección. Me abraza fuerte y aprovecho para besarle y morderle los pechos. Beso, muerdo, succiono, mientras vuelvo a tomarla de sus nalgas. Se mueve como si tuviera toda la experiencia del mundo y eso me vuelve loco. Llega mucho más rápido esta vez, y aprovechando su orgasmo, salgo de ella para colocarla de costado y penetrarla como si estuviéramos hechos a medida. Necesitaba esta posición, más dulce y más íntima, para demostrarle que mi deseo también está acompañado de un sentimiento que está creciendo y que, a veces, me asusta. Y mi miedo proviene de sus inseguridades, de lo que no me dice y que la aleja de mí. Arquea su espalda, permitiendo que su cola se adose a mi cuerpo y su humedad me succione más profundamente. Acabo en un gruñido y nos quedamos abrazados y dormidos.

Sueño que me despierto sin ella y abro mis ojos sobresaltado. Verla desnuda a mi lado, con su pelo lacio tapando sus ojos y dejando a la vista solamente su hermosa boca, me encanta. Esta mujer es mía y me enorgullece que me haya elegido como su primer hombre. Me quedo pensando en la pesadilla que acabo de tener, producto de mi temor a que me deje. Necesito que me cuente qué la agobia y demostrarle mi apoyo. Siento que me estoy enamorando de mi bailarina, pero no quiero embarcarme en algo que no tendrá futuro. Deseo su cuerpo, pero también quiero su corazón. No estoy dispuesto a sufrir, y sé que con Ximena eso será imposible. ¿Qué escondés, diosa? Mañana, mientras desayunamos, pienso acorralarla hasta que me lo confiese.

Se acabaron los juegos, nena.

Capítulo 15 - Solo tenemos ojos para lo que nos ciega

Tener que venir a esta fiesta privada no me hacía ninguna gracia. Pero nadie, en todo Rosario, rechazaba una invitación de "El Rudo", uno de los máximos jefes narco en la ciudad. Ninguno conoce su verdadero nombre, siempre lo llaman con diferentes alias. Me asombró su aspecto de no romper un plato, porque sabía que era uno de los mafiosos más peligrosos del país.

La reunión se llevaría a cabo en su casa, en las afueras de la ciudad santafecina, y me habían convocado como personalidad artística. La mansión estaba llena de políticos, modelos, actores, profesionales destacados, y yo sería una de las encargadas de llevar bailarinas para realizar una especie de espectáculo de danza. Había logrado reunir a varias de mi elenco estable para eventos y allí estábamos a punto de salir a escena. Realmente, había gente de mucho peso político, conocidos por sus negocios turbios. Se los veía cómodos, como si estuvieran acostumbrados a estos eventos. Como si sus "asuntos" no tuvieran que ver con arruinarle la vida a la gente.

Una vez terminada la función, las chicas y yo nos dispusimos a disfrutar de la reunión. Si bien no podía dejar de pensar en Alfonso, esa noche tenía ganas de evadirme y que alguien me tratara como una mujer hermosa, y no como un trasto viejo, como venía haciendo él desde que había aparecido Newman. A lo lejos, me pareció escuchar ese maldito apellido.

—¡No puedo creer que aún no encuentren a esa pendeja! —Les dice a sus súbditos. —Si ya saben que está en Rosario y no se cambió de apellido, ¡encuéntrenla! Hagan lo que sea, pero a esa turrita la quiero en mi cama, cantando lo que sepa… Y otras cosas más… —Se ríe con una carcajada maligna y ronca, y los demás le festejan el chiste.

Quizás sea mi oportunidad para saber si se trata de Ximena o no. No creo en las casualidades, y ésta no tiene porqué ser una. Camino, copa en mano, intentando mostrarme seductora con todos y me acerco a El Rudo.

—Buenas noches. —Saludo y me responden con un asentimiento de cabeza. —Venía a felicitarlo por su hermosa fiesta, señor Rudo.

—Muchas gracias, señora…

—Señorita. Miranda Robledo —me presento tendiéndole una mano. Pero él fue más rápido y de un tirón me pegó a su cuerpo.

—Miranda, un gusto conocerte —me susurra en el oído. —Ven, te invito una copa —dice con su tonito mexicano. Me está gustando este mandón de ojos verdes. —Puedo tutearte, ¿verdad?

—Claro…

Nos dirigimos al bar, tomamos unos tragos y luego me invitó a subir a su habitación. Nos dimos unos besos y no pude evitar compararlo con mi Alfonso. Me imaginé un hombre agresivo en su forma de tener sexo, pero me sorprendió comprobar que fue considerado a la hora de compartir cama. Estuvo bastante bien, pero yo seguía pensando en mi amor y en que quería averiguar si hablaban de esa zorra o no. Todo a su tiempo, Miranda, todo a su tiempo. Había logrado colarme entre las sábanas de un tipo muy poderoso que me ayudaría a conseguir mis objetivos.

El ratón ya estaba en su jaula y yo tenía ganas de jugar.

****

Me despierto temprano y bajo a hacer un poco de ejercicio al salón. Un sobre color rojo en el zaguán me llama la atención. Solo dice *"Para Ximena"*.

Cuando lo abro mi sonrisa se expande y sé que no se me borrará de mi cara en todo el día. Leo y releo las palabras de mi sexy tatuado para grabármelas de por vida. Tiene una caligrafía tan masculina, tan de él, tan de sus manos firmes y sensuales, que mi cerebro recuerda las mil formas en que esos dedos me hicieron explotar.

"Diosa, ya te dije que amo leer y la música rige mi vida. Ayer, mientras disfrutaba de "El libro de los abrazos", de Galeano, pensé en vos al imaginarnos recreando este pasaje sobre el orgasmo:

"No nos da risa el amor cuando llega a lo más hondo de su viaje, a lo más alto de su vuelo: en lo más hondo, en lo más alto, nos arranca gemidos y quejidos, voces de dolor, aunque sea jubiloso dolor, lo que pensándolo bien, nada tiene de raro, porque nacer es una alegría que duele. Pequeña muerte, llaman en Francia a la culminación del abrazo, que rompiéndonos nos junta y perdiéndonos nos encuentra y acabándonos nos empieza. Pequeña muerte, la llaman; pero grande, muy grande ha de ser si matándonos nos nace."

Tengo ganas de una noche diferente para poner en práctica lo leído.
Más tarde te paso a buscar.

A."

Me lo imaginaba leyendo ese fragmento, tocándose, pensando en nosotros, como estaba haciendo yo en este momento. Y siento que una humedad desbordante se aloja en mi centro de placer, la cual me mantendría excitada todo el día hasta verlo.

¿Así que tenía ganas de una noche diferente? ¿Qué habrá querido decir? Bueno, tendría que elegir algo que no fuera ni muy elegante ni muy informal porque no sabía dónde pensaba llevarme. Me decanté por un vestido corto porque ya me había dejado en claro que amaba mis piernas. Era un comodín que siempre usaba para estar bien. Contaba con un súper escote en la parte de atrás, el cual dejaba ver mi larga espalda, de color azul eléctrico, sin mangas, por arriba de la rodilla y que no necesitaba corpiño. Lo combiné con unos collares de cadena y unas botitas con tachas. El pelo lo llevaría suelto, secado al natural, y sin maquillaje. La cartera era mínima, para llevar lo indispensable y que no me molestara.

Recibí un whatsapp de mi tatuado que me decía que ya había llegado y que me esperaba abajo. Ansiosa, descendí los escalones más rápido que nunca. Deseaba verlo, abrazarlo, besarlo, respirar su perfume. De a poco me iba soltando y relajando respecto a tener una relación normal con un hombre. Rectifico: no con cualquiera, sino con EL HOMBRE de mi vida, mi Alfonso, mi tatuado. Él supo ganarse mi confianza y mi corazón, teniéndome paciencia y respetando mis silencios. Sus ojos me dicen todo el tiempo que sabe que algo le escondo, pero va de a poco, sin presiones, esperando que yo se lo cuente. Y a pesar de todo, aun no estoy preparada para su rechazo. Porque sé que ese día llegará y necesito que primero me conozca y se enamore de mí, para que llegue a comprender mis razones y le sea difícil dejarme. Y yo también intuyo que mi chico de los ojos de hielo oculta un pasado, pero a mí no me importará nada de lo que pueda llegar a enterarme. Ni bueno, ni malo. Lo amo y punto. Sin cuestionamientos.

Abro la puerta y lo veo apoyado en su Royal, mirando para todos lados, impaciente. Por un segundo, me quedo colgada de su perfil que muestra su nariz perfecta, su boca apretada (pero en forma de beso) y sus ojos azules (atentos a cualquier movimiento), hasta que me mira y todo desaparece. Ladea levemente la cabeza hacia la derecha para mirarme con las cejas levantadas, formándose en su frente tres arruguitas sexys, mientras sus labios intentan dibujar su sonrisa de lado que tanto amo. Se vistió con el color que, para mí, mejor le sienta: campera de cuero negra, jean, remera negra de escote redondo, que se le pegaba a su vientre híper trabajado, jean oscuro con cinturón negro trenzado. El pantalón lo tenía dentro de unos borceguíes, y el efecto le alargaba sus musculosas piernas.

—¿Entretenida con la vista? —Me pregunta vanidoso. —Hola, diosa. Hoy más que nunca, brillás. ¿A qué se debe?

—Será la compañía —le guiño un ojo.

—¿Será? —Me roza los labios. —¿Lista?

Asiento, nos sonreímos y en veinte minutos llegamos a la puerta del *Gato Negro*. Sorprendida, lo miro interrogante, y mi chico solo se encoge de hombros y se muerde su labio inferior. Sin decirnos nada, me toma de la mano y caminamos hacia la recepción. Lo escucho pedir la *Suite de Lujo*. Nos dan la llave y subimos a un pequeño ascensor hasta la habitación. Jamás me imaginé que "una noche diferente" implicaba venir a un Hotel Íntimo (así decía la tarjeta sobre la barra del lobby) de categoría. Estaba muerta de celos porque imaginaba a Alfonso viniendo con otras. Eso me hizo soltarle la mano apenas estuvimos en la habitación.

—¿Qué te pasa? —Me pregunta confundido. —¿No te gusta? Si querés, nos vamos, Xime.

—No, no es eso... Es que... —No quería confesarle mis celos. Incliné mi cabeza para que no viera el color rojísimo de mis mejillas. Entiendo que todos tienen un pasado amoroso. Bueno, todos menos yo. No tenía derecho a estar así. —No sé, Alfonso... ¿A cuántas trajiste a este lugar?

Escucho que se ríe y me pongo más rabiosa. Me dirijo hacia la puerta y me toma del brazo, atrayéndome hacia su cuerpo. Comienza a besarme salvajemente los labios, mordiéndolos, metiendo su lengua exigente, casi sin darme respiro. Cuando entiende que necesito aire, separa su boca de la mía y desciende por mi cuello, inclinándome la cabeza para atrás, tirándome del pelo. Jadeo por la sorpresa de sus labios en mi pecho, por el placer de que me succione uno de mis pezones, mientras pellizca con sus dedos el otro, y por el arrebato de sus movimientos. Siempre fue muy dulce y medido. Quizás deseaba mostrarme algo "diferente", como ya me había anticipado.

Vamos caminando de espaldas hacia el jacuzzi y lo pone en funcionamiento. Se aleja un segundo de mí y me vuelve loca ver sus labios hinchados por los besos que nos dimos y sus ojos oscurecidos por el deseo. Me da vuelta y comienza a lamerme la porción de espalda que está descubierta gracias al escote del vestido. Me desprende el botón que está allí y me acaricia los hombros para deslizar la prenda y dejarme la mitad del cuerpo sin ropa. Ladeo mi cara hacia un costado y le pido con ese gesto que me bese. Vuelve a conquistar mi boca, morderme mi labio inferior y seguir acariciando mi cola, metiéndose entre la tela de mi tanga.

Cuando el jacuzzi estuvo lleno, fue mi turno de admirar su belleza desnuda. Cada prenda que le sacaba le iba dejando marcas de mis dientes en su piel. Solo lo dejé con el bóxer ajustado que le quedaba como guante y apenas podía contener su increíble erección. Se lo quito, le doy un beso pequeño en la punta de su masculinidad y Alfonso lanza un gruñido tan sexual que casi acabo de solo escucharlo. Nos metemos en el agua y mi tatuado me coloca sobre él sin mediar palabra. Ambos soltamos el aire como si se nos fuera la vida en esa penetración. Me toma de la cola para moverme y me susurra que lleve el ritmo yo. Eso me hace sentir tan poderosa, que comienzo a moverme sin pausa pero lentamente, entrando y saliendo de tal forma, que la fricción se vuelve insoportable y siento cómo mi hombre de ojos de hielo crece en mi interior. Lo tomo del pelo y hundo su cara en mi pecho, guiando sus acciones con gestos. Él me obedece y eso va desatando un fuego en mí que va derritiéndome completamente, haciendo que alcance un orgasmo que me deja sin aire. Me gira al instante para quedar sobre mí y comienza a embestirme con fuerza, mientras sigue sosteniéndome por debajo de mi cola.

Le doy una palmada en una de sus nalgas y Alfonso me mira entre asombrado y sonriente.

—Disculpá, me dejé llevar… —Le digo avergonzada. —Me gusta tanto que me agarres así mientras hacemos el amor…

—Jamás me pidas perdón por satisfacer tus deseos, nena: nacimos para esto —me contesta jadeante. —Ahora dejáte ir otra vez, diosa, que no aguanto más… Me calentaste mucho con lo que hiciste… —Me confiesa con voz ronca.

Comienzo a conocerlo y sé que está por acabar. Saber que tengo el poder para generar esto en mi hermoso de los ojos de hielo me hace sentir sexy, sensual y deseada, como si fuera la más bella para él. Esos pensamientos tensan todo en mi interior y comienza a gestarse un orgasmo que me enciende la sangre, mucho más grande que el de hace un rato. No tiene otra descripción: mi centro se convierte en lava ardiente que se contrae sin parar, succionando la masculinidad de mi tatuado como si fuera su prisionero de por vida, reclamándolo como su único dueño. Acabamos juntos, mirándonos en silencio y soltando al unísono un suspiro de placer.

Cuando nuestras respiraciones se normalizaron, salimos del agua, nos secamos entre ambos y nos tiramos sobre la cama. Alfonso se gira sobre su costado y me arrastra para colocarme sobre su pecho.

—Podría morirme ahora que no me importaría. Soy tan feliz cuando estoy dentro tuyo, que lo único que quiero es tener tu imagen para toda la eternidad.

—¡No digas esas cosas, Alfonso! Yo no me quiero morir. Al contrario. Quiero hacer muchas cosas juntos. Nos queda mucho por disfrutar… Siempre estuve convencida de la existencia de la *leyenda del hilo rojo*, ¿vos no? Creo que todos tenemos un hilo conductor en nuestra vida. Uno que nos tironea desde que nacemos hasta llevarnos con nuestra alma gemela. ¿Y sabés qué siento? Que uno muy lindo nos une a nosotros. ¿No se te ocurre cuál puede ser, sexy?

—¿Hacer el amor sin parar porque no podemos contenernos cuando estamos cerca? —Me pregunta en tono gracioso, dándome un beso tierno en los labios.

—¡Seguro! —Le respondo con una sonrisa. A este bello hombre mío me lo quisiera comer a besos. —Pero, para mí, nosotros nos encontramos para algo más grande. Siento que nos están esperando —le digo mirándolo fijamente a sus hermosos ojos azules.

—Xime, el amor es nuestro hilo conductor. Y te aseguro que juntos haremos de todo, diosa. Porque lo que tenemos es tan grande, que podemos soñar con lo que queramos y seguro lo cumpliremos. Yo te voy a alcanzar todos tus sueños, nena. ¡Te lo juro!

Comenzamos a besarnos nuevamente, y retomamos la danza del amor que más nos gustaba: la que nos permitía estar uno dentro de la otra. Tanta felicidad no me cabía en el pecho. En estos momentos es cuando reafirmo que el amor subsana cualquier falla, vence cualquier obstáculo. Gracias por tanto, mi sexy tatuado.

Pero a veces, el amor no alcanza cuando la desconfianza es más grande. Y estaban a punto de comprobarlo.

****

Esa semana, practicábamos la coreografía todos los días. La Jornada por la Ley de Danzas se acercaba, como cada vez se acercaban más mi Alfonso y Newman. Aunque imagino que aún no estuvieron juntos, tenía que averiguar algo cuanto antes, no podía seguir cediendo terreno. Con El Rudo nos estuvimos viendo y voy ganándome su confianza, pero necesito abordarlo y no sé cómo. Ya se me ocurrirá algo.

—Chicos, por hoy terminamos —escucho que nos dice Gerónimo. —Miranda, estuviste un poco distraída, pero tu performance fue excelente. Alfonso, Ximena, empiezo a ver cómo se conectan y la verdadera fusión entre los estilos. Los felicito. Ahora los dejo que me voy al C.O.B.A.I.. Nos vemos mañana en los ensayos generales.

—Yo también me voy. Tengo una cita —le digo a Alfonso queriendo provocarle celos, pero él ni me mira. Solo tiene ojos para Ximena y eso me parte el corazón en mil pedazos.

—Nosotros nos quedamos un poco más, ¿no, Xime?—Le pregunta a Newman. Pone su típica carita de mosquita muerta y asiente con una sonrisa.

Me voy sin saludarlos de la rabia que tengo. De hoy no pasa, turrita: sabré todo de vos aunque tenga que entregarle a Rudo lo que me pida.

Sintiéndome decidida, llego a la mansión del mexicano y soy recibida por su seguridad. Escucho por los walkie-talkies[23] la voz grave del narcotraficante que les dice que me dejen pasar. Entro con mi auto por el camino de gravillas hasta la puerta y me abre él mismo.

—Miranda, no te esperaba hoy. Tuviste suerte que no tuviera reuniones, pero en el futuro preferiría que me avisaras —me dice con tono molesto.

—Disculpáme, Rudo. Necesitaba verte. Te pensé todo el día —le miento, pero es necesario calmarlo por mi conducta arrebatada.

—¿En serio, nena? —Me toma del cuello y me besa fuertemente. —Entonces no perdamos el tiempo y subamos a mi recámara. Hoy tengo ganas de probar cosas nuevas contigo.

---

[23]Walkie-talkie: Aparato portátil de radiodifusión que actúa tanto de receptor como de transmisor a corta distancia.

Debo reconocer que este mexicano de ojos verdes y perfume caro me seduce. Se viste elegantemente, sus maneras son correctísimas, su acento es sexy. Pero todo su conjunto no hace que me olvide de mi obsesión por Alfonso ni de sacar del mapa a Newman.

Subimos, mientras nos vamos besando en las escaleras. Su habitación está llena de madera y me encanta ese toque oscuro que tiene. Me sienta sobre la cama y me pide que me deje hacer. Se arrodilla, me quita el jean y me deja puesta la tanga. Acerca su cara y comienza a lamerme sobre la tela. Pienso en Alfonso y el movimiento me moja al instante. Le tomo su cabeza pidiéndole que también me muerda, como si hablara con mi novio. Me obedece, me acaricia los muslos y me levanta la cola para meterme un dedo mientras me hace sexo oral. Arqueo mi espalda y acabo en un grito. Sin mediar palabra, lo miro y le pido con un gesto que se incorpore. Me quito mi camisa y mi ropa interior, y vuelvo a sentarme sobre la cama, pero esta vez totalmente desnuda. Le hago señas para que se acerque y le bajo sus jeans oscuros junto con su bóxer ajustado. Me mira intuyendo que le pienso hacer sexo oral, pero nada más lejos de la realidad. Me levanto y vuelvo a apoyarme sobre la cama, pero sobre mis rodillas, exponiendo mi cola. Le pido que me la acaricie y se ríe en voz baja, entendiendo lo que le propuse. Tengo que jugar todas mis cartas.

—Tengo este regalo para vos, enterito y todas las veces que quieras, pero necesito saber algo, Rudo.

—Tú dirás, nena —me contesta serio. Creo que no le gustan los chantajes.

—¿Por qué la buscás a Ximena Newman? —Lo veo tensarse. Ni siquiera le pregunté si era o no a Ximena a quien buscaban. Hice de una mentira una verdad y funcionó.

—¿De dónde sacaste ese nombre? ¿Conoces a esa muchacha? ¡Dímelo! —Me ordena en voz alta.

—Tranquilo, bebé —intento calmarlo. —Newman es una compañera mía en el Centro de Expresiones Contemporáneas. Así que, no busques más, ya sabés dónde encontrarla.

—¿Por qué me cuentas todo esto? ¿Y para qué quieres saber por qué la he estado buscando? —Me pregunta con su tonito sabelotodo. Seguramente intuye que la odio, y necesito descargar mi verdad.

—Newman, la chica que estás persiguiendo, me robó a la persona que amo. Quiero que me des data para destrozar esa imagen de "mosquita muerta que nunca se portó mal" y dejarla como una zorra mentirosa delante de mi Alfonso. Si no es mío, no será de ella —le contesto con todo el odio visceral que tengo.

—¡Ay, las mujeres y su despecho! ¿Cuándo entenderán que ninguna les quita nada que ya no estuviera perdido? Okey, nena, veo que podríamos ser aliados. Tú te la quitas de encima y yo consigo cobrar lo que me deben —sonríe con una mueca que me da entre asco y miedo. Comienzo a arrepentirme de lo que hice. —Te contaré la historia completa, para que te fijes si de allí puedes obtener lo que necesitas, ¿está bien? —Asiento sin decir palabra. —Esa pendeja es hija de una escoria que me robó mucho dinero: Mario Newman. Al hijo de puta le gustaba encamarse con chiquillas de mis locales que podrían ser sus hijas. Un borracho y un pedófilo. Además, me debía mucho dinero, porque tenía problemas con el alcohol y el juego. Un día vino a verme, luego que uno de mis hombres le exigiera el pago de su deuda total, y me ofreció un trato. Si yo le condonaba la deuda, él me entregaría a cambio a su hija para que hiciera lo que quisiera con ella. Pero el muy basura murió y necesito cobrar mi dinero porque me lo están reclamando mis jefes. Este país ya no es de tránsito, aquí la producción de droga financia todo. Hasta campañas políticas. Como bien sabrás, la clase política argentina no es un dechado de virtudes. Y lo que antes era desprolijo, ahora se lleva minuciosamente, porque hay mucho dinero en juego. Dólar que falta, dólar que te exigen que les devuelvas. Si no, respondes con tu vida. El tal

Newman me dejó muy mal parado frente a mis superiores. Alguien tiene que pagar por eso, y no seré yo, sino la chica. ¿Satisfecha?

—Demasiado. Me diste mucha letra para destruirla. Pero me siento un poco rara de haberla entregado. ¿Qué van a hacer con ella? —Le pregunto.

—¿Arrepentida? Tarde, ¿no te parece? La verdad, no lo sé. Una vez que la tenga conmigo, la probaré y luego la mandaremos al exterior... Ahora, ¿podríamos seguir en lo que estábamos? Dame ese culito tuyo, nena, que festejaremos el fin de uno de mis problemas.

Se ríe oscuramente, mientras lo veo colocarse un preservativo y siento que me toma de mis nalgas para introducirse sin preámbulos, sin importarle mi dolor. Me siento una muñeca inflable a la cual no se le pregunta si le gusta o no, solo sirve como descargo. Bueno, no puedo quejarme porque yo misma me puse en esta posición. Se apoya sobre mi espalda, sigue penetrándome con más fuerza y finalmente acaba, pero ya no estoy en esta habitación, sino muy lejos, escapando de mi propia vergüenza.

Y lloro. Mucho. Porque entiendo que acabo de traspasar un límite. Y ya no sé si todo esto lo hice por el amor que digo que le tengo a Alfonso o por alivianar mi ego herido por la derrota ante otra mujer. Pero ya es tarde y pienso continuar. Claro que amo a Alfonso, y este dolor que siento no puede ser causado por otra cosa que por ese sentimiento no correspondido. Pero sé que acabo de vender mi alma y ya no es tan placentero el hacer daño a otra persona. Acabo de matar a una Miranda para dar paso a otra. A la vacía. A la que entregó a una persona para que sufra sin merecerlo.

Espero que algún día puedan perdonarme. Espero que algún día, no sienta tanto asco de mí misma.

Capítulo 16 - Y, ¿si fuera ella?

—Xime, ¿venís esta noche al final o no?

—No, Lo, me quedo ensayando en el C.E.C. —me contesta mi prima desde su habitación. —Falta poco para la Jornada y seguimos limpiando la coreo. Voy a clases y después me quedo con Alfonso.

—¡Estás a full con el viejito! —Le digo a carcajadas, mientras la veo meter una muda de ropa en su morral.

—¡No seas malo! No le digas así… —Me contesta sonriendo. La veo feliz y eso me tranquiliza. —Es un hombre que sabe contenerme. ¡Ay, Lo, tengo miedo! Me enamoré de él. ¿Y si no se banca mi pasado?

—Xime: el que te conoce, aunque sea por un segundo, intuye qué clase de persona sos. No te preocupes que, cuando le cuentes la verdad, él te apoyará y sabrá entender tu silencio —le digo sin dejar de mirar mi teléfono.

—Bueno, me voy que llego tarde, para variar. Lorenzo, ¿podes dejar ese teléfono un rato? ¡No parás! —Se ríe y niega con la cabeza. —Chau, galán —se despide con un beso.

La veo irse pero yo sigo concentrado en un corazón que me pusieron en el *Tinder*. No reconozco de quién es, pero sí que está cerca geográficamente y la chica está bastante buena. *"Pamela, 29 años"* aparece en la información. Le contesto el corazón y le mando mensaje para vernos. Pero me dice que hoy no puede y que lo dejemos para otro día. Esa semana, nos dedicamos a conocernos a través del chat y me daba cuenta que, cada vez que le sugería encontrarnos, me esquivaba o me ponía excusas. En una de las conversaciones le dije que me estaba cansando y que esta aplicación era para verse y pasar una noche, y que si no estaba interesada, no entendía para qué me había puesto el corazón en mi perfil. Veo que se desconecta y por un día no me habla. Eso, lejos de enojarme, me intrigó y ahora quería conocerla sí o sí. A mí, nadie me decía que no.

Al mismo tiempo, Ana Paula estaba más nerviosa que nunca cada vez que hablábamos y no entendía qué le pasaba. Lo atribuí a todo el tema con su ex pareja y le daba el espacio para que se confesara con Ximena, ya que las veía bastante cercanas.

Esa noche, recibo un chat de la tal Pamela para vernos en Rock&Feller´s, uno de mis bares temáticos preferidos. Supongo que la chica estuvo observando mis gustos y por eso lo habrá elegido. Quedamos a las diez para tomar algo. Llegué puntual y me acomodé en la barra para poder ver a todos los que ingresaran. Eran las diez y media pasadas y aún no tenía noticias de ella. Esa chica me estaba cansando. Si no aparecía en pocos minutos más, iba a empezar a apretarme a cualquiera. Si algo tenía claro, era que esa noche no volvía solo a casa.

Cuando me levanto para ir al baño tropiezo con alguien y le pido disculpas.

—¿Ana Paula? ¡Hola! ¿Qué hacés acá? —Le pregunto, sorprendido de verla un viernes a la noche, arreglada como una chica de su edad y sin su hija. Como aquella noche.

—Hola, Lorenzo, ¿cómo estás? —Me responde tímidamente.

—Ahora que te veo, bien —respondo en *plan levante*[24]. Creo que la noche no estará perdida después de todo. —¿Viniste acompañada?

—Quedé en encontrarme con una amiga, pero me plantó. ¿Y vos?

---

[24] "Levantarse a alguien": Modismo argentino que significa "conquistar a alguien".

—Lo mismo. ¿Te parece si tomamos algo y charlamos para no desperdiciar el encuentro?

Asiente y me toma de la mano. Me encantó que lo hiciera y tomara la iniciativa. Nos sonreímos. Le pido a una de las chicas que nos asigne una mesa, para estar más cómodos y generar un clima íntimo. Esa noche no se me escapaba.

****

—¡Ay Loreee! ¡Me quiero morirrr! Mejor no voy... ¡Listo, ya lo decidí! Volvé a tu casa que me quedo con mi hija...

—¡Ah, no, Ana Paula! Vos vas a esa cita como que me llamo Lorena y soy tu mejor amiga. Por Juli no te preocupes que yo la cuido tooooodaaaa la noche —me guiña un ojo.

—Pero ¿vos estás loca? Yo tomo algo y me vuelvo. En realidad, aún no sé por qué te seguí en todo ésto.

—¡Sí, claro! Hoy es un antes y un después con ese chico. Te lo digo yo que lo dejé bastante calentito a propósito, para que cuando te viera te quisiera comer... a besos —y vuelve a guiñarme un ojo. —Y yo te voy a responder por qué me seguiste en este jueguito: porque ese flaco te calienta como hacía siete años no lo hacía nadie. ¡Encima que tuve que inventarme un nombre que no me gusta, y buscar una foto lo suficientemente en bolas...! Mejor, ni me hagas hablar. ¡Vos vas sí o sí!

—Dejáte de decir pavadas, Lorena. Hablas como si hiciera siete años que no tuviera sexo.

—Es que no hablo solo de eso. Algo te pasa con el tal Lorenzo como para que hayas accedido a engañarlo y a armar este circo.

Tiene razón, pero no pienso admitirlo. Lorenzo me gusta muchísimo, y pienso que podría tener algo con él, a pesar de lo que sucedió aquella noche en Moore. Lo siento buena persona, y lo más importante es que se lleva increíble con Julieta. Pero me da miedo la cantidad de mujeres que lo rodean. Es verdad que me divertí con todo esto del Tinder. Cuando Lore me lo propuso no me pareció mala idea y eso me sirvió para conocerlo mejor. Ahora no podía desperdiciar esta oportunidad. Iría y que la noche jugara sus cartas. Siempre *la culpable era la noche*, como cantaba *Calvin Harris*[25] y me decía mi amiga.

Creo que igual, Lorena había exagerado con el maquillaje y la planchita. Al menos, cuando fuimos de shopping, me había dejado elegir la ropa y los accesorios: me compré un vestido rojo al cuerpo, semi ajustado y sobre las rodillas, sandalias con plataformas color rojo oscuro y el sobre del mismo color. Si miraba el conjunto, estaba bien, pero tenía que amigarme con la *imagen de mujer de mi edad* que el espejo me estaba devolviendo. No estaba acostumbrada a salir y mucho menos a verme despreocupada y sexy, en *plan conquista*. Una vez se me había escapado, y la segunda vez, había huido yo. La tercera era la vencida, ¿no? Y habíamos decidido con Lore que el lugar del encuentro fuera, otra vez, Rock&Feller´s, para exorcizar el mal momento que había pasado aquella vez.

¿Por qué no? ¿Por qué un hombre como Lorenzo no podría estar con alguien como yo? Y la respuesta vino solita: porque era una madre con responsabilidades para con su hija, con un ex medio loco, y con otros objetivos diferentes a los de un hombre soltero que podía tener todo, sin tener que preocuparse de nada que no fuera conocer una chica nueva todos los días. Cruzo la mirada con Lorena y nos sonreímos.

—Dejá de pensar tanto, Anita. Cuando te vea así, le vas a encantar y querrá pasar la noche con vos.

---

[25]Blame – Calvin Harris.

—Pero eso será porque pensás dejarlo plantado. Y no me gusta esto de ser la segunda opción.

—Es que te equivocás, amiga. El plan lo armaste vos, así que no sos opción de segunda, sino de primera —me contesta arqueando sus cejas.
—Terminála y andá, que con tanto ruido, Juli se va a despertar, ¿y de qué nos disfrazamos? ¿O pensás contarle que su santa madre piensa ir de monta toda la noche? —Se ríe de su propio chiste.

—¡Sshhhh! No seas ordinaria, ¿querés? Bueno, me voy —le digo suspirando dramáticamente.

—Pasála lindo, Ani. Y recordá algo: te mereces todo lo que te pasa. Sos hermosa, buena mina y hoy vas a acostarte con el tipo que te gusta. Punto. Dejá de darle vueltas. No vayas buscando un padre para Juli; andá buscando satisfacerte vos como mujer. —Se acerca, me abraza y me dá un beso en el pelo. —Te quiero amiga. ¡Disfrutá! —Y me da una palmada en la cola.

Nos reímos y nos miramos con ternura. Es mi mejor amiga. La que me sostuvo siempre y la que lo seguirá haciendo. Agarro las llaves de mi Ford Ka y parto hacia el Boulevard Oroño, donde está el bar que le gusta a mi Lorenzo. *Mi* Lorenzo. Suena lindo.

Llego diez minutos pasados de las diez, y trato de evitar la zona de la barra por temor a que me reconozca, pero ni una mirada me dedicó. Conclusión: aunque me arregle, este hombre ni me registra. Me acomodo un poco alejada y pido una tónica. El alcohol y yo no somos buenos amigos, así que mejor estar lúcida para seguir con el plan. No puedo dejar de ponerme celosa al ver cómo se vino arreglado para encontrarse con mi amiga: jeans oscuros, camisa blanca con los primeros botones desprendidos y unas zapatillas Nike con detalles. Sencillo pero masculino. Lo veo nervioso y se levanta como para irse. Es el momento. Me acerco por detrás y lo choco a propósito. Se da vuelta y se sorprende. Me inspecciona de arriba a abajo. ¿Qué estará pensando? Seguramente, en que estoy disfrazada y debería volver a mi casa con Juli. Estoy tan nerviosa que paso de tímida, pero me relajo un poco al observar que le gusta verme. Me invita a tomar algo y le tomo la mano instintivamente. Las mira y sube sus ojos celestes hacia los míos negros y me sonríe. Es tan sexy. Bueno, ahora sí: a jugar.

—¿Así que te plantaron como a mí? —Me pregunta una vez que estuvimos sentados. No me soltó la mano en ningún momento desde que yo se la tomé, y no dejó de acariciarme. ¡Pará Lorenzo, que no soy de fierro! —Disculpáme, ¿te molesta si te sigo acariciando? Es que me encanta esta partecita tuya tan suave… Y otras también… No te olvides que ya estuve haciendo una especie de reconocimiento… —Listo, ya fue. Morí. Como una tarada, solo asiento. —Perfecto. Entonces, sigo —y me sonríe.

—¿Y quién podría plantarte a vos si sos un bombón? —Le pregunto, para mi horror, sin haber analizado la frase. Esta vez, su sonrisa es tan grande que se le forman arruguitas cerca de los ojos. Genial, acabo de incendiarme, tanto por la frase como por su boca sensual.

—Alguna que no piensa como vos. Estás hermosa, Ana Paula. ¿Así te vestís siempre que venís a verte con una amiga? ¿Vas a seguir mintiendo o preferís contarme la verdad? —Me pregunta en voz baja, y sin dejar de acariciarme el dorso de la mano. Creo que si me dice que confiese que maté a *Bin Laden*, le digo a todo que sí. Necesito un hombre, evidentemente.

—No entiendo —le contesto intentando ganar tiempo. —No estoy mintiendo. Mi amiga me plantó y estaba por irme cuando me chocaste.

—No, señorita, usted me chocó. ¿Y el nombre de tu amiga?

—Natalia —menos mal que respondí rápido, así no sospecha.

—Bueno, igual no me importa. Estás acá y podemos conocernos… Aunque me mientas… —Me vuelve a clavar sus ojos celestes. Yo solo pienso en su mandíbula cuadrada, la que me gustaría recorrer con la lengua, y pasar por sus sensuales labios gruesos, que adoraría morder. Lo veo inclinarse sobre la mesa y acercar su boca hacia la mía para susurrarme: —¿Nos vamos ya o seguimos jugando? —Vuelvo a asentir sin especificar qué deseo hacer y me sonríe. —Vamos.

Me toma de la mano, deja plata para pagar lo que consumimos y salimos. En un instante, vuelvo en mí y recuerdo que vine en mi auto. No puedo dejarlo acá, mañana tengo que usarlo para llevar a Julieta al colegio.

—¡Pará! —Ni me mira, ni me suelta, sigue caminando concentradísimo. —Lorenzo, pará. —Se da vuelta y me pregunta con la mirada qué pasa. —Es que vine en mi auto y lo necesito mañana.

—Ana Paula —amo que diga mi nombre completo, nadie me llama así. —Sí o sí, vamos en el mío, y después te lo presto. Pero por favor, vayámonos ya, que tengo miedo que te arrepientas como la otra vez.

Me inspiró ternura que tuviera temor que me fuera. Estoy tan fuera de entrenamiento y del mercado actual que me da bronca. Tendría que empezar a salir más con Lorena y su grupo de amigas desatadas. No es que sea tonta ni ingenua, solo que no me ando acostando todas las semanas con tipos distintos, porque lo único que ocupa últimamente mi mente es mi Juli. Y si a veces siento ganas, las reprimo o pienso que no puedo arriesgarme con cualquiera, por miedo a que me pase como con el padre de mi hija. Cuando una es madre, a veces, se olvida de la mujer. Como si pudiéramos disociar una cosa de la otra, o como si no fuera necesario amigarlas para poder ser felices completamente. En estos momentos es cuando más me doy cuenta de lo equivocada que vivo. Recordar que ya habíamos dejado inconcluso nuestros encuentros "fortuitos" dos veces, me dio el ánimo necesario para olvidarme de todo y dejarme llevar.

Subimos en su Gol Power rojo y partimos hacia su casa. Tengo una adrenalina que me recorre el cuerpo y me traspasa. Lorenzo me acaricia la rodilla y me sube la falda del vestido con su mano. Lo observo, seria, y lo veo sonreír sin mirarme.

—Quiero tocar el material de tu ropa interior, ¿te molesta, Ana Paula? —Niego con la cabeza. ¿Molestarme? Ay Lorenzo, molestia es la que vas a sentir vos después de que te deje seco en la cama, corazón. —Mmmm, tanga de encaje... Como en Moore... —Y dirige su mano a mi centro que ya está mojado. —Ana Paula... —Y desvía su mirada del tránsito sorprendido. Vuelve a concentrarse y sonríe.

Estoy excitadísima y feliz. Lo primero, porque este hombre es hermoso y sabe qué decir y qué hacer para darme placer, y eso es garantía de que la voy a pasar como nunca. Y lo segundo, porque veo que no le soy indiferente, a pesar de todos nuestros desencuentros, y eso eleva mi autoestima a niveles insospechados. De a poco, sus labios, su cuerpo fibroso, sus ojos, sus manos anchas y su voz me van encendiendo. Ahora ya no puedo culpar a la noche, como dice la canción. Ahora el culpable de mi calor corporal y mi humedad tienen nombre: Lorenzo Luminé.

Capítulo 17 - Bailando en el infierno

Ya le había avisado a Lorenzo que hoy pasaría la noche con mi sexy tatuado, así él podría decidir sobre si ir a casa o no con la conquista que conocería en el Rock&Feller's. Quedaban quince días para presentar nuestra coreografía en favor de la Ley de Danza. Con Alfonso no parábamos de descubrirnos y ganar confianza, pero aún no me animaba a contarle de mi pasado. Tengo miedo. ¿Y si no me creyera? Ya no podría vivir sin él. Y no es porque haya sido mi primer hombre, sino porque siento que tiene los pies en la tierra. Me completa, me centra, me ordena. Jamás busca humillarme o menospreciarme. Soy una mujer feliz al lado suyo. Cuando estoy con él, siento que soy normal, no experimento culpa ni remordimiento. Hasta me hace desear un futuro.

Sin embargo, hay una sensación que me ronda hace días. Presiento que mi hombre de los ojos de hielo también esconde algo, porque cada vez que intento preguntarle sobre su familia me evade. Eso me tranquiliza, porque llegado el momento no seré la única con cosas que confesar. La típica sensación de *"si todos somos culpables, todos podemos ser perdonados"*. Lo sé: es un consuelo tonto. Pero pienso agarrarme de cualquier cosa con tal de que me perdone mi pasado.

Hoy quedamos en encontrarnos en su departamento. Pero no fue como las demás veces, porque me dio sus llaves y me pidió que lo esperara para cenar. Alfonso no podía venir conmigo después de nuestra clase porque Rodrigo le dijo que necesitaba hablar con él. Cada vez que nuestro jefe nos pide algo o se acerca a mí con cualquier excusa, veo cómo se pone mi tatuado. Amo cómo me mira, como advirtiéndome que soy suya. Me provoca ternura cómo comienza a perderse en lo que está diciendo en clase cuando me alejo por cualquier motivo. Es como si me necesitara al lado suyo todo el tiempo. Y a mí me pasa lo mismo. Soy feliz de haber encontrado finalmente mi puerto seguro.

Y no solo hoy es una noche especial porque me prestó por primera vez sus llaves, sino porque pienso tener una charla para explicarle todo: la muerte de mi padre, mi huida, mis miedos, los traumas que me impedían estar con él y que gracias a su paciencia estoy superando, mi infinito e inacabable amor por él, cómo me salvó su deseo por mí, mis planes para nosotros, mi imposibilidad de concebir. Además, me dijo que quería enseñarme algo y estoy ansiosa.

Mientras lo espero sentada en el sillón, leyendo una novela en mi tablet, escucho la puerta.

—¡Hola hermosa! ¡Qué placer llegar y encontrarte! —Me saluda, mientras me mira con sus ojitos azules llenos de deseo, la cabeza ladeada y se va quitando su remera negra.

Camina hacia mí y sonríe de lado, bajando los ojos hacia su pecho tatuado y volviendo su mirada a los míos, como mostrándose orgulloso. ¡Sabe que me muero por sus dibujos y se aprovecha! Me hace reír y le hago señas que se acerque. Todo él es tan sexy, que me lo viviría comiendo a besos.

—Pensé que yo era la única que tenía llaves. Me sentí especial esperando que me tocaras timbre como si fuera mi casa y tuviera que abrirte. Además, quería esperarte de forma única. El plan era que, cuando tocaras el portero, yo te abriría la puerta vestida solo con una de tus remeras negras.

Veo que hace un puchero con su boca, mientras me acaricia la columna y deja pequeños besos en ambos lados de mi cuello. Ese gesto es tan tierno y a la vez tan sensual, que provocó una palpitación en mi centro e hizo que me olvidara de todo. Me sorprendía a mí misma cómo pude perderme tantas sensaciones a través de reprimirme tanto. Con la ayuda de Andrea entendí que estaba esperando a enamorarme, y que mi mente no iba a permitirme gozar si el sentimiento no nacía desde lo más profundo de mi cuerpo. El abuso psicológico es peor que el físico, en algunos casos, y no había sido tan fácil comprender que podía llegar a gozar como una mujer completa. Y eso pasó: el deseo de Alfonso se abrió paso en cada una de mis terminaciones, en mi mente, en mi sexo, en mi corazón, y ese conjunto explotó barriendo con todos los prejuicios y miedos que estaban en mi vida.

—¿Y qué impide que ahora continúes con tu plan, Xime? —Susurra con la boca contra mi piel. —Cierto: mi deseo lo impide, ¿no, nena? —Se separa unos milímetros de mí y comienza a desvestirme lentamente, a pesar de notar nuestra premura por sentirnos uno dentro del otro. —Sos hermosa, mi diosa. Venía pensando en lo que te prometí…

—No recuerdo —le contesto mordiéndome el labio inconscientemente.

—Xime… Me encanta tu carita ansiosa, como te mordés el labio sin sospechar que te hace ver sensual, como se agrandan tus ojos de gata… Y claro que recordás, diosa. No te hagas la que no intuías que mi *enseñanza* de hoy tiene que ver con algo que me venís pidiendo y aún no te dejé —me dice con voz ronca, besando mi humedad, luego de haberme quitado el jean y mi tanga.

Obvio que recuerdo y necesito saber qué quiere hoy de mí mi sexy tatuado. Con qué vamos a disfrutar los dos. Pero es que si no le digo eso, tampoco sé cómo tomar la iniciativa. No soy ingenua, pero sí inexperta, y a veces me da vergüenza equivocarme y que me compare con sus ex parejas.

Comienza su recorrido ascendente hacia mi boca, me besa largamente y se separa unos centímetros de mí. Sin decirme nada, me sonríe de lado, y termina de desvestirse. Solo se deja su bóxer blanco y ajustado. Veo y adivino su erección, y me hace señas para que me acerque y me ponga de rodillas frente a él. Entiendo que hoy llegó el día. Estoy nerviosa y excitada a partes iguales. Temo hacer un papelón y creo que él me lee.

—Xime, te veo temerosa. Hoy te voy a guiar para que ambos disfrutemos al mismo tiempo. Será tu primera vez en esto y quiero que te relajes. Solo se trata de descubrirnos, ¿está bien? Cuando te sientas incómoda o no tengas ganas de seguir, me decís. Te quiero, y cualquier cosa que hagas me va a dar placer, ¿entendido? No te presiones ni lo sientas como obligación. Prometémelo. —Asiento, con mi mirada hacia abajo. Mi mano se dirige hacia su masculinidad por unos segundos, y me asombra verla crecer al instante. —No, nena, necesito escucharte…

—Te lo prometo, Alfonso —y me sonríe con su sonrisa entera. ¡Es hermoso!

—Bueno, diosa. Empecemos. Intentaré guiarte sin hablar para que no interrumpamos nada y nos dejemos llevar ambos por nuestras sensaciones. Con mis manos iré mostrándote lo que me gusta, y vos me vas a enseñar también. Se trata de una danza de a dos. Jamás olvides eso.

Me toma de la mano para acercarnos al sillón. Lo veo sentarse relajadamente y me hace señas que me coloque sobre el almohadón, que él tiró sobre el piso, para que esté más cómoda. Comienza a acariciarse con sus dedos, desde arriba hacia abajo. Le tomo su mano para reemplazarla por mis labios y mi lengua. Lo escucho gruñir de satisfacción y cerrar sus ojos. Me encanta esta intimidad, confianza y complicidad sexual que acaba de generarse entre nosotros. Ejerzo una leve presión en mi lengua y sus latidos en mis labios me indican que vengo bien. Obviamente, no solo me estoy dejando guiar. Sabiendo que quería darle la máxima satisfacción cuando llegara el día, había estado leyendo para no pasar de mojigata. Además, quería sentirme orgullosa de poder hacerle alcanzar un orgasmo a Alfonso solo con mi boca, la que a él tanto le gusta. Bajo mi mirada hacia lo que estoy haciendo y me siento poderosa. Incluyo mis manos para tomarlo y seguir improvisando con mi lengua, porque siento que Alfonso ya no me guía sino que está en otro mundo. Solo escucho su respiración agitada y sus manos sobre mi cabeza acariciando mi coronilla.

—Xime… Diosa… Mi amor… Pará… —No le hago caso y sigo tocándolo y besándolo. —Hermosa… Pará, en serio… —Me separa suavemente de su placer.

—No quiero parar…Quiero que llegues y saborearte, como vos decís que siempre hacés conmigo. Dejáme probar. Si luego no me gusta, prometo decírtelo…Pero ahora, dejáme intentarlo… —Le pido mirándolo directamente a los ojos.

—Ay, Xime, ¿qué me hacés? Si te vieras como lo hago yo en este momento, entenderías por qué no puedo dejar de tocarte o pensarte cada segundo del día… Estás despeinada, con tus ojitos agrandados por el placer, con tus ojos de gata pidiéndome que acabe en tu boca. ¿Entendés por qué no puedo más? ¿Por qué te digo siempre que mi deseo por vos excede mi razón?

—Sí, te entiendo, mi amor. ¿Y sabés por qué? Porque me pasa lo mismo. Cada vez que te veo mirarme con posesión, o cuando los dibujos en tus brazos cobran vida al abrazarme, o me decís que me deseás más allá de todo, me enamoro un poco más de vos. Y quiero confesártelo de una vez, sin importar qué pase mañana: te amo, en todo el sentido de la frase y con toda la fuerza de mi ser.

—Nena, ¿qué voy a hacer con vos? —Me dice sonriente.

Tomo eso como un permiso para seguir con mi objetivo: que mi hombre de los ojos de hielo alcance su clímax de otra forma nueva para mí, para nosotros como pareja. Retomo mis caricias y mis besos, y siento cómo vuelve a crecer en mi boca. Sus manos comienzan a presionar un poco más mi cabeza y entiendo que no quiere que pare. Ejerzo más fuerza en mis labios y sé que está por llegar. Levanto mi mirada y veo los ojos de Alfonso clavados en mí, en mis acciones. Su boca está apretada, como si su autocontrol dependiera de que yo hiciera el más mínimo movimiento. Amo sentirme así, saber que lo tengo en mis manos. Pero no por querer dominarlo, sino porque anhelo ser la mujer sexual que él necesita. Quizás es un rollo mío, pero mi orgullo de hembra quiere dejar marca en su cuerpo, en su sexo y en su deseo. Habíamos puesto una lista de lentos en *Spotify* y justo sonaba *Thinking Out Loud* de *Ed Sheeran*, que tanto nos gustaba.

And I can't sweep you off of your feet

Will your mouth still remember the taste of my love

Will your eyes still smile from your cheeks[26]

Abre la boca, lanza el aire entre sus dientes y suplica.

—Xime, es el momento… Voy a llegar, mi amor… Si querés, salí ahora… —Pero ni loca alejo la boca de mi chico. Aprieto más mis labios y siento como crece más y más. —Xime…. Amor… —Y explota con un susurro ronco.

Lo logré. Lo logramos. Me había imaginado siempre que el sexo oral era algo horrible. Pero, lógicamente, nunca había estado enamorada como para anhelar hacerlo ni lo había practicado. Y cuando mi padre me hacía insinuaciones, me daban ganas de vomitar. ¿Pero cómo llegó esa basura a meterse en este momento tan sagrado con mi Alfonso? Evidentemente, estoy fallada. Alfonso me toma de la barbilla y me levanta la cabeza para que lo mire. Veo tanto amor en sus ojos, que empiezo a llorar.

—Ey, Xime, ¿qué te pasa? ¿No te gustó? ¿Por qué esa carita tristona? A mí me superó el placer y me siento el hombre más afortunado del mundo por tener a mi diosa sexual del Olimpo. Me siento en una nube,

---

[26] He caído rendido a tus pies. ¿Tu boca aún recuerda el sabor de mi amor? ¿Tus ojos aún sonríen al son de tus mejillas? (Pensando en voz alta - Ed Sheeran)

amor… —Escucharlo me provoca llorar mucho más. —¿Qué le pasa a mi dueña?

—Alfonso… Hay algo que necesito contarte para que podamos seguir sin secretos…

Llegó el momento. No puedo dilatar más esto que está empañando nuestra felicidad. Cuando quiero comenzar mi confesión, suena el timbre. Nos miramos como preguntándonos quién podría ser, y nos arreglamos rápidamente la ropa. Escuchamos un murmullo fuera del departamento y la voz de Miranda. Alfonso le abre y a mí me baja la presión al ver a la ex de mi hombre acompañada de dos agentes de la policía. La expresión triunfante y malvada de esa mujer hace que intuya mi fin.

—Les dije que estaría aquí, oficiales. ¡Detengan a esta traficante! —Les grita a los policías. —Pero les recuerdo que el hombre que está con ella no tiene nada que ver.

—Miranda, ¿qué pasa? ¿Qué haces acá? ¿Por qué viniste con la Policía? ¿Qué es todo este mamarracho? —Le pregunta muy enojado mi hombre.

—Pasa que tu querida pendejita de turno es una asesina que tiene vínculos con el narcotráfico. ¿Qué me contás?

Lo veo darse vuelta y mirarme lleno de preguntas y confusión en sus ojitos azules. ¿Por qué justo ahora tenía que pasarme esto? ¿Es que nunca podré ser feliz y alejarme de mi pasado de mierda?

—Ximena, ¿qué está diciendo Miranda? —Me pregunta en un susurro.

—Está diciendo la verdad. —Le respondo en voz muy baja, quebrada ante la evidencia. —En parte. Yo maté a mi padre, y pensaba contártelo justo antes que ella tocara el timbre.

—¡Te lo dije! —Grita triunfante. —¡Se los dije! Arréstenla.

—Señora, le pido por favor que se tranquilice —le dice uno de los oficiales a Miranda. —Nosotros sabemos hacer nuestro trabajo. —Y dirigiéndose hacia mí me preguntan. —¿Es usted la señorita Ximena Newman? —Asiento, con los ojos nublados por las lágrimas al ver a Alfonso apoyado contra la pared, con las manos en sus bolsillos. —Tendrá que acompañarnos porque la señora Robledo ha puesto una denuncia en su contra. Tiene derecho a permanecer callada y buscarse un abogado —me decía el agente mientras me ponía las esposas.

—Alfonso… Soy inocente… Creéme, mi amor… —Pero mi hombre solo me mira como si no existiera. Veo su confusión y su dolor.

—¿Cómo creer en alguien a quién yo le dije que la amaba y que no fue capaz de confiar en mí? ¿Por qué no me lo dijiste antes, Ximena? Te di mil oportunidades, te hice millones de preguntas y siempre elegiste mentirme u ocultarme que habías matado a tu padre…

—¡Pero fue en defensa propia! Todo se va a aclarar, amor… Por favor, te necesito a mi lado…

—Yo ya no sé quién sos… ¡Y no me digas amor! Amor es alguien en quien uno puede delegar sus penas y alegrías, y evidentemente, ese no soy yo para vos, sino me hubieras contado. ¡Te reíste de mí todo el tiempo como si fuera un pelotudo más!

Tiene razón. ¿Qué decir ante eso? Esperé demasiado. Debería haber sospechado que Miranda no se quedaría quieta mirando como yo le robaba a su ex novio. Ahora era tarde. Lo que no entendía era eso de mis vínculos con el narcotráfico. Pero no me preocupaba, porque las mentiras caían por su propio peso.

—Está bien, Alfonso, pensá lo que quieras —le contesto con dolor. —Solo te pido que le avises a Lorenzo de mi detención así puede ir hacia la comisaría. Él podrá ayudarme a arreglar todo esto.

No me dice nada, ni siquiera me mira. Está sentado en el suelo, con la mirada perdida. Los oficiales me toman de uno de mis brazos y me llevan fuera del departamento.

—Señora Robledo, usted tendrá que venir también para ratificar su denuncia y reconocer en sede oficial a la sospechosa.

—Por supuesto que iré. Gente como esta lacra debe estar tras las rejas —expresa sonriente. La escucho dirigirse a Alfonso. —*Amor*, esperáme, que en breve vendré a explicarte todo.

Ese "amor" de parte de Miranda hacia mi hombre y verlo abatido, con la cabeza gacha entre sus piernas, terminó de destrozarme. Acto seguido, me desmayé.

****

Entramos a la casa de Lorenzo y subo las escaleras para conocer el piso de arriba, con el que siempre fantaseé. No me suelta la mano, y me felicito por la idea que tuve de tomárselas en el bar apenas nos reconocimos. Ver su cola apretada en el jean, cómo se marca su cuerpo de bailarín, su espalda ancha, esas manos enormes deseando que me acaricien como recién en el auto, todo me recorre como lava a punto de explotar por la anticipación.

Se dirige a su habitación y me asombra ver lo ordenado que es. Como con el tema de las motos, me pasó otra vez que lo imaginaba distinto, desordenado, con la cama revuelta. ¡Cuánta cabeza nos hacemos a veces las mujeres respecto de quienes nos gustan! Las paredes eran rústicas y había un gran ventanal hacia la calle, con cortinas en color crudo que estaban descorridas. Tenía un pequeño escritorio de hierro y una silla sencilla. La cama era tamaño *King Size*, con respaldar ancho y de madera opaca, y el piso era una especie de parquet reciclado. Me provocó recorrer el cuarto, tocando y mirándolo todo. Intentaba llevarme una porción de la vida de Lorenzo, no solo en los ojos, sino también en mis dedos.

Pasados apenas unos segundos, veo que mi chico está apoyado en el marco de la puerta, con sus brazos cruzados y su mandíbula apretada. No sabía si estaba enojado, así que me dirijo hacia él para acariciársela como siempre había deseado. Me mira intensamente, con sus hermosos ojos grandes, y apenas separa los labios para emitir un jadeo suave. Lo beso despacio y luego vuelvo a su mandíbula, para recorrérsela con la lengua. Estaba cumpliendo mi fantasía y no pensaba parar. Descruza sus brazos para tomarme la cara y besarme apasionadamente, devorando mi boca y conquistando todo con su lengua. Se separa para respirar y me lleva hasta la cama. No me quita el vestido, solo me lo sube para bajarme la tanga, tomarla entre sus dedos y sonreírme mientras la besa. La tira a un lado y no puedo evitar compararme con ella. ¿Así será esto? ¿Me tomará, me sonreirá y luego de disfrutarnos me desechará? Ya es tarde para planteos infantiles e inseguros. Viviré el momento y mañana será otro día.

Me coloca los pies apoyados en la cama para que flexione mis rodillas, mientras va subiendo lentamente por mis piernas, dejando pequeños besos en su camino hacia mi centro. Antes de besarme, me toca, sonríe y sube hasta mi boca para darme un beso fugaz. Vuelve a descender hacia mi humedad y comienza a lamerme despacio. Me arqueo y gimo, tomo aire porque siento que me ahogo todo el tiempo. La excitación me consume y necesito cerrar mis ojos. Cuando estoy por alcanzar el orgasmo, Lorenzo se separa, apenas se baja su jean y se coloca un preservativo. Me toma una pierna y la coloca sobre uno de sus hombros, mientras que la otra la deja extendida. Me penetra sin dilación. Me duele al principio, porque hacía meses que no estaba con un hombre, y además, soy alérgica al látex. Pero es tanto el placer de sentirme mujer con él, que nada me importa. Se dá cuenta de que estoy un poco estrecha, y me pide disculpas con su mirada. Se mueve sobre mí y no deja de besarme y acariciarme. Siento cómo su mano me sujeta por mi cola para marcar el ritmo y elevarme un poco más, hasta crear una cadencia incesante que cobra cada vez más velocidad, haciéndome sentir la fuerza de sus embistes hasta lo más profundo; con la otra mano acaricia mi rostro y mis labios hasta llevar al límite la agitación y el deseo.

—Ana Paula, decíme por favor que te gusta… —Me pide ansioso.

—Me encanta lo que me estás haciendo. Espero provocarte una milésima parte de todo lo que me hacés sentir a mí… —Le contesto temerosa de ser un fiasco.

—¿Pero qué decís?¿No sentís cómo estoy? Te quiero destrozar… ¿Cómo venís? Porque yo no doy más… Llegá, dale… ¡Llegá, Ana Paula!

Y esa especie de orden asaltó mis sentidos y los hizo estallar. Mi cuerpo no paraba de temblar mientras sentía cómo Lorenzo alcanzaba su clímax con un gruñido. Cuidadosamente y sin moverse de mi interior, flexiona mi pierna que estaba elevada y la coloca a un costado para poder apoyarse sobre mí sin hacerme daño. Comienzo a reírme como una tonta de lo feliz que estoy, y mi hombre levanta la cabeza y me mira sin entender.

—No sabés lo bien que me sienta que una mujer, después de haber tenido sexo conmigo, se esté partiendo de la risa —me dice enojado y sale de mí para tirar su preservativo.

—Pará, Lorenzo, vení —me mira con sus labios apretados y entiendo que estuve mal. Tendré que explicarle. —Te pido disculpas, pero me reía de mí misma. Es que siempre soñé con estar así, con vos, pero nunca me imaginé vivir tanto placer. Pensaba que te era indiferente. Pero que me miraras con deseo como lo hiciste esta noche, me besaras como si fuera la mujer más linda del mundo y me sonrieras como lobo feroz a punto de comerse a Caperucita, hizo que la realidad, o sea vos, superara a mi fantasía más erótica.

Veo que le cambia la cara y sus labios gruesos y sensuales se separan en la sonrisa que tanto amo verle. Esa que le forma arruguitas cerca de sus ojos y le marca miles de expresiones al mismo tiempo. Salto del colchón y me le cuelgo como un panda alrededor de su cadera.

—Somos un desastre. Y entiendo lo del lobo feroz, porque del hambre que nos teníamos ni nos desvestimos... ¿Qué te parece si lo remediamos ya mismo? —Me pregunta mordiéndome el cuello.

—Me encanta, Lo...

Y mientras comenzamos a quitarnos la ropa, ayudándonos entre los dos y sin parar de besarnos, suena el celular de mi amante. Como no amaga a atenderlo, me separo de él y voy a buscarlo entre su ropa. Muero de celos por saber quién lo llama a esta hora. Sea quien sea la zorra, le voy a dejar en claro que, al menos esta noche, Lorenzo es mío. Miro la pantalla y veo que dice *Alfonso*. Se lo paso sorprendida y él tampoco entiende.

—Prefiero atender, porque Ximena está con él. Tengo un mal presentimiento. Hola, Alfonso, ¿qué pasó? —Pregunta preocupado. Se hace un silencio y se mueve como si le fallaran las piernas. Algo pasó con Ximena, y lo intuyo por su reacción. —Entiendo. Ya vamos para allá —corta el llamado y me mira. —Ximena está internada. Sufrió un desmayo nervioso a causa de una detención policial. Ahora está en el hospital y pidió verme. Vestíte que te llevo a tu casa —me ordena, serio y nervioso.

Vuelvo a colocarme mi ropa interior y mi vestido, me arreglo un poco y me subo a su auto.

—Prefiero que me lleves hasta mi auto, cerca del bar. Así mañana podré seguir con mis actividades.

—Perfecto, como quieras. Mejor, porque así pierdo menos tiempo para ir a ver a mi prima.

Eso fue una puñalada. ¿Yo le hacía perder el tiempo? Lo que más quería era que me pidiera que lo acompañara y que lo contuviera, no que sintiera que estaba siendo un lastre. Tenía razón cuando me sentí como una bombacha que se recambia. Lorenzo era así con sus mujeres. La larga lista de madres con las que salió lo demostraba. Siempre oí en silencio cómo ponderaban sus virtudes, pero también escuchaba cómo se quejaban de su frialdad. Y yo, que juré que nunca sería una más en la lista, acá estaba, siendo una "pérdida de tiempo" para él.

Bajé del auto sin saludarlo y cerré la puerta con todo, para descargar mi rabia. Se fue al segundo y me dejó en la calle, sola frente a mi auto. Ni siquiera esperó que me subiera hasta estar segura.

Una vez más, la vida me demostraba que enamorarme no era para mí. Salir, tener sexo, conocer gente, sí. Pero involucrar el corazón, ofrecer mis sentimientos para que los pisotearan, no. Porque no estaba arrepentida de la noche que habíamos gozado con Lorenzo. Estaba arrepentida de mi estupidez e ingenuidad al enamorarme de alguien como él. Siempre lo había escuchado nombrarse a sí mismo como *un espíritu libre*, ¿por qué habría de sorprenderme su actitud? Él no me había prometido nada, la ilusa era yo.

Llego a mi casa, me desmaquillo y paso por el cuarto de mi princesa. Lorena y ella estaban durmiendo abrazadas. Comencé a llorar y mi amiga se despertó. Se sorprende de verme y me abraza, sacándome del cuarto para que no se levantara Julieta.

—Amiga, ¿qué pasó? ¿Lorenzo te ignoró? ¿No fue?

—Al contrario, Lore. Fue hermoso, pero duró lo que sabíamos que duraría: una noche, un instante fugaz. Me enamoré de un hombre que odia las ataduras, las responsabilidades amorosas, y tendré que convivir con ello hasta que se me pase.

—¿Pero qué decís, Anita? ¿Te enamoraste y vas a esperar a que se te pase? Una de dos: o no es amor lo tuyo; o, si lo es, agarráte, porque no se esfuma así porque sí.

Y lloro porque mi amiga tiene razón. Hace mucho que amo a Lorenzo y sentirlo en mí fue peor. Quizás hubiera preferido la fantasía toda la vida. ¿Ahora cómo haría para borrar su marca de fuego? Sería difícil olvidar esos labios gruesos que me recorrieron entera, sus manos enormes y de dedos largos metiéndose en mí y haciéndome explotar, él en mi interior...

Sí, costaría reemplazarlo, pero tampoco tenía por qué hacerlo. Volvería a ser la mujer gris que nunca debería haber dejado de ser. Solo viviría para mi hija y a mi parte femenina la encerraría bajo siete llaves. Era lo mejor.

Una vez más comprobaba que el amor nunca traía nada bueno.

Capítulo 18 - Cuando descubra que no existe una persona salvadora, la nena se hace fuerte, la nena no llora

Me despierto en la camilla de un hospital. No recuerdo nada. ¿Y por qué estoy esposada? ¡Miranda! ¿Pero no debería estar en la comisaría? Comienzo a recordar: Alfonso mirándome con desprecio y dolor, las palabras de Miranda, los oficiales colocándome las esposas, mi desmayo...

—Veo que se ha despertado —me saluda una enfermera desde la puerta. —¡Oficiales! ¡La detenida se despertó! —Les grita.

—Espere, señora... ¿Podría avisarle a mi primo también? Seguramente debe estar esperándome en el pasillo.

—¿Tu primo es un chico alto, de ojos claros y muy buen mozo? —Me pregunta pícara.

—Sí —le sonrío al ver que es una persona amable. —Se llama Lorenzo. ¿Lo haría pasar antes que vinieran los agentes? —La veo dudar, pero suplicaré si es necesario. –Por favor...

—Está bien, está bien... Primo... Ahora resulta que se le dice primo... —Y se va negando con la cabeza.

No entendí la broma hasta que por la puerta de la habitación aparece Alfonso. Me tenso y me enojo al mismo tiempo, porque la última visión que tengo de él es el desprecio de sus ojos que no querían ni mirarme. Aun con esa expresión de derrota que tiñe su carita, está demasiado hermoso: remera blanca(ajustándole su abdomen perfecto, el que tanto besé sin parar), que me permite ver sus adorados brazos tatuados, jeans rotos y zapatillas de lona. En un segundo, me olvido de mi rabia.

—Hola —saluda tímidamente. —¿Cómo estás?

—¿Qué hacés acá? —Bueno, quizás mi rabia no se había ido en un segundo. Es que quiero estar segura que vino para escucharme. ¿No dicen siempre que el ataque es la mejor defensa? —¿Para qué viniste? ¿Por qué no te quedaste con tu novia? ¿Y Lorenzo?

—Xime, perdonáme... ¡Al ver que te desmayabas sentí que me moría! Corrí a sostenerte porque, si no, te partías la cabeza. ¡Y Miranda no es mi novia, carajo! ¡Mi novia sos vos! —Me grita. Cierra sus ojos un segundo para calmarse, los abre para acercarse hasta mi cama, y me toma de las manos para acariciarlas. Sus ojos azules me miran con amor, aunque lo que sale de su boca me confirma que aún sospecha de mí. —Ximena, necesito saber tu verdad. Conozco a uno de los oficiales y nos darán unos minutos para hablar. Te escucho.

—¿Pero estás dispuesto a creerme? —Le pregunto y asiente, serio. —Bueno... Es difícil... —Comienzan a brotar lágrimas de mis ojos porque abrirme con mi amor implica revolver el dolor que llevo escondido toda una vida. —Mi madre me abandonó porque mi padre era un alcohólico y un golpeador. Desde que tengo memoria, mi padre siempre intentaba hacerme cosas que no me gustaban o quería quedarse a solas conmigo. Mi mamá, cuando tomaba, me pegaba y se mostraba celosa de mí, y ahora entiendo que veía cosas que yo no entendía por mi corta edad. Recuerdo que intentaba esconderme bajo la cama o encerrarme en el baño para que mi viejo no me encontrara, pero siempre que pensaba que se había ido, estaba esperándome en ropa interior en la puerta, o tocándose y mirándome con esa mueca asquerosa. Hace unos años, empezaron sus intentos ininterrumpidos por abusar de mí —veo cómo su mandíbula se pone rígida, pero no me interrumpe—, sus insultos, sus golpes. Hasta que un día, quiso traspasar todos los límites y me defendí. Pero no recuerdo muy bien qué pasó, porque me desmayé como en tu casa. Lo del narcotráfico que dijo Miranda es mentira y no tiene nada que ver con mi historia.

Veo cómo me suelta las manos y comienza a pasearse por la habitación. No puedo moverme porque estoy esposada y eso hace mayor mi impotencia. Quisiera abrazarlo porque necesito su contención, pero porque también entiendo que debe ser difícil escuchar mi historia y no sospechar de mi inocencia.

—Escuché la declaración de Miranda, ratificando su denuncia. Ella dijo que vos asesinaste a tu padre porque no quiso darte parte de un dinero que habían sacado por las ventas de paco, anfetaminas, cocaína, ketamina y éxtasis. Ese dato se lo dio El Rudo, uno de los traficantes más poderosos de Rosario, en un evento del cuál formó parte. Miranda declaró que fue a la fiesta de ese narco, escuchó tu apellido, averiguó y llegó a esa información: vos mataste a tu padre por guita. ¿No te parece mucho para que sea invento? ¿No querés contarme nada más, Ximena? Porque me siento un boludo si te creo, y me siento un hijo de puta si te suelto la mano. Necesito que confíes en mí y me cuentes todo para poder sacar la cara por vos.

—¡Ya te conté todo, Alfonso! Lo del narcotraficante ese no tengo ni idea. ¡Y sí podría ser un invento de ella! Me odia porque piensa que te alejé de su lado. Está despechada y resentida. Te repito por última vez: mi padre murió porque me defendí para evitar el abuso. Lo de la plata de la droga es un invento.

—¡No me engañes más, Ximena! Está comprobada la relación de tu padre con El Rudo, así que Miranda no inventó nada. Aun no entiendo ciertas cosas, pero mi cabeza me dice que no me contás todo, y así no puedo seguir con vos. Una vez me hice un juramento y no pienso quebrarlo por nada ni por nadie: jamás voy a estar con alguien que tiene que ver con el maldito asunto de la droga. ¡JAMÁS! —Me grita y camina hacia la puerta. —Espero que reflexiones y que quieras contarme la verdad algún día. Cuando estés dispuesta a hacerlo, avisáme. Mientras, con mentirosas, asesinas o narcotraficantes, no pienso perder un segundo de mi vida.

Y así se fue Alfonso de la habitación. Creyendo que le mentía y que era una asesina narcotraficante. Comencé a llorar a los gritos. Lorenzo entró corriendo y me abrazó para tranquilizarme.

—¡Lorenzo! ¡Alfonso me odia! No soy una narcotraficante. ¡Asesina sí, pero narcotraficante no! —Le grito en medio de mi histerismo. Me tiembla todo el cuerpo de los nervios.

—Xime... Basta... No sos ni una cosa ni la otra, prima... Sos una gran persona que sigue manchada por la mierda de tu viejo. Hice averiguaciones y resulta que mi querido tío le debía mucha guita a El Rudo y se la pensaban cobrar con vos. Así que hiciste bien en matarlo a ese hijo de puta y huir.

—¿Cómo? ¿Conmigo? No entiendo. ¡Entonces la historia del narco es verdad! Ahora comprendo a Alfonso... La verdad mezclada con la mentira hizo un efecto en él que no sabe si creerme o no.

—No te preocupes por tu novio, Xime. Se le nota mucho que te ama. Apenas pasó lo de tu detención, me llamó y estuvo la noche entera en el pasillo esperando noticias tuyas. Se peleó con todo el mundo que le explicaba que no podía quedarse en el piso, tirado al lado de la puerta de tu habitación, e igual durmió así.

—Me dijo cosas horribles, Lo... Siento que lo perdí para siempre —le digo llorando, pero con una luz de esperanza por sus palabras.

—Ahora lo más importante sos vos. Él puede esperar. Dejá que se aclare todo y ya tendrán tiempo para explicaciones. Pero necesitamos correrte de todo este lío. Rodrigo me dijo que el C.E.C. sacará la cara por vos. Que ni te preocupes, porque confían en tu inocencia. En nuestra escuelita, algunos padres se enteraron por la tele y vinieron a preguntarme, pero entre Ana Paula y yo, los tranquilizamos. Y Gerónimo, me dijo que te avisara que seguís dentro de Danzar Salva, porque él también cree que todo es un invento.

—Pero, Lo, no todo es un invento. Yo maté a mi papá. ¡Soy una asesina!

—Ximena, cambiá el chip, ¿querés? Mataste en defensa propia, no sos una asesina —me contesta remarcando las últimas palabras—, ¿está claro? Terminála con eso, porque si vos, que sos la acusada, no crees en tu propia inocencia, no salís más.

Asiento y me seco las lágrimas. Veo entrar a los oficiales con la enfermera y hacen que mi primo se retire. No nos dejan ni siquiera despedirnos. Solo permiten que la señora me ayude a vestirme, pero sin quitarme las esposas. Soy tratada peor que la delincuente más peligrosa del mundo. Otra humillación más gracias a mi viejo, y van...

Termino de vestirme, vuelven a entrar los policías y me llevan hacia la comisaría. Me fichan y me ponen en una celda común. Cuando me permitan comunicarme con Lorenzo o con Rodrigo, les pediré que me consigan un buen abogado. Además, le diré a mi primo que averigüe todo sobre las actividades que tenía mi padre. Solo con información podré defenderme. Y también tendría que hablar con la zorra de Miranda, porque parece que ella conoce la punta del ovillo. No me creo eso que *solo escuchó mi apellido en la boca de El Rudo*. Debe saber mucho más y pienso presionarla para que me lo diga.

Se acabó la ingenua Ximena Newman. Los golpes de la vida me hicieron abrir los ojos. Ni siquiera el hombre del cual me enamoré, que pensé que me defendería ante todo y ante todos, y que confiaría ciegamente en mí, pudo sostenerme. Solo cuento con Lorenzo, como siempre. Y con Rodrigo, que evitó que me quitaran la beca, según me contó mi primo. Me quedaré con eso y saldré adelante.

Tirada en la celda comunitaria, mirando el techo y pensando cómo terminar con todo de una vez, se me vinieron las palabras de una de mis canciones preferidas: *"Me han clavado en la pared contra la espada, he perdido hasta las ganas de llorar."*[27] Pero creo en mí.

174

****

¿Ahora de qué me disfrazo con Ana Paula? La dejé tirada como a un perro, como a una conquista más. Pero no fue mi intención. Es que lo de mi prima me descentró. No me gustó nada cómo estaba. La vi desahuciada, otra vez sintiéndose culpable por algo que no generó, sino que fue en defensa propia. Y sobre todo, la vi enamorada. Creo que eso es lo que más la está destrozando: la desconfianza de Alfonso.

Bueno, ahora me toca a mí. A remontar esta situación. Encima, no tengo experiencia en estas cosas. Nunca tuve que explicarles nada a las chicas con las que me encamaba. Pero Pau no es una más. Me gustó mucho cómo conectamos anoche, cómo nos entendimos al instante. Yo mandaba y ella obedecía. Pero creo que lo hizo más por timidez a ser nuestra primera vez juntos que porque realmente ella fuera así en la intimidad. Eso es lo que me atraía de Ana Paula: el deseo de más que me había generado apenas conocerla. Y lo de hoy, ayudándome a explicarles a los demás padres la situación de mi prima, también me deslumbró.

—Hola, ¿quién es?

—Hola, soy Lorenzo —le contesto a Ana Paula a través del portero.

—Subí —me dice, y escucho el ruido de la puerta del edificio en señal de que la abra.

En unos minutos ya estoy frente a su departamento y me atiende una Paula en piyama y con cara de enojada. Está hermosa. Va a ser difícil hablar así.

---

[27] Creo en mí – Natalia Jiménez

—Disculpá la hora —le digo. —Es que estuve con todo el tema de mi prima y recién salgo de la comisaría. Está detenida. —No me contesta, solo me mira. —Pau, vine a verte para contarte en persona lo que pasó y que entiendas. A mi prima la denunciaron por algo que no hizo y está muy deprimida. Como la conozco y sé que su cabeza siempre tiende a pensar lo peor de ella misma, fui corriendo a su lado para que supiera que estoy. Te pido disculpas si no me comporté como un caballero, pero la situación lo ameritaba.

La veo bajar la mirada y aprovecho para escanearla a mi antojo. Ese piyama de pantalón ajustado y remera rosa escotadísima me está distrayendo de mi propósito. Solo quería venir a disculparme y dejarle en claro que mi prioridad ahora era Ximena. No esperé encontrarme con una hermosa morocha al natural. Vuelvo en mí y veo que unas lágrimas silenciosas corren por sus mejillas. Pau estaba llorando y yo pensaba en sacarle todo y voltéarmela otra vez. Definitivamente, soy un animal.

—Entiendo —escucho que me dice. —Viniste a decirme que lo de ayer fue un error y a pedirme discreción con las demás madres, ¿no?

—¡No! Al contrario. Vine a pedirte tiempo porque tengo ganas de conocernos, pero no así. No estoy cien por ciento para vos, y no quisiera lastimarte o que pensaras que me sos indiferente. Xime está mal y solo nos tenemos entre nosotros. Es como mi hermanita chiquita. Me necesita. Pero no quise dejar de venir a explicarte que anoche me volaste la cabeza, y que si no fuera por todo este quilombo, estaríamos uno dentro del otro hasta la madrugada.

La veo sonreír, con su rostro lleno de lágrimas y me dá un beso fugaz que, a pesar de parecer inocente, me calentó como nunca.

—Está bien, Lo. Lamento lo de tu prima, y estoy para lo que me necesites. Pero solo te digo esto: si me llego a enterar que estás con otra mujer y me mentiste… —Suspira. —Nada, solo eso… No me lastimes, por favor. Si no te gusto o no te intereso, no me ilusiones. No quiero ni puedo volver a sufrir. Vos me encantás desde hace rato, pero no estoy dispuesta a sacrificarme de nuevo por nadie más. ¿Querés tiempo? Lo vas a tener. Solo te pido que no me mientas.

Verla tan segura de sí misma, exponiéndome sus sentimientos, pero dejando en claro que no pensaba arrojarse a mis brazos por más que tuviera ganas, me terminó de demostrar que no conocía nada de esta mujer. Eso me generaba de todo y no quería perdérmela. Necesitaba marcar territorio y así lo haría.

—Pau, te aseguro que en estos momentos solo tengo deseos de estar con vos, con nadie más. Por eso te pido lo mismo: no me mientas. Si me decís que me vas a dar tiempo, dámelo. Confiá en mí. No suelo lastimar a las mujeres, y mucho menos se me cruzaría hacerte algo así a vos. Vos también me gustás. En serio. Solo que ahora tengo que estar con Ximena. Dame unos días a que se acomode todo y hablaremos con tranquilidad, ¿está bien?

—Está bien. Ahora te pido que te vayas, porque acabo de dormir a Juli y no quiero que te vea acá y haga preguntas que no tienen respuesta.

—Tenés razón. —Me estaba echando. Y yo que quería intentar convencerla que me ayudara a aliviarme la calentura y mis nervios. —Bueno, nos vemos en la semana, cuando traigas a tu nena a Jazz. Chau —me acerco a darle un beso y me pone la mejilla.

—Lorenzo, no creas que no tengo ganas de sentirte y disfrutarnos como anoche. Pero quiero ser consecuente con lo que acabás de decirme. Y si lo hacemos ahora, ya sé quién saldrá lastimado. Prefiero esperar y no ser tu descarga del momento. ¿Entendés, no?

—Claro que te entiendo y coincido con vos. —¡Mentira! No coincido una mierda. Odio que me lean como un libro abierto. Pero en un punto, tiene razón. —Gracias por escucharme, Pau.

Me sonríe y cierra la puerta de su departamento. Va a ser difícil lo que se viene, pero tengo ganas de hacer algo distinto, con una mujer diferente como Ana Paula. Tengo ganas de probar una relación seria y creo que ella es la indicada. Veremos cómo sigue la cosa. Por ahora, pinta bien.

Lorenzo no sabe que Ana Paula hizo de todo para que él estuviera dónde están ahora. Sin darse cuenta, cayó en las redes amorosas que ella había tejido para atraerlo. Y, ambos, aún no sabían lo bien que eso le haría a sus vidas.

Capítulo 19 - Veo el futuro repetir el pasado, y el tiempo no para

Llegó el día tan esperado: la Jornada Rosarina por la Ley Nacional de Danza. Solo pasaron doce días desde mi detención, pero pareciera que había vivido dos vidas a partir de mi liberación.

Al día siguiente de mi ingreso en la Comisaría, Lorenzo y Rodrigo habían movido cielo y tierra para que me representara uno de los mejores estudios de Rosario: Valley&Huges. Sabía que costaba un ojo de la cara, pero mi jefe y amigo insistió en que correría con los gastos. Gerónimo pasó a visitarme esa misma tarde, antes de mi liberación, y tuvimos una charla que me ayudó a comprender muchas cosas. De Alfonso, ni noticias.

A la noche ya estaba cenando en mi casa con Lorenzo y Rodrigo, rearmando mi rutina para presentarme en la Jornada. Los abogados habían podido demostrar que había actuado en defensa propia (debido al informe archivado de la autopsia que se había realizado en Tostado en aquel momento) y que nadie del pueblo me había visto jamás con El Rudo ni con alguno de sus cómplices. Por ese lado, estaba tranquila. Sin embargo, aún necesitaba resolver la grieta que se había abierto en mi corazón y en mi alma.

Como no quería retomar los ensayos para no encontrarme ni con Miranda ni con el hombre que me había roto el corazón, llamaron a Gerónimo. Él pudo convencerme, y me tocó la moral diciéndome que lo recaudado sería para los niños del proyecto Danzar Salva. Si no me presentaba a cumplir con el espectáculo, no solo Rosario quedaría mal representado a nivel nacional, sino que los chicos se quedarían sin las donaciones. Entendí que no podía ser tan egoísta y a los dos días había vuelto a ensayar. Me dolía ver a Alfonso tan alejado de mí y tan cerca, nuevamente, de Miranda. Como si todo lo vivido no hubiera significado nada para él. Y quizás así había sido. Pero para mí, perdernos implicaba no volver a sentir a mi sexy tatuado dentro mío, a que su deseo no volviera a encenderme instantáneamente con solo mirarme o sonreírme de lado, a no dejarme llevar nunca más por sus brazos dibujados hacia el cielo que pensé que no me merecía, o hasta el placer que creí que estaba vedado para mi vida.

¡No! Me niego a pensar así. Yo vi a sus ojos azules volverse oscuros por la anticipación de cada uno de nuestros encuentros secretos. O a su mandíbula, cubierta con su barbita sexy, tensarse por los celos. Yo vi a sus labios sonreírme de lado, sensualmente, para ordenarme que me acercara, sin emitir palabra. Lo escuché nombrarme *dueña* de su deseo, al igual que disfruté de su gruñido satisfecho al alcanzar su clímax. Eso nadie me lo contó. Así que estoy a tiempo de luchar por mi hombre. Pero, ¿y si Alfonso no quería creerme o ya no deseaba estar a mi lado? ¿Cómo recuperar algo que ya no me pertenecía? O peor: ¿cómo lograr que volviera a amarme después que se había resquebrajado la confianza? Él había dudado de mi palabra, y en su mente, quizás, ya me había condenado. Y eso me destrozaba el alma.

Pero no era momento de pensar en mí sino en los chicos, y tenía que concentrarme para poder hacer bien las cosas. Después de hacer los ejercicios de estiramiento y probarme el vestuario, hicimos una última pasada los tres juntos para tantear el escenario colocado de cara al Río Paraná. El día era espectacular y la gente iba llegando de a poco. Con Gero habíamos armado una sorpresa. Necesitaba hacer algo para hacer reaccionar a mi sexy tatuado. Si no funcionaba... Bueno, no sabía qué haría si no funcionaba. Quería pensar en positivo, creer que Alfonso se derretiría en cuanto me escuchara y que se le disiparían todas sus dudas.

Luego de la presentación del grupo que Gerónimo tenía en el C.O.B.A.I., entrábamos Miranda, Alfonso y yo para representar el número principal de la Jornada: la coreografía que fusionaba Tango con Jazz-Contemporáneo mediante el tema *Gris* de *Los Piojos*. Como la canción era muy larga, habíamos acordado cortarla hasta que quedara de tres minutos y medio.

Alfonso y Miranda estaban en la pata derecha del escenario, mientras que yo entraría por la pata izquierda. Los miraba tomados de la mano y me hervía la sangre, pero entendía que así estaba marcado en los movimientos. Ella le hablaba cerca del oído y él tensaba la mandíbula. ¿Qué le estaría diciendo? Nos anunciaron y mi sexy tatuado me dedicó una mirada antes de salir. Comenzaban ellos y luego los seguiría yo. Tanto Alfonso como Miranda eran íconos de la danza en Rosario, así que, apenas ingresaron, fueron ovacionados. Arrancaba mi hombre bailando un solo tanguero mientras, *la vida y los prejuicios sociales* representados por su ex, lo intentaba atrapar con movimientos sinuosos y cortándole sus pasos. En ese instante entraba yo, y él me veía y quería conquistarme. Pero la coreo marcada por Gerónimo decía que tenía que bailar *huyendo* de su influencia hasta que Alfonso lograra nuestra *fusión*.

Cada vez que nos rozábamos, mi amor intentaba alargar unos segundos el contacto, o improvisaba miradas que no estaban marcadas. A veces lo buscaba a Gero para ver si estaba todo bien y solo me sonreía, mientras que Miranda no paraba de empujarme a propósito, en lugar de hacer bien sus pasos. Faltaba un minuto para finalizar nuestro cuadro. Debíamos bailar juntos hasta el final y quedar solos sobre el escenario. Fueron los segundos más emotivos y excitantes de toda mi vida. Sentir el cuerpo de Alfonso transmitiéndome su pasión, mientras yo debía acoplarme a él hasta fusionar ambos estilos, resultó algo mágico. La gente, el río, Miranda, los compañeros, las obligaciones, el dolor, la desconfianza: todo había desaparecido para disfrutarnos a través de nuestro baile. Y la letra parecía hecha a nuestra medida.

Cuando no alcanza el amor que ofrecés

Y peleás una causa perdida,

el amor se transforma en herida

que no cierra, y que no deja ver[28]

Eso nos pasaba a nosotros. Luchábamos por una causa perdida, porque nuestro amor no estaba siendo suficiente para continuar juntos. Y eso nos había abierto una herida profundísima, difícil de cerrar. Al menos, mientras siguiéramos tan mezclados.

Finalmente, llegó el beso final. Alfonso me dedica su hermosa mirada azulada y una sonrisa triste que no le conocía. Me da mucha ternura que me pregunte con sus gestos si puede besarme. Asiento, imperceptiblemente, y sucede el milagro. Nos damos un beso tierno, lento, urgente, ávido, como si hiciera años que no nos viéramos. Su boca comienza a adueñarse de mí y me olvido de la pose marcada, de la gente, y le acaricio sus brazos como siempre, como me gustaba hacerlo antes de amarnos.

—Xime… Te amo… Sos la dueña de mi deseo… Mi diosa… —Me susurra.

¿Por qué tenía que sufrir? ¿Por qué tuvo que desconfiar de mí y volver con ella? Tendría que haberse quedado a mi lado, protegiéndome, cuidándome y sosteniéndome. Ahora, ¿cómo superaríamos esta falta de confianza? Por un lado, quería perdonarlo porque recordaba mi charla con su mejor amigo; pero por el otro, mi corazón se sentía humillado.

Cuando escuchamos los aplausos, terminamos el beso y nos miramos. Entendimos que nos habíamos salido del papel. Tomamos nuestras manos, hicimos entrar a Miranda para el saludo final y mostramos entre los tres el cartel de *"Yo apoyo la Ley Nacional de Danza"*. Inmediatamente, nos vamos del escenario por separado, para que Alfonso no viera que debía cambiarme nuevamente de vestuario. No

---

[28] Gris – Los Piojos

quería que supiera que, en breve, tendría que volver a bailar como cierre de la Jornada.

—Hola familia, bailarines, coreógrafos y comunidad rosarina. Queremos agradecerles en nombre del C.E.C. y el C.O.B.A.I. vuestra presencia y apoyo a esta Jornada por la Danza —dijo el presentador. —Y ahora, como sorpresa y broche final, disfrutaremos de un último show. Los profesores Ximena Newman y Gerónimo Sánchez nos mostrarán su arte bailando *Thinking Out Loud* de *Ed Sheeran*. Además, me están diciendo que la letra y su coreografía están dedicadas especialmente a uno de los presentes... ¡Cuánto misterio! Bueno, los dejo con ellos... ¡Adelante, artistas! ¡A danzar!

Gero y yo salimos al escenario, cada uno desde una punta distinta. Cuando le había pedido que armáramos una coreo con este tema, mi idea era que la gente que había visto el video y también escuchado la letra, disfrutara de una réplica casi exacta del mismo, con el vestuario, los pasos y las expresiones. Con mi mirada busqué los ojos azules de mi sexy tatuado y los encontré observándome sorprendido y con deseo. Debía estar recordando las veces que habíamos hablado sobre la letra de la canción, y que siempre le decía que me recordaba a él, cómo empezamos a querernos, nuestros encuentros...

Tomo de la mano a mi compañero y comenzamos a bailar casi pegados, sensualmente. Me imaginaba junto a Alfonso, como cuando practicábamos desnudos las coreografías en su departamento. Nos reíamos porque lo hacíamos a propósito, para que cuando diéramos las clases en el C.E.C. recordáramos esos momentos de intimidad.

Cuando llega el momento en que Gerónimo debía colocarse detrás de mí, como abrazándome, siento que nos separan. Me doy vuelta y observo a mi amor traspasándome con sus ojos azules. Le sonrío como aprobando que bailáramos juntos y comenzamos nuestra danza, con movimientos que solo nos pertenecían a nosotros. Porque los cuerpos de los que se aman tienen memoria, la cual se activa apenas se acercan, apenas se huelen, apenas se rozan. Y los nuestros se recordarían toda la vida. Nos necesitábamos, y, aunque no quisiéramos reconocerlo a nivel consciente, nuestros sexos nos lo recordaban a cada instante.

Retomamos donde habíamos dejado con Gerónimo y comenzó a acariciarme como si estuviéramos solos, mientras yo admiraba cómo los dibujos de sus brazos cobraban vida cuando me tocaban. Alfonso también conocía el video. Lo habíamos intentado bailar mil veces pero siempre lo interrumpíamos para hacer el amor, porque la letra nos encendía y nos provocaba sentirnos uno dentro del otro. Como si quisiéramos formar un solo cuerpo entre sus tatuajes, mi blancura, mi placer que lo humedecía y su masculinidad que me reclamaba. En esta oportunidad, sería diferente y por eso intentábamos concentrarnos, aunque nuestros ojos se dijeran las ganas que teníamos de estar desnudos sintiéndonos en cuerpo y alma. En un salto, mis piernas lo rodearon como hacíamos en la intimidad, y sentí la excitación de mi amado. Le paso la lengua por el lóbulo de su oreja derecha y tira su cabeza hacia atrás, mientras me sostiene por mis muslos y masajea mi cola. Busca mi boca y lo esquivo deslizándome lentamente hacia abajo, para quedar entre sus brazos, abrazada a su pecho y escuchando cómo late su corazón. Lo miro sonriente y me muerdo mi labio inferior porque sé que entiende que me pasa como a él: queremos bajar del escenario y arreglar nuestras cosas como solo nosotros sabemos hacerlo.

Me alejo unos pasos y me toma de la mano para acercarme a él, y así bailar lento y pegados. Me susurra parte de la letra y eso me hace jadear.

Take me into your loving arms

Kiss me under the light of a thousand stars

Place your head on my beating heart

And I'm thinking out loud

185

That maybe we found love right where we are[29]

Luego me hace saltar para colocarme sobre sus hombros y que mi sexo quede en su cara por un segundo. Me toma para ayudarme a descender y pega su boca a mi oído.

—Cuando te vi con Gerónimo no pude aguantar y subí... Estás hermosa... Esta canción siempre será especial para nosotros y no podía permitir que la bailaras con otro... Perdonáme...

No le contesto, y vuelvo a separarme de él con un salto que me lleva hasta la otra pata del escenario. Me quedo como esperando que se acerque y así terminar la coreo. Miro brevemente a la audiencia que nos observa fascinada. Gerónimo y Lorenzo no dejan de sonreír al vernos, los ojos de Miranda, destilan odio puro, y los de Rodrigo, celos y algo más (que si lo hubiera sabido en ese momento, las cosas hubieran sido distintas). Mientras permanezco de espaldas, Alfonso se aproxima y me acaricia desde la punta de mi cabeza hasta el final de mi columna. Me abraza y me toma la mano izquierda para simular una caminata hasta el centro del escenario. Lo sigo y lo veo acostarse. Me hace señas y entiendo lo que pretende. Apoyo mis brazos como para saltar en el aire y sostenerme sobre él. Al bajar, me coloco suavemente en su pecho y simulamos estar dormidos sobre un colchón, luego de haber hecho el amor. Nos miramos con deseo, y nuestras pupilas se dicen lo que nuestros corazones gritan desde adentro: que nos amamos.

La gente nos saca de nuestra ensoñación con sus vítores y aplausos. Me separo rápidamente de él y corro tras bambalinas.

—¡Ximena! ¡Pará! —Lo escucho llamarme a mi amor.

---

[29] Llévame en tus amorosos brazos, dame un beso bajo la luz de miles de estrellas, coloca tu cabeza en mi corazón latente. Y ahora pienso en voz alta que a lo mejor encontramos el amor justo donde estamos. (Thinking Out Loud - Ed Sheeran)

—¿Qué querés? —Le pregunto temerosa. No entiendo por qué quiero irme, si hoy lo que más deseaba era hablar para recuperarlo.

—Decirte que me encantó bailar con vos y que no quiero que estemos separados. Hablemos, por favor…

—Yo quiero lo mismo, pero la pregunta es: ¿me creés o seguís pensando que soy una asesina y una traficante? —Veo que baja su mirada. Sigue desconfiando y eso me parte el alma. —Alfonso, tuve una charla con Gerónimo y me contó el porqué de tus dudas —le digo cautelosamente.

—¿Qué te contó? —Me pregunta entre desconfiado y sorprendido.

—Tu historia —lo veo apretar su mandíbula. —Sé que te abandonaron de chiquito, y que cuando cumpliste trece años la policía (protegiendo a El Rudo y a otros jefes narcos) te obligó a trabajar para algunos de los traficantes que se instalaron en la ciudad. Sé también que perdiste a tus mejores amigos del internado por la droga, y que por eso te enojaste conmigo al pensar que podría tener algo que ver con la banda de El Rudo. Pero te juro que soy inocente, amor. El abogado lo demostró. Entiendo que hace poco que nos conocemos, pero necesito que confíes en mí —le suplico mientras sus ojos azules se oscurecen por el dolor, como si quisiera olvidar todas las imágenes que esta conversación le está trayendo.

—¿Sabes qué me pasa con vos, Xime? Que tengo miedo. Por un lado, me hacés desear una vida juntos, con proyectos, con familia, viviendo este amor inocente, lleno de pasión y deseo. Pero por otro, todo lo que me ocultaste hace que me pregunte hasta dónde puedo confiar en vos y estar seguro que no sos un lobo con piel de cordero como Miranda. No sabes lo que fue para mí darme cuenta que todas las advertencias de ella tenían fundamento.

—¡Es que ese es tu problema, Alfonso! Le creés a ella y desconfías de mí. ¿En este corto tiempo no te demostré que tu amor me ayudó a barrer con mis inseguridades y me entregué a vos como nunca lo había hecho con nadie? Y no solo hablo de sexo, sino también de abrirme y creer por primera vez que podía ser feliz con alguien. Con vos, mi amor, con mi sexy tatuado. —Me acerco a él y rozo sus labios con los míos. —Por favor, solo tu amor puede salvarme de mí misma…

—No sé, Ximena. Me mentiste mucho. ¿Por qué no confiaste en mí desde el primer momento? —Me pregunta con dolor.

—Porque no me había perdonado aún. El día de la detención pensaba contarte todo, pero el destino se adelantó a mis intenciones y me jugó una mala pasada, como siempre. Pero por primera vez no me importaba: sabía que tenía tu amor. ¡Qué ilusa! No conté con tus prejuicios. Pensé que todo el amor que decías tenerme te abriría los ojos y estarías ahí para sostenerme.

—Es que te repito: tengo miedo que mi deseo, ese que me nubla la razón cuando te veo, te huelo y te escucho, tape la verdad.

—¿Y cuál sería esa verdad, Alfonso? ¿Qué soy una asesina? Porque ya sabés, al menos, que no soy una narcotraficante. ¿O tampoco creés en la palabra de la Policía? —Le pregunto desafiante. Ya me estaba hartando de tanto justificarme.

—No lo pongas en esos términos… Necesito tiempo…

—Está bien. Entiendo. Ahora tengo que irme, me están esperando —me alejo y me toma del brazo. Siento que es la última vez que sus dibujos cobrarán vida al tocarme.

—Xime, no te vayas así… Desearía creerte pero, ahora que conocés mi historia, espero que comprendas mis reparos…

—Estoy cansada de entender a todo el mundo. ¿Podrías soltarme así me voy de una vez?

Quería huir de sus dedos, de sus tatuajes, de sus ojos, cuanto antes. No estaba preparada para llorar delante de él. Y menos, después de escucharlo decirme todas esas cosas tan dolorosas. Me soltó bruscamente, mirándome serio, con sus hermosas cejas contrayendo su ceño y sus labios apretados en expresión impotente. Cuánto dolor nos estábamos causando. Pero en ese segundo lo decidí: mi sexy tatuado quería tiempo y yo se lo daría.

Nuestro amor volvería con más fuerza de la que había empezado. Sólo que aún ninguno de los dos sabía cuándo. La vida nos regalaría otra oportunidad, estaba segura de eso. Nuestro hilo, ese que nos unía desde siempre, no se había cortado. Pero antes teníamos que morir y renacer como el Ave Fénix. Y yo estaba dispuesta a morir por él las veces que fuera necesario.

****

Después de la discusión con Ximena, arranqué mi moto y me fui por la ruta hasta Victoria. Corría como un loco, esquivando autos peligrosamente, buscando lastimarme. Quería tener un accidente para sufrir por todas las estupideces sin sentido que le dije a mi diosa.

¿Por qué le mentí? Es que mi deseo me nublaba la razón, como siempre que la tenía delante, y solo pensaba en quitarle la ropa para marcarla y que entendiera que, a pesar de mi desconfianza, la amaba con todo mi ser y que siempre estaría junto a ella. Paré en la entrada a la ciudad, para observar el hermoso Río Paraná desde el puente. Siempre me había calmado al mirarlo, y me ayudaba a pensar. ¿Por qué no puedo creerle? ¿Y si me está diciendo la verdad? Después de todo, había sido sobreseída de la acusación respecto a sus vínculos con El Rudo. ¿Y si Miranda mintiera? Cuando la conocí no había estado con nadie y es imposible sobrevivir en ese mundo con la pureza que destilan los ojos de mi dueña.

Que maldita jugada del destino que El Rudo volviera a mi vida de esta manera, arruinando lo mío con mi diosa. Siempre había querido jodernos la vida a mí y a Tincho. ¿Sabría que Ximena era mi chica? ¿Lo habría hecho a propósito? ¿Qué sería de Martín? ¿Seguiría en la Policía? ¿Habría muerto en algún operativo? No entendía las conexiones y coincidencias entre mi pasado y el de Ximena.

Mientras intento atar cabos y buscar respuestas, escucho frases que me atraen. Se trata de una canción, aparentemente de un grupo latino. No es mi tipo de música y por eso no la reconozco. Pero la letra de la balada me deja pensando y la voy rumiando de a poco:

Me arrepiento.

Se acabó nuestro amor

Y empezó

Un otoño eterno

Que dejó en el silencio a mi sol.

¿Cómo detengo este camino de dolor?

Voy contra el viento.

Cuando te fuiste se apagaron mis latidos.

Cada recuerdo

Me va dejando en este sueño mal herido.

Me estoy muriendo

Y así pasó con mi diosa: desconfié de ella y ahora estoy solo. Desconfío de ella pero la necesito como algo vital. A su cuerpo, a su entrega, a su sexo empapado por la anticipación de aprender cosas juntos en la intimidad, a su mirada llena de deseo cuando miraba mis tatuajes, a su espalada arqueada cuando mi lengua la recorría...

Necesito hablar con ella y con Lorenzo. Ofrecerles mi ayuda para limpiar su nombre y llegar al final de esta cuestión. Mañana mismo iré a verlos. Además, no me gustaba la cercanía de Rodrigo. Hoy no se había alejado de ella y buscaba cualquier excusa para rozarla o abrazarla, como queriendo mostrar que Ximena estaba con él. Está buscando ocupar el lugar que me pertenece por derecho.

Yo soy su hombre y ella la única dueña de mi deseo. Saldremos de esto juntos. Aunque tenga que extirparme el corazón y la mente, necesito despojarme de mis prejuicios y de mi pasado para intentar creerle.

****

Rodrigo me había visto llorando en uno de los camarines improvisados para los artistas de la Jornada. No daba más. No creía justo que, después de tantas demostraciones y tanta súplica, Alfonso siguiera desconfiando. Hasta un punto, podía llegar a comprender sus reticencias, por su pasado, su dolor y las pruebas que al principio estaban en mi contra. Pero creo que el examen ya lo había rendido con la mejor nota y merecía un poco de credibilidad. Al menos, por el amor que decía tenerme.

—¿Xime? ¿Qué te pasó? ¿Estás bien? No llores, hermosa... —Me consuela mi amigo, mientras me acaricia la mejilla, secando mis lágrimas.

---

[30] Ciego - Reik

—Daría lo que tengo para que dejaras de sufrir —me dice Rodrigo, y me abraza. ¡Cuánto necesitaba que esta reacción hubiera sido de mi tatuado! —¿Querés contarme?

—No... Solo quiero que me abraces...

—Xime, si me dieras una sola oportunidad para demostrarte lo que siento por vos...

—Ro, solo necesito unos brazos amigos que me contengan, y que me demuestren que todo estará bien. No puedo ofrecerte más. No quiero mentirte ni perder tu amistad.

—Sabés que puedo hacer eso y mucho más por vos... Si me lo permitieras...

—Por favor, Ro, no hagas que tenga que alejarme también de vos.

—¿También? ¿De quién más tenés que alejarte?

—De Alfonso.

—¿Qué te hizo ese imbécil?

—Nada....

—¡Por favor no me mientas, Ximena! —Me grita. Me sobresalta verlo tan nervioso, no estoy acostumbrada. Me recuerda los maltratos paternos que sufrí. De pronto, cambia rápidamente su actitud y suaviza el tono. —Disculpáme, es que no me gusta verte así.

—Gracias, Ro, sos un buen amigo.

—Escucháme, Xime, ¿y si nos vamos de gira? —Lo miro sin entender. —¡Claro! ¿Cómo no se me ocurrió antes? Armemos un espectáculo y vayámonos de gira para curar tus heridas y que se acallen algunas voces.

Me sorprendió la idea, pero no me disgustó. Lo medité unos segundos y, en ese momento, lo creí una excelente idea.

—No lo sé... ¿Te parece? No soy tan conocida... No tendríamos éxito y perderías plata...

—¡Pero sí, Xime! ¡Con tu talento y mis contactos, nos vamos ya mismo! Éxito asegurado. Además, podríamos ir eligiendo artistas locales donde nos fuéramos presentando. De esa manera, viajaríamos con poca gente y pagaríamos menos costos fijos.

—Bueno... Está bien... Vamos... Siempre podemos volver, ¿no? Y me vendrá bien alejarme un poco de todo este lío infundado e injusto en el que me veo metida... —Rodrigo asiente y su sonrisa es enorme. —Gracias, Ro, sos el mejor amigo que una chica en problemas podría tener.

Me da un beso en la mejilla y acordamos que un par de horas me pasara a buscar por mi casa. La suerte estaba echada. Alfonso y yo no podíamos estar juntos, y por eso prefería poner distancia para sanar mi corazón.

Una vez más, huyendo de lo que conocía. Pero esta vez dolía muchísimo más, porque sentía que mi hilo, el que me mantenía unida a mi tatuado, se había cortado.

Ojalá, que no fuera para siempre.

Capítulo 20 - Ven, vuelve a descubrir todo aquello junto a mí

Esto de tener que estar siguiendo a la puta de El Rudo no me gusta nada. Pero menos me gusta que conozca a Alfonso. ¿De qué va esta mina? La investigué y no tiene antecedentes. Sin embargo, hace meses que juega a dos puntas. No entiendo nada. ¡Pero como que me llamo Martín Derulo a ésta la termino procesando como cómplice!

Escucho unos golpes en el vidrio de la puerta de acompañante de mi auto, y eso hace que salga de mis cavilaciones. Veo que entra Matías, mi compañero, con café y medialunas.

—Me llegás a manchar el auto y te cago a patadas en el culo —le digo enojado a mi compañero. —Encima que tengo que poner mi auto para los seguimientos, no voy a permitir que me arruines el tapizado.

—Dejá de chillar como gallina vieja, ¿querés? Que seas mi Jefe no te da derecho a gritarme, y menos a ser desagradecido. Encima que te estoy trayendo el desayuno... —Me contesta el pendejo. Me cae bien. Es un pibe honesto y laburador. Lástima que es bastante calentón, pero lo voy a sacar bueno. —¿Se sabe algo de la tal Miranda? Esa sí que le saca lustre, ¿eh, Jefe? Está veterana pero impecable —me dice riéndose. —¡Y qué culo! Con esa sí que aprendería rápido yo —vuelve a reírse.

—¿Querés dejar de decir boludeces aunque sea por un rato? —No sé por qué, pero no me gustaba que se refiriera a Miranda de esa forma.

—¡Bueno, ni que fuera tu novia, che! ¿Hace cuánto que entró?

—Hace una hora. En cualquier momento sale, porque nunca se queda mucho más que eso. Así que estemos atentos.

Efectivamente, a los quince minutos, Miranda sale de la casa de El Rudo, y vemos cómo la seguridad del narco la saluda como siempre. Después de seguir a Miranda hasta su trabajo en el Centro de Expresiones Contemporáneas, dejo a Matías allí para que anote sus movimientos, pero yo ya me los sé de memoria: dos veces por semana se encuentra con El Rudo, una vez por semana duerme en lo de Alfonso, tres veces por semana da clases de danza en el C.E.C.. Hace dos meses que cumple con sus *obligaciones* a raja tabla. No tiene hijos, no tiene familia, no tiene mascotas, solo gasta en ella. Una vida muy solitaria. Como la mía.

Esa noche, en mi casa, ceno en soledad, como siempre. Me preparo unos fideos *a la carbonara*, porque siempre me aportan las energías suficientes para mi sesión nocturna de ejercicios. Mientras los hago, no puedo dejar de pensar en Miranda. Es hermosa, elegante, y se le nota que no hace esto por dinero. ¿Por qué lo hará entonces? Esta mujer es un misterio y yo pienso develarlo. Me doy una ducha y me acuesto a leer un rato. Es un hábito que adquirí en la Escuela de Policía, porque me relaja y me ayuda a dormir. Pero esta noche me cuesta. Se me cruzan por la mente sus ojos entre dorados y verdosos, su cuerpo proporcionado, su pelo oscuro y ondulado. Me asombro al ver que estoy excitado. Creo que la falta de mujer me está jugando una mala pasada. ¡Me estoy fijando en una delincuente! ¡Lo que me faltaba! De todas formas, vuelvo a concentrarme en su imagen, me masturbo pensando en ella y acabo imaginando sus labios y su boca recorriéndome.

Apago la luz pero sigo sin poder dormir. ¿Qué escondés Miranda Robledo? ¿Qué te une a mi antiguo amigo? ¿Qué negocios compartís con El Rudo? Necesito averiguarlo antes que te conviertas en mi obsesión.

****

Volver a Rosario no es fácil. Saber que tendré que verlo después de casi un año de mi "huida" de la ciudad, y encima trabajar con él, tampoco. Pero algo en mi corazón me exigía que volviera. Como si el hilo que siempre sentí que me ataba con esta ciudad me estuviera tironeando más que nunca. Y no solo me refería a volver por Alfonso, sino que había algo más que estaba reclamando mi regreso.

—¿Estás bien, amor? —Me pregunta Rodrigo sin quitar la vista de la ruta.

—Sí —le contesto mirándolo y dejando de observar el paisaje por mi ventana—, solo un poco cansada. Además, estoy ansiosa por volver a ver a Lorenzo. Quiero observar con mis propios ojos cómo se está adaptando a su nueva vida familiar —nos sonreímos. Ambos sabemos que le debe estar costando cambiar sus *noches de caravana* por *noches en familia*.

—Xime, cuando hay amor, ningún sacrificio es grande. Todo parece pequeño si lo ofrecemos por esa persona que nos llena el alma con solo una sonrisa —me dice mientras me acaricia la rodilla e intenta subir su mano por mi muslo.

Como me pongo tensa por el contacto, Rodrigo quita sus dedos rápidamente de mi pierna. Hace poco nos comprometimos. Fue una estupidez de mi parte, pero quise expresarle mi agradecimiento a todo el amor que me vive demostrando. Y, ¿para qué negarlo? También por despecho. Cuando me fui de Rosario, lo hice para que mi hombre de los ojos de hielo reflexionara en soledad, me extrañara y se arrepintiera de su desconfianza. Quería darle tiempo y volver a buscarlo para retomar nuestra historia, mucho más maduros y afianzados que nunca. Pero cuando hablé con mi primo y me dijo que lo había visto a Alfonso con Miranda, ese mismo día acepté la propuesta de Rodrigo. Aunque sé que fui yo la que se alejó y que no debería sentirme enojada con mi tatuado, no puedo evitarlo. Además, inconscientemente, quiero que me encuentre entera a pesar del dolor que me causaron su desprecio y sus palabras. El problema ahora era mantener a raya a Rodrigo, porque era un hombre que tenía sus necesidades y que querría estar con la novia. O sea, yo. Pero extrañamente, desde que me había alejado de Alfonso, las pesadillas con mi padre y sus abusos habían vuelto a mis noches. Y como eso me tenía un poco intranquila, mi novio no me presionaba.

—Amor, ¿te molesta si paramos un segundo en el C.E.C. antes de ir de Lorenzo? Me avisaron que tengo que firmar unas cosas urgentes.

—No, para nada, Ro. Vayamos y, de paso, saludo a todos, que ya los estaba extrañando.

—Gracias. Entonces, preparáte porque están ansiosos por ver a la nueva estrella rosarina —me guiña un ojo. —Me dijeron que tienen todos los recortes de los diarios donde nos presentábamos.

Sonrío. Después de todo, no va a ser tan malo volver. Llegamos al Centro y bajamos del auto. Entramos y Rodrigo fue a la oficina a firmar lo que le pidieron. Mientras estoy charlando con una de las chicas del mostrador de la entrada, siento un escalofrío en la espalda y huelo el perfume inconfundible de mi amor: *M7 Yves Saint Laurent*. Es tan él y le queda tan bien que no podría equivocarme. Siento su mano en mi espalda, acariciando mi columna de arriba hacia abajo. Ahora sé que no podré soportar su presencia ni un segundo, que no voy a resistirme a su contacto. Pero tengo que ser fuerte. Al menos, hasta que me suplique que lo perdone porque entendió que soy inocente.

Y te juro, Alfonso, que vas a suplicar mi perdón.

****

Me despierto con un lametón en la cara. Era Ceco, el cusquito que siempre merodeaba el C.E.C. y que había salvado a Ximena la noche que habíamos hecho el amor por primera vez.

Un día, y después que mi diosa abandonara Rosario, me fui caminando hasta casa y él me siguió. Le puse Ceco por obvias razones: porque dormía y comía en el Centro y porque ahí nos había juntado con mi dueña en la noche más importante de nuestras vidas. Tener que ocuparme de él (desparasitarlo, alimentarlo, vacunarlo, bañarlo, todo como si fuera un pequeño bebé) me sirvió para evadir mi mente de la huida de Ximena, y soñar con que, cuando volviera, lo cuidaríamos juntos. ¡Qué iluso! Pero, al menos, sentía que mi diosa me había dejado un regalo: a nuestro Cequito.

Además, están por comenzar las clases de un nuevo año en el C.E.C. y no estoy de humor para nada. Esto de dormir de vez en cuando con Miranda se está haciendo insoportable. Me levanto sin hacer el mínimo ruido, para no despertarla y que no me pregunte a dónde voy. Si no, querrá acompañarme con la excusa que ella también tiene que ir a consultar cosas y la tendré adosada a mí todo el día. No me siento culpable de pasarla bien con ella. Estoy solo y no le debo explicaciones a nadie. Solo espero que no se ilusione. Desde que Ximena se fue y me dejó como si fuera un perro, entendí que todas son iguales.

Me subo a mi moto y en diez minutos llego al Centro. Me citaron para que me fije si el listado de los alumnos es muy grande y ver si puedo agregar otra clase para que todos estemos más cómodos. Además, pienso dar de baja la clase de Tango-Jazz, porque no quiero que nada me recuerde a Ximena. Entrando, veo una espalda y unas piernas que conozco de tanto disfrutarlas. Y también, de tanto extrañarlas. Pero, ¿qué hace mi diosa acá? ¿No estaba de gira? ¿Y Rodrigo? Cuando leí que se habían comprometido, destrocé el departamento y me fui unos días a recorrer diferentes lugares con la única que jamás me había engañado en la vida: mi Royal Enfield.

Me acerco y la escucho. Extrañaba su voz, el perfume de su pelo, su risa. Necesito tocarla y lo hago en nuestro lugar favorito: su espalda. Mi erección me molesta en el pantalón, pero no puedo evitar las sensaciones que Xime me provoca. ¡Maldigo este sentimiento de constante necesidad que tengo de estar en ella! La siento tensarse ante mi contacto y se calla inmediatamente.

—Hola —le susurro en su oído. Se da vuelta y la tengo casi pegada a mí.

—Hola, ¿cómo estás? —Me dice mirándome con sus ojazos. ¡Cómo te extrañé, diosa!

—Yo muy bien. ¿Y vos? ¿Tu novio está por acá o viniste sola? —La veo tragar saliva y entreabrir sus labios como para responderme, pero luego los cierra. —Por cierto, felicitaciones por la gira. Veo que ser una delincuente te trajo más fama de la que esperabas. ¿Cómo te presentaba tu novio? ¿Prometían droga al final de cada espectáculo?

Ximena levanta su mano rápidamente y me da una cachetada tan fuerte que me voltea la cara. Sé que me excedí, pero verla tan hermosa y tan alejada de mí, hizo que mis celos hablaran y quedara como un idiota. Las chicas del mostrador no dijeron nada y siguieron con su trabajo. Xime me mira con rabia en sus ojos y, sin decir una palabra, se va hacia las oficinas de Administración. Debe ir por el pelotudo de Rodrigo. De solo pensar que la besó en los mismos lugares que yo, me hace querer romper todo, ir a buscarla, cargarla sobre mi hombro y marcarla frente a todos, cual hombre de las cavernas.

Mejor. Que se vaya. Pero ahora que la vi no pienso dar de baja esa clase con ella. Tendrá que soportarme al menos dos veces por semana. Necesito saber qué hizo en estos meses que no nos vimos, por qué se fue y por qué se comprometió con otro hombre. Y va a tener que responder cada una de mis inquietudes. Pienso volverla loca de deseo como ella hace conmigo.

Nuestro tiempo llegó, diosa, y, esta vez, no voy a dejarte ir. Nunca más.

****

—Pau, ¿sabés algo de Xime? ¿Te llamó para decirte a qué hora venía?

—Sí, amor —me responde con un beso mi chica. Esto de estar en celo por ella todo el día, debe ser por la novedad de vivir juntos y porque necesitamos procurarnos el momento exacto en que no haya moros en la costa. Si hasta, a veces, me olvido que Julieta vive con nosotros. —Llegan en un rato para cenar.

—Entonces tendremos un problemita… No me mates, pero invité a Alfonso y a Gerónimo para que le cuenten lo que estuvimos haciendo en estos meses en Danzar Salva. Quería que se interesara y estuviera al tanto ya que, gracias a ella, nuestra Escuelita y el proyecto crecieron muchísimo.

—¿Por qué hiciste eso, Lorenzo? ¡Vos sabés que desde hace un mes Xime y Rodrigo están comprometidos! ¡Era obvio que no iba a venir sola! —Me dice enojada.

—Ya sé, Pau, pero quizás les haga un favor. Ximena no se olvidó de Alfonso. Cada vez que llamaba hacía que cualquier tema terminara en él, para averiguar si estaba solo o no. Y creo que ese compromiso falso que se inventó fue a raíz de que yo le contara a propósito lo de Miranda.

—¿Qué le contaste? No habrás sido capaz de decirle que Alfonso y Miranda tuvieron algo, ¿no? —Asiento avergonzado, porque sé que solo lo dije para provocarle celos a mi prima, así reaccionaba y volvía. Pero todo fue peor. —¡Ayyy, Lorenzo Luminé! ¡A veces te mataría!

Se gira para irse y dejarme solo. La sigo y la alcanzo. La abrazo por detrás y le beso su oreja.

—Está bien, Pau: matáme, pero a besos —y la escucho reírse.

Eso siempre me funciona con ella. Sobre todo, porque la hago enojar seguido o ponerse celosa, y descubrí que esa simple frasecita la vuelve loca. Se da vuelta y comenzamos a besarnos tiernamente, hasta que mi excitación la reclama y la llevo al dormitorio. Cuando estamos en lo mejor, suena el timbre.

—¡Mami! ¡Lorenzo! —Escuchamos a Julieta que se acerca a la puerta de nuestra habitación. —Tocaron timbre. ¿Abro?

Como aún seguimos con cierto temor por todo lo que pasó hace unos meses con el ex de Ana Paula, le gritamos que nos espere y que ya salimos, que nos fijamos nosotros. No queremos que vuelva a abrir ella la puerta sin saber primero de quién se trata. Menos mal que es una nena respetuosa, porque la entrada de mi pieza no estaba trabada, y, si llegaba a abrirla, el trauma sería para toda la vida.

Bajo a abrir porque quiero ser el primero que abrace a mi primita. Le doy un apretón de manos a su novio y los hago pasar. No sé por qué, pero hay algo en este pibe que no logro desentrañar. Rodrigo todavía no termina de caerme. En cambio, a Alfonso, a pesar de las cagadas que se mandó, lo veo sincero. Esa mañana que Ximena se fue y él había venido a buscarla, lo encontré sorprendido y destrozado por la noticia. No dijo ni una palabra, agarró su moto y se fue a toda marcha. Desde ese día, supe que ese hombre ama a mi prima tanto como ella lo ama a él. Porque los tipos que amamos también nos preocupamos y pasamos noches sin dormir pensando en nuestras mujeres. Sé que Alfonso va a luchar por mi prima, y yo pienso facilitarle cada uno de sus pasos hasta ella. Xime merece ser feliz y ese flaco es su medida.

No digo nada de los otros invitados y sirvo la picada. Mientras mi prima nos cuenta los diferentes lugares donde actuó y lo bien que lo pasaron con la Compañía de Danza que crearon junto a su novio, suena el timbre. Pau me mira con gesto nervioso, y se lleva a Xime para mostrarle cómo quedó el que era su dormitorio y ahora es el de su hija. Voy hasta la puerta para recibir a mis amigos y colegas. Los hago pasar y el ambiente se enrarece cuando Alfonso se encuentra con Rodrigo. Se saludan desde lejos, mientras que Gerónimo se acerca al novio de mi prima a darle la mano.

—Ro, vení a ver cómo dejaron la que era mi habitación. ¡Está hermosa! Menos mal que desde hoy viviremos juntos... —La escucho decir a Ximena, que venía sonriente y hablando tranquila hasta que se encontró con la mirada de Alfonso. Ahora su cara estaba rígida.

—Buenas noches —Saluda mi amigo. —¿Así que ya vivís con tu novio? Hoy cuando nos vimos no me dijiste eso.

—¿Cuándo se vieron? —Interviene Rodrigo. Veo que mi prima se lo ocultó y la cara de su novio es un poema.

—Hoy, en el C.E.C.. Pero fue a la pasada, por eso ni te lo conté. En realidad, no le di importancia.

—Últimamente, Ximena, le das importancia a lo que no deberías, y de lo que realmente importa vivís huyendo. ¿O me equivoco?

Veo la sonrisa de lado que Alfonso le dedica a mi prima y cómo se desencaja la cara de Rodrigo. Cuando observo que el novio de mi prima está por acercarse a mi socio para iniciar una pelea, aparece mi mujer, conciliadora.

—¿Vamos a la mesa así no se nos pasa la comida? —Pregunta Ana Paula.

Todos se miran callados, hasta que Ximena toma de la mano a Rodrigo y se dirigen al comedor para sentarse juntos. Julieta, Gerónimo y Alfonso frente a ellos, y Pau y yo, en cada cabecera.

Creo que esta cena será de todo menos aburrida.

****

No puedo dejar de sentirme observada por Alfonso. No me gusta esto: yo vine con Rodrigo y estoy pensando en otro hombre. Levanto la vista y ahí están esos dos pozos de agua helada, enmarcados por sus cejas oscuras. Vuelve a sonreírme de lado, como si supiera lo que estoy pensando. Desvío la vista e intento meterme nuevamente en la conversación. No quiero que piense que me muero por él estando con otro. Pero esa es la verdad. Soy un asco de persona.

—Disculpen, no me siento bien. Mucho viaje y muchas emociones. Voy un segundo al baño a refrescarme...

—Amor, ¿te acompaño? —Me pregunta Rodrigo.

—No, Ro, dejá. Estoy bien. Solo necesito tomarme una aspirina y humedecerme un poco la cara —le sonrío dulcemente a mi caballeroso acompañante.

—Si necesitás darte una ducha, en nuestra pieza hay toallas y puedo prestarte ropa mía —me dice Ana Paula. —Entiendo que después de semejante viaje debés estar agotada...

—Bueno, cuñada —le guiño un ojo. —Eso haré, porque creo que con solo mojarme la nuca no podré restituir energías. Salgo en un rato para el postre y el café.

—Perfecto, amor. Aprovecho y hago unas llamadas mientras vos te duchás. Permiso —dice Rodrigo.

Me levanto y me dirijo hacia el cuarto de mi primo y su novia, agarro un conjunto cómodo de Ana, un par de toallas y voy hacia el baño. Cuando entro, ahogo un grito. Lo veo a mi sexy tatuado, sentado sobre la tapa del inodoro, levantar la vista apenas entro y mirarme con su expresión seria, la que a mí me enciende al instante.

—¡Andáte! —Le susurro enojadísima, pero firme. —Si se entera mi novio arderá Troya. ¡Dejáme en paz!

—Xime, ni vos te la creés —me sonríe. —Pienso quedarme acá y ayudarte a pasarte el jabón por esa hermosa espalda que tenés, que es más mía que tuya. ¿O te olvidaste de nuestras duchas juntos?

—Alfonso, por favor —le suplico. —No me gusta faltarle el respeto a mi prometido. Podemos hablar de lo que quieras, pero en otro momento y en otro lugar.

—¡No! —Me contesta serio. Se levanta y me arrincona contra los azulejos. —Aunque si no querés hablar, mejor. Se me ocurren otras cosas más interesantes, mi diosa. Te extrañé.

Comienza a pasarme la mano por la mejilla, bajándola por mi cuello y tomando uno de mis pechos para masajearlo. Tener sus ojos y su boca tan cerca, hace que me falte el aire. Miro cada milímetro de su cara como queriéndome grabar sus hermosos rasgos: esos ojos azul celeste que me miran fijo, las pestañas casi ocultas por sus cejas gruesas, su boca perfecta, enmarcada en esa barbita de tres días que a mí me volvía loca cada vez que me raspaba haciéndome sexo oral... Y me sonríe, como solo sabe hacerlo él para tenerme en un puño. Y yo me entrego, como siempre. Él es mi sexy tatuado, mi único hombre, para qué negarlo.

Empezamos a besarnos, como si solo pudiéramos respirar a través de la boca del otro. Inmediatamente, Alfonso deja mis labios para bajar con su lengua por mi cuello y sacarme la remera. Se detiene unos segundos y suspira mientras mira mi ropa interior. Me vuelve loca cuando hace eso, como si admirara mi cuerpo. Vuelve a su tarea y se agacha para desprenderme mi jean y besarme el abdomen, mordiéndome mi centro de placer sobre la ropa interior. Me tomo de sus hombros y bajo la vista hacia los dibujos de sus brazos que toman vida cuando están en movimiento. ¡Cómo extrañaba esta intimidad! Ahora sé que jamás podré lograr esto con Rodrigo. Quizás otros puedan tener mi cuerpo, pero mi excitación y humedad pertenecen a mi hombre de la mirada azul.

—Xime… Sos hermosa… Te necesito… —Lo escucho decirme mientras sigue dejando un reguero de besos por mis piernas. Se toma su tiempo y yo ya no puedo más.

—Pará, Alfonso… Pará, en serio… No me gusta esto…

—No entiendo. ¿Qué no te gusta? ¿Mis besos? ¡Pero si te estás muriendo como yo! ¿O no te das cuenta? Estás empapada, diosa… No pienso moverme de acá hasta que me sientas dentro tuyo. Como siempre, como nunca…

Y el último vestigio de cordura lo perdí al escucharlo. Ya no puedo resistirme más. Yo también lo necesito. En ese momento, mi sobrina postiza aparece para salvarme.

—Tía Ximena, ¿puedo pasar al baño? Me hago pis, y mi mamá siempre dice que si somos mujeres, puedo pasar. ¿Puedo? —Me dice la dulce de Julieta desde afuera.

Le hago señas a Alfonso y se esconde dentro de la ducha, tras la cortina de baño.

—Sí, mi amor, pasá. —Veo que Juli entra y mira todo. —Al final, no pienso bañarme. Mientras vos haces pis, me voy a mojar un poco la nuca y la cara, y salimos juntas, ¿querés? —La veo asentir y mirar todo, como buscando algo. —¿Qué pasa, dulce?

—Es que me pareció escuchar la voz del tío Alfonso. Y como tampoco está en la mesa, pensé que estaba con vos. —¡Los chicos son unos bichos! Menos mal que no nos descubrió. —Pero ahora que veo, estás sola. Se debe haber ido a comprar helado, como me prometió. Yo lo quiero mucho a él. Me gusta mucho más que Rodrigo. ¿Por qué no se ponen de novios? ¿Te cuento un secreto? —Asiento, se acerca a mi oído y en voz baja me dice: —Él tiene una foto tuya escondida en su billetera. ¿Y sabés como lo sé? —Niego con la cabeza, y sonrío feliz por dentro. —¡Porque se la revisé! Pero no le cuentes, que si no mi mamá me va a retar. Entonces para mí, está enamorado de vos, que sos tan linda como las princesas de Disney, y no de esa vieja con cara de mala.

Empiezo a toser y sé que Alfonso se debe estar muriendo de risa tras el cortinado. Esta nena no es ninguna tonta.

—Bueno, Ju, mejor nos vamos. —Preferí no responder a nada de lo que me decía. —Lo que tu tío Alfonso y yo hagamos, no es tema para una nena de tu edad. Y si cada uno está con la persona que eligió, hay que respetar, ¿no te parece? —Asiente pensativa. —Salgamos a comer ese helado que te prometieron, que ya debe haber llegado.

Luego de eso, y pasados unos quince minutos, aparece Alfonso con helado. Seguramente, bajó a la heladería de la esquina y compró lo que le había prometido a Julieta para no levantar sospechas. Pero no me gustaba la mirada de mi novio. Es como si no se hubiera tragado nuestra artimaña. Y obviamente, las miradas que nos dirigíamos entre mi sexy y yo no estaban ayudando. Es que es imposible huirle a esos ojos llenos de deseo, o no mirar esos brazos dibujados que conozco perfectamente lo que pueden hacer en mí.

Debía solucionar esto inmediatamente. Rodrigo no se merecía una traición. Era un hombre increíble, el mejor, y yo no era así. Hoy en su departamento hablaríamos y solucionaríamos todo.

Capítulo 21 - Porque en tus ojos me gusta quedarme

Primera noche con Rodrigo y empezamos mal. En el camino a su departamento no nos dirigimos la palabra. Es que la cena estuvo plagada de dobles sentidos y de provocaciones. Alfonso no dejó de desafiar a mi novio y tirarle indirectas. En un momento, Rodrigo no aguantó más. Se levantó, me tomó de la mano, me arrastró hacia la puerta, y nos fuimos sin saludar a nadie. No me gustó ni un poquito su actitud, pero lo justifiqué diciéndome a mí misma que yo tenía la culpa por mi comportamiento con mi ex.

—¿Vas a seguir toda la noche sin dirigirme la palabra? —Le pregunto mientras entramos en el edificio. Su departamento estaba en planta baja, al final del pasillo. —Ro, no te hagas la cabeza. Te conozco y sé que estás molesto por las cosas que decía Alfonso. ¿Podríamos tener nuestra primera noche de convivencia como novios en paz?

Sin contestarme, abre la puerta y entramos en su casa. Me sorprende la decoración en estilo minimalista y en tonos marrones, blancos y negros, porque imaginé que Rodrigo era más ostentoso. El living, la cocina y el comedor están juntos, y un pasillo conduce a los dos dormitorios. Me muestra el principal, con baño en suite, y me dice que aquí dormiré yo. La cama tamaño *Queen Size* respeta los colores de toda la casa y se nota cómoda. Y el otro dormitorio, el de huéspedes y donde mi novio dormirá, está al lado. Eso me pone nerviosa, porque quisiera tener la mínima intimidad con él. Aunque suene ridículo, y a pesar que accedí a compartir su casa, no quiero que pase nada entre nosotros. Aún no. Y menos, después de haberme reencontrado con la boca de Alfonso.

—Gracias —le digo, intentando iniciar una conversación.

—No hay por qué darlas. Aunque seas mi novia, no soy estúpido: no querés dormir conmigo. Vas a tener el tiempo que necesites. Entiendo que lo de tu papá te afectó y no confiás en los hombres, pero conmigo no tenés nada que temer —me dice acercándose. Toma un mechón de mi cabello y lo coloca detrás de mi oreja. —Amor, jamás te haría daño. ¿Lo podés entender?

—Claro que sí. Ni yo a vos.

Pero sé que eso es mentira, porque hoy estuve a punto de traicionarlo y no hacía ni veinticuatro horas que estábamos en Rosario. Lo escucho bajar la mirada y reírse entre dientes. No entiendo qué le pasa.

—Xime, sé que no sentís lo mismo por mí que por Alfonso. Él intenta confundirte y yo voy a evitar que eso pase. Nosotros tenemos un compromiso, ¿verdad? —Asiento y me mira fijamente con sus ojos cristalinos. Es demasiado atractivo, todo él, pero no me genera nada. Al contrario, más lo conozco y más rechazo me provoca. —Buena chica. Entonces te voy a decir algo: que yo sea paciente, no me convierte en un idiota. No me engañes, porque no sé de lo que sería capaz.

Y reafirma sus dichos tironeando de mi mechón de pelo. Intento zafarme, pero me acerca a él tomándome muy fuerte con su otro brazo. Volví a asentir y, con una sonrisa amenazante, se va hacia su pieza, dejándome temblorosa en el pasillo.

Si bien él estuvo de acuerdo en este pseudo juego de convertirse en mi prometido, no quería engañarlo. En su momento, le había dejado en claro a Rodrigo que necesitaba tiempo para exorcizar el mal recuerdo de mi padre y el sabor amargo que me había dejado la desconfianza del hombre que yo amaba. Y él me dijo que entendía que el maltrato y un amor no se olvidaban de un día para el otro. Aunque fuera consciente que nunca le había mentido, debía reconocer que le oculté la verdad de mi corazón: jamás olvidaría a mi sexy tatuado y quizás eso lastimaba a Rodrigo.

No conocía esa faceta de mi novio. Me recordaba a mi padre. ¿Pero qué me pasaba? ¿Cómo podía estar cargándole semejante cruz a un chico que había sido tan generoso conmigo? Definitivamente estaba loca. Seguramente me lo merecía por haber coqueteado con Alfonso. Sin embargo, ver a quién yo creía tan caballero en una posición desconocida y agresiva me descolocó. Lo mejor sería irme a dormir. Las emociones me estaban desbordando de tal manera que inventaba fantasmas donde no existían.

¡Qué equivocada estaba Ximena! Nadie "merece" ser maltratado por ninguna causa. La víctima jamás "provoca" la violencia, sino que la padece. Y ella estaría por tropezar dos veces con la misma piedra sin siquiera imaginarlo.

****

Estoy bastante harto de todos los inútiles que me rodean. Me iría de este país de mierda cuanto antes, pero debo resolver lo de la zorra de Newman porque los cabrones de arriba están como locos. Toda esa distracción de la Jornada por la Ley Nacional de Danza, la custodia que le habían puesto en su momento y su desaparición repentina de Rosario cuando estaba a punto de secuestrarla, arruinaron mis planes.

—Jefe, nos han dicho que la mujer que busca llegó a la ciudad. ¿Qué quiere que hagamos?

—¿Newman volvió? ¿Dónde está parando?

—En lo de su novio.

—¿En lo de Pinedo? —Recuerdo que el año pasado tuvo algo con mi ex compañero de Instituto. —Anden con cuidado, que ese cabrón no es un nene de pecho.

—No, en lo de un tal Rodrigo.

—Ah... Sí, ya sé quién es... Un hijo de puta que le gusta maltratar mamacitas. Mejor. —Ese pendejo no representaba ningún problema. Lo había investigado un poco y conocía el paño: un golpeador con tintes de abusador, que hasta ahora había zafado de la policía por sus contactos. Un cobarde, que solo se hacía el vivo con mujeres indefensas. Hasta podría extorsionarlo, si quisiera.—Desde ahora, me siguen a la zorrita de Newman y quiero detalladas todas sus actividades diarias, ¿entendido, huevones?

—Sí, jefe —me respondieron.

Newman me pagaría cada una de las chingadas que me había hecho su padre, porque así era la ley de la vida: las haces, las pagas. Y si en el medio estaba mi ex amigo, también las pagaría. Después de todo, yo no olvidaba los desprecios que me habían hecho él y Tincho cuando éramos chamacos. O cuando los llevé conmigo para hacerlos mis socios y me dieron la espalda. Así sería: antes de irme de este maldito país, me encargaría de saldar todas las cuentas pendientes.

****

Quedamos con Ana Paula en encontrarnos en Alto Rosario Shopping para comprar ropa y ponernos al día de todo lo que había pasado en este tiempo sin vernos. Me contó que con Lorenzo estaban muy enamorados, pero que le costó encarrilarlo a la vida familiar. Mi primo se decidió a proteger a Anita y a Juli después de un episodio violento que tuvieron con el papá de la nena. Las llevó a su casa y desde ahí no se separaron más, me confesó un poco ruborizada mi cuñada. Me dijo que Lo estaba muy metido en Danzar Salva y que, junto a Alfonso y Gerónimo, disfrutaba de darle una oportunidad a los chicos carenciados. Escuchar el nombre de mi primo y mi sexy tatuado en la misma oración, las dos personas que más amaba en el mundo, me provocó un cosquilleo en el corazón difícil de explicar.

Mientras almorzábamos, Ana me preguntó cómo venía mi relación con Rodrigo, y decidí que era el momento para preguntarle algo que me venía haciendo ruido desde anoche.

—La verdad, venimos bien. Pero te confieso que no me tocó jamás un pelo —le digo bajando mi mirada. —No sé si conocés completamente mi historia. Yo un poco te había contado, pero después surgieron muchos malentendidos y tuve que irme. Pero imagino que Lorenzo te habrá explicado el porqué de algunas de mis actitudes. —La veo asentir y sigo. —Bueno, entonces entenderás que me cuesta que un hombre me toque. Creo que el único fue y será Alfonso.

—Pero… No entiendo, Xime… ¿Por qué te comprometiste con Rodrigo? ¿Él sabe ésto?

—Conoce mi historia, si a eso te referís, pero no le dije que no podré tolerar que ni siquiera me roce. ¡Ay, Anita, no sé qué hacer!

—Decíle la verdad. Estas cosas son mejor cortarlas por lo sano. Hoy mismo te venís a casa. Hacemos lugar en la pieza de Juli, ponemos otro colchón y listo. No se hable más.

—Es que no entendés. Necesito que lo mío con Rodrigo funcione. Necesito a alguien como él, que confíe en mí. Alfonso, frente al primer problema, me soltó la mano.

—Eso es mentira. Jamás había visto a un hombre tan destrozado como él por la ausencia de una mujer. Alfonso está enamorado de vos. Yo misma escuché varias veces confesárselo a Lorenzo. Ayer se sentía en el aire el deseo que se dirigían entre ustedes. Si fuera Rodrigo, me haría a un lado.

—¿En serio? —Le pregunto ilusionada. Ana afirma con la cabeza. —¿Pero él no está con Miranda?

—¡Pero no, mujer! Te repito: hoy mismo te venís a vivir con nosotros de nuevo.

—Es que hay algo más, Pau. —Me mira como animándome a que siga. —Ayer, después de la cena, Rodrigo y yo discutimos. Me pidió que le diera una oportunidad y que no lo engañara, que él me amaba. Pero algo en su actitud me sorprendió.

—¿Qué actitud? —Me pregunta expectante.

—No sé… Se puso un poco agresivo. No pegué un ojo en toda la noche, como cuando temía que mi padre entrara en mi pieza y abusara de mí… —La veo abrir los ojos sorprendida y confundida. —No le digas ni una palabra a Lorenzo, por favor, Anita.

—Quedáte tranquila, Xime. Pero prométeme que hoy mismo venís a casa.

—No puedo, Ana. Quiero intentarlo con Rodrigo. A pesar de lo de ayer, que seguro me lo merecía porque yo lo provoqué, pasé unos meses maravillosos con él. No solo es muy atractivo por fuera, sino que es una bella persona. Seguramente, ayer estaba nervioso y había tomado un poco de más.

—No te confundas, Ximena: nadie provoca ni merece una agresión de parte de otra persona. Y tampoco el alcohol es excusa. Si vos decís que estás tranquila, te creo. Pero ante una próxima reacción de esas características, me llamas sea la hora que sea, y volvés inmediatamente a lo de Lorenzo.

—¡Sí, mamá! —Me río, pero veo que Anita está seria. —Está bien, te lo prometo.

Seguimos hablando de trivialidades, pero las palabras de Ana Paula no dejaron de retumbar en mi cabeza. Sigo creyendo que Rodrigo no es un maltratador y que lo de ayer fue un hecho aislado. Si no fuera así, en estos meses me habría dado cuenta. Yo sabía reconocerlos porque había convivido con un par de ellos. ¿O no?

Cuando terminamos de almorzar, fuimos con nuestras compras a la casa de mi primo. Íbamos a encontrarnos entre todos para planificar las próximas actividades de Danzar Salva. Esperaba poder sobrevivir una tarde a los ojos hermosos de mi tatuado.

****

Estoy yendo feliz a encontrarme con mi diosa sin terceros molestos. Porque tanto Gero como Lorenzo son amigos, y podré provocarla a mi gusto. Tengo que recuperarla y alejarla de ese imbécil de Rodrigo.

—Preparáte unos mates, que las chicas ya están por llegar —me dice Lorenzo.

—Quedamos a las cuatro y ya son las cuatro y media, ¿tanto les cuesta ser puntuales? —Gero odia la impuntualidad.

—Hermano, las minas cuando salen de shopping pierden noción del tiempo… ¡Y del límite de la tarjeta! Igual, acá el único que lo lamentará será Lorenzo, porque nosotros estamos solitos —nos carcajeamos.

—¿Qué es lo que va a lamentar mi novio? —Pregunta Ana Paula en tono molesto.

Detrás viene Ximena, hermosa como siempre, y se pone colorada al verme. ¿Cómo no excitarme con esa ingenuidad inconsciente que emana de sus curvas peligrosas? La dueña de mi deseo me mira y solo puedo acercarme a ella.

—Hola, Xime, ¿cómo estás? —Le pregunto en un susurro, besándola suavemente en la mejilla y cerca de su oído. El olor de su pelo me vuelve loco. —Tardaste. Estaba ansioso por verte —le digo mirándola a los ojos y a milímetros de su boca.

La oigo suspirar y la veo morderse el labio. No me contesta, pero sé que ese gesto implica deseo. Nos conocemos demasiado. Me mira la boca y se chupa el labio inferior.

—Si seguís así, invento una excusa y se va a la mierda la reunión —me sonríe y baja la mirada. —Mejor, diosa —nos sonreímos. —¿Qué compraste? Dejáme ver… —Abro la única bolsa que traía en sus manos y veo un conjunto diminuto de ropa interior, color azul, como sus ojos. —¿Y ésto? —Le pregunto sorprendido. —Te prohíbo que lo uses con nadie que no sea conmigo —le ordeno en tono celoso, acercándome mucho más, hasta casi rozar sus labios. Escucho un débil sí de su parte y le sonrío de lado.

—¡Hola, pri! —Nos interrumpe Lorenzo. —¿Se pusieron al día con Pau? ¿Listas para comenzar la reunión o tienen que seguir chusmeando? Vení —la aleja de mis garras. Ximena me mira y los sigo para sentarnos los cuatro en el comedor y arrancar la planificación de las actividades de este mes.

—Bueno, chicos. Antes de arrancar con el calendario de los próximos días, quiero contarles que llegó ayer a mis manos una carpeta con la historia de dos hermanitos en situación de extremo cuidado. —Mi diosa mira atentamente a mi amigo y es lo único que hace que desvíe su mirada de mi boca. —Se llaman Camila y Simón, y tienen ocho y seis años, respectivamente. Cami fue abusada y golpeada por el padre, y logramos rescatarla para que no la prostituyera. Simón fue entregado a los jefes narcos para usarlo de mensajero y, en ocasiones, vende droga. Les hicimos un estudio y ambos están limpios, no se han drogado nunca, pero si no los salvamos pronto, sus vidas se perderán...

—Gerónimo, necesito conocer a esos chicos ya. Vamos ahora mismo —escucho que interrumpe Ximena a mi socio. La veo levantarse súbitamente, pero mi amigo la retiene por el brazo. Si fuera otro, le estaría dando una piña por tocarla.

—Xime, esperá. No es tan fácil. Ellos fueron restituidos a su hogar hace un par de horas y por eso quiero preguntarles qué opinan que debemos hacer. Mi idea es ir a hablar con los padres y decirles, cuidadosamente, que nos haremos cargo de Cami y Simón. Inventarles que los necesitamos para nuestra Compañía de Danza y que les daremos asilo, corriendo con todos los gastos. Para tentarlos, les daremos un "sueldo" por mes. Es decir, les mentiremos diciéndoles que sus hijos ganarán dinero por estar bailando para nosotros. Solo les importa eso, así que creo que no habrá problemas.

—Me parece una excelente idea —dice Ana Paula.

—Coincido —dice mi bella. —Pero vamos ya a buscarlos. Hoy mismo quiero conocerlos.

—Ximena, yo te acompaño —le propongo. No puedo soportar ver cómo se desespera al sentir que no está haciendo nada por una nena que casi padeció lo mismo que ella. —Agarrá tus cosas y vamos en moto a la villa. Gerónimo, pasáme la dirección y las credenciales. Si no, la policía que custodia la entrada no nos dejará pasar.

Me mira, apenas entreabriendo su hermosa boca en una sonrisa agradecida, y ya tengo mi premio. En toda la tarde no habíamos dejado de seducirnos. Ella es la única que me despierta el deseo más primitivo: el que va más allá de toda razón, de estar dentro de ella, de marcarla, de gritar que es mía. Saber que fui el primero y que aún me desea tanto como yo a ella me vuelve loco. Porque lo que pasó ayer en la cena y lo de hace un rato, cuando descubrí su nueva ropa interior, no lo soñé. Ximena aún me ama y voy a hacer todo para que reaccione y deje al oportunista de Rodrigo. Que ella piense que puede volver a confiar en mí, es comenzar con el pie derecho en el camino hacia reconquistar su corazón. Y esta vez, no pienso dar ni un paso en falso.

—Gracias —me contesta. —Lorenzo, dejaré mis cosas acá, porque pienso volver a contarles cómo nos fue. Si llama Rodrigo, contestá y decíle la verdad. Vamos, Alfonso.

Me toma de la mano y yo me dejo llevar. Sí, diosa, por y con vos, hasta el fin del mundo. Hasta soy capaz de entrar a una villa a pelearme con mil narcos para hacerte feliz. Y aunque sé que no será fácil, porque tanto Camila como Simón nos recuerdan a ambos nuestras respectivas infancias, haré que Ximena sienta que soy el único capaz de sostenerla en todo. Borraré con mis acciones todo el mal y el desprecio que le proporcioné.

Capítulo 22 - Corazón delator

Ya no sé cómo zafarme de El Rudo. Sus manos y sus amenazas comienzan a asquearme. Hace unos meses, en una conversación que tuvimos después del sexo, le deslicé que me estaba cansando de esconderme, dándole a entender que quería finalizar nuestros encuentros. Mirándome con recelo me advirtió que él decidiría cuándo se terminaba. A él no lo dejaba nadie, me dijo en tono amenazante, sino que las cosas siempre eran al revés. Y acá estaba: acostándome con él dos veces por semana y extrañando a Alfonso. Era la puta de un asesino narcotraficante.

Subo a mi auto, los guardias me abren la reja y me dirijo hacia mi casa. Después de cinco cuadras, noto que me están siguiendo. Doy unas vueltas a ver si pierdo al auto, pero nada. Llego cuanto antes a mi departamento y cuando estoy por entrar al garaje de mi edificio, el vehículo extraño me impide el ingreso.

—¿Pero qué hacés loco de mierda? ¡Sacáme ya tu auto o llamo a la policía!

Veo que del rodado desciende un hombre de unos treinta y cinco años, demasiado alto y musculoso en el punto justo, con pelo corto y prolijo y una boca gruesa que invita a todo. Me siento una imbécil por haberle hecho semejante examen a un posible delincuente o enviado de El Rudo. Porque otra cosa no debe ser. Seguramente, el celoso de mi amante habrá mandado a alguien a seguirme.

—Nena, la policía soy yo —me dice con una mueca que imita una sonrisa. —Entremos a tu casa que necesito hacerte unas preguntas. No quiero que nadie nos vea juntos.

—¿Y vos te pensás que yo voy a entrar a mi casa con un desconocido? Andáte si no querés que empiece a gritar.

—Veo que esto será difícil —me contesta.

Resopla, se acerca e inmediatamente pierdo el conocimiento. Cuando despierto, estoy en una cama extraña que huele al gigante que me interceptó hoy. ¡Estoy secuestrada! ¡No puedo creerlo! Me levanto como puedo, investigo un poco y bajo en puntas de pie. Escucho ruidos provenientes de la que debe ser la cocina e intento ubicar la puerta de calle. Cuando llego hasta ella, está cerrada con llave.

—Veo que te levantaste —escucho un vozarrón detrás de mí. —¿Pensaste que podrías irte sin responder a mis preguntas? Te sugiero que comas algo y después charlemos sobre lo que harás para ayudarme a atrapar a El Rudo.

—¿Cómo llegué hasta acá?

—Apreté un punto en tu cuello para que te desmayaras. Es una técnica que nos enseñan en la Escuela de Policía. Ahora que te despertaste, te voy a dejar un rato sola mientras subo a ducharme. Luego cenaremos y armaremos el plan.

Sin darme tiempo a insultarlo o responderle nada, se da vuelta y sube por las escaleras hacia la habitación desde donde yo venía. Intento buscar la llave por todos lados, sin éxito. Voy hacia la cocina y huelo que está preparando unos fideos con berenjenas, nueces y semillas. Veo que no solo es lindo, sino también un buen amo de casa. ¡Miranda, en qué estás pensando! ¡Concentráte! Es que realmente es un gigante muy sexy. Debajo de esa remera negra ajustada se intuía un cuerpo muy trabajado, y esos ojos verdes que cuando me hablaba me miraban con deseo, no me fueron indiferentes. ¿Cómo será ser tocada por esas enormes manos? Imaginar ese vozarrón susurrando cosas incorrectas... No le sé ni el nombre pero ya me gustó. Quizás si intento conquistarlo y pasarlo bien, lo maneje a mi antojo, como hago con todos. Además, pienso utilizarlo como el pase que me ayude a desprenderme de El Rudo. Diversión y conveniencia en un paquete bastante tentador.

Voy a subir a ver si hay más habitaciones y a investigar un poco más mientras se ducha. Asciendo lentamente, para no hacer ruido, y me encuentro con una sola habitación y el baño al lado. Tendré que revisar sin desordenar mucho y bajar rápidamente.

En eso estoy, cuando siento que una voz grave y enojada que ya empiezo a identificar me pregunta qué hago. Cierro los ojos y en lo único que puedo pensar es en que ese registro tan masculino me diga que le gusto. Pero lo que realmente me trastorna es lo que veo cuando me doy vuelta para enfrentarlo.

****

Los asentamientos fuera de la ciudad de Rosario no distan mucho de los de cualquiera del país. Lo que sucede es que, a través de nuestro proyecto Danzar Salva, pudimos registrar determinados comportamientos en los chicos de entre siete y diez años: hoy el *dealer* de la villa se ha transformado en un espejo en el que se miran los pibes de los barrios marginales, los chicos repiten las escenas de lo que sería una transa de drogas y las nenas quieren ser novias de alguno de ellos. Lo que nosotros intentamos es rescatar, a través de la danza y de la solidaridad, a los chicos que no están involucrados en este universo narco y de la droga, y que repudian esta situación de violencia. Conseguimos que algunos empezaran a acercarse y a llevar otro tipo de mensaje, de una cultura de la tolerancia, de la cooperación.

Aprendimos que, gente como El Rudo u otros narcos en algunos barrios de Rosario (donde se da una extrema situación de desamparo social), fomentan la aparición del dealer[31]. A través de estos personajes, se refleja una vida ascendente, con acceso al dinero, a coches y a mujeres atractivas, que genera envidia y competencia entre los chicos. El "transa" no sólo proporciona la ilusión de un futuro prometedor, sino también algo que, como sociedad, no le estamos ofreciendo: la identidad de ser alguien. Para ellos que no son nadie, o son el zócalo de la sociedad, como los califican algunos sociólogos, ofrecerle un espacio, como es un *búnker*[32] de drogas, una remuneración y armas, es todo. Por eso intentamos rescatarlos y darles un sentido de pertenencia, de valorizarlos como integrantes de un mecanismo de salvación para ellos y para otros.

En ese marco, conocí a Camila y a Simón, los hermanitos que cambiarían mi vida para siempre. Cuando llegamos a la casilla donde vivían y pude observar de qué forma sus padres no cuidaban de ellos, sentí una opresión en el pecho. Palmeamos las manos con Alfonso para avisar que estábamos allí. Como nadie nos respondió, entramos. La madre de los chicos estaba tirada sobre un colchón sucio, con una banda elástica apretando la parte superior de su brazo y una jeringa en la mano contraria. Un bebé lloraba de hambre y una nena, que imaginé sería Camila, le estaba intentando dar una mamadera con agua. En un rincón, sentado en el piso y hecho un bollito, había un chiquito que supuse sería Simón, mirando sin ver hacia la entrada. En sus ojos se leía temor y horror.

Las lágrimas empezaron a rodar por mis mejillas y empecé a llorar ruidosamente, sin querer. Sentí el abrazo de Alfonso y me recosté sobre él. Necesitábamos sacar a esos chicos de ese infierno cuanto antes. Me acerqué a la madre, y al no recibir respuestas, tomé a los tres hermanitos y los saqué de allí. No sé cómo los llevaríamos en la moto de mi tatuado, pero yo de ahí no me iba si no era con ellos. Creo que mi amor, al verme

---

[31]Dealer se le llama a la persona que revende drogas y narcóticos ilegales al público.
[32] Se le llama "búnker" a los lugares de venta de droga en forma anónima.

tan decidida, me entendió y solo asintió con la cabeza. No podíamos emitir palabra frente a lo que estábamos observando.

Los cinco subimos a la Royal Enfield (ya sé, era peligroso ir en una moto cinco personas, pero se trataba de un rodado grande y si no, nos hubieran robado o linchado) y partimos raudamente a la comisaría. Denunciamos la situación y la asistente social de turno nos permitió llevarnos a los chicos a la casa de Lorenzo para que pasaran una noche con nosotros.

****

Tuve que venir a darme una ducha porque otra vez estaba excitado a causa de Miranda. Parecía un quinceañero, y no me gustaba nada ser tan vulnerable frente a nadie. Y menos, frente a esta mujer en particular. ¿Qué me hacía? Como si fuera la primera vez que estaba ante una boca voluptuosa, unos ojos dorados que emanaban sensualidad, un cuerpo pequeño y armonioso, un pelo tan negro como debía ser su corazón... Sí, era la primera vez. Y debía reconocer que me moría por poseerla. Me masturbo pensando en ella, como hace meses que lo vengo haciendo, y cierro la canilla. Salgo desnudo del baño, como siempre, y me dirijo a mi pieza. Cuando llego, no puedo creer que Miranda esté sobre mi cama revisando mis cosas.

—¿Se puede saber qué carajo haces acá? Te dije que esperaras abajo, no que me investigaras mientras me bañaba.

Se da vuelta y se sorprende ante mi desnudez. Bueno, por la expresión de su boca y sus ojos veo que no es tan inmune a mí como quiere hacerme creer.

—¿Podrías vestirte? —Me grita, intentando taparse los ojos. Pero veo que, en realidad, no se los quiere tapar.

—¿Por qué? ¿Te molesta lo que ves? ¿O te gusta demasiado? Te recuerdo que estás en mi pieza. Si no te gusta, te vas, yo seguiré así. Aunque si lo que te está perturbando es la vista porque te gusta… —Me aproximo a ella caminando lentamente, y sonriéndole de lado.

—¡Ni se te ocurra acercarte!

Y veo como, sin destaparse los ojos, va caminando a tientas para irse. Esta mujer me causa muchísima gracia. Por no decir que me calienta como nadie. Ahora que veo que, al menos mi cuerpo, no le es indiferente, pretendo retenerla en mi casa con cualquier excusa hasta que caiga en mi cama. ¡Definitivamente estoy insano! ¿Cómo se me ocurre que puedo involucrarme con una delincuente?

Cuando bajo, está sentada en el sillón mirando la tele. Voy hacia la cocina y caliento lo que había dejado preparado antes de subir. Mientras cenamos, le pregunto cosas importantes para la investigación que estoy llevando hace meses sobre mi ex compañero de Instituto, y la voy tanteando sobre sus sentimientos hacia El Rudo y hacia Alfonso. Me dice que no le importa ninguno, pero noto como se le quiebra la voz al hablar de mi antiguo amigo.

Nos vamos a dormir, y le digo que suba a mi pieza que yo dormiré en el sofá. Le deseo las buenas noches y asciende sin siquiera contestarme. Me doy cuenta que no puedo dormir en la misma casa sin que pase nada con la mujer que es la reina de mis fantasías desde hace dos meses.

Prendo la tele y miro el resultado de la última fecha del Torneo de fútbol local. Después de una hora, subo al baño y paso frente a la puerta de mi pieza, que veo que quedó abierta. La escucho respirar a Miranda mientras duerme y no puedo evitar acercarme a acariciarle la mejilla suavemente. Observo su hermoso cuerpo, cubierto solamente con su ropa interior, y comienzo a soñar despierto. Me pregunto cómo sería tenerla. Mi mano toma vida propia descendiendo por su costado desnudo y se dirige lentamente, y casi rozando, hacia su centro de placer. ¡Está mojada! No lo entiendo. Habrá estado pensando en Alfonso, seguramente. Me da rabia verla en mi cama, como tantas veces la soñé, y sin poder tocarle un pelo. Eso me trastorna. Pero no debo olvidar que es una sospechosa demasiado mentirosa y peligrosa como para que yo me juegue la carrera. Tendré que sacármela de la cabeza para poder cumplir mi objetivo: encerrar a El Rudo. Después de todo, no tengo ganas de tener algo con una mujer que estuvo con mis dos ex amigos. Ese pasado quedó demasiado enterrado como para que venga una mina a enfrentarnos de nuevo. Definitivamente, la sacaría de mi cabeza y solo la utilizaría para mis objetivos.

Pero la vida no se digita, y el hilo que nos une a las personas, para bien o para mal, a veces no se puede cortar. Aunque nos empeñemos en ir en contra, el amor y el odio juegan sus cartas, y está en nosotros elegir cuáles queramos utilizar en nuestra vida.

Después de todo, de eso se trata el libre albedrío.

Capítulo 23 - Luz en mi alma abrazarte, fuego en mi pecho amarte

—¿Anita? ¿Lorenzo? —Grito llamándolos. —Parece que no están —le digo a Alfonso. —Camila, Simón, ¿quieren darse un baño con espuma y jugar un ratito en el agua mientras yo me ocupo de su hermanito? Luego les voy a hacer unos fideos con manteca y jamón para chuparse los dedos. —Los chicos me miran y no hacen ni un gesto. Me parte el alma el estado en el que están. —Alfonso, llevátelos y ayudálos a que se bañen. Voy a bajar al mercadito a comprar leche maternizada y en seguida vuelvo.

—¿Sabés que sos hermosa cuando te ponés en modo protectora? —Me dice acercándose a mí. —Te imagino con nuestros hijos, cuidándolos, amándolos...

Si supiera que jamás podré formar una familia con él ni con nadie. Vuelvo a ocultarle cosas y eso me destroza. Pero no me da tiempo a pensar en nada, porque me toma entre sus brazos dibujados y yo me vuelvo gelatina al instante. Tiene una forma de besar única, tierna y apasionada al mismo tiempo, con su lengua que pide permiso pero también exige. Es que así es él: hace que pide permiso cuando en realidad exige que le pertenezca sin importar más nada. Una vez me dijo que yo era la dueña de su deseo, pero él es el que reina en mi cuerpo y en mi corazón desde que lo conocí. Entró barriendo con todo y derribando mis inseguridades, y es por eso que jamás podré pertenecerle a otro: nos deseamos más allá de la razón.

—Alfonso... Pará... —Logro separarme unos milímetros de sus labios, pero no de su agarre posesivo. —No me gusta que me confundas. Me dijiste cosas horribles e imposibles de olvidar. ¿Por qué ahora y no hace un año atrás? No me sirve que estemos juntos mientras vos seguís pensando que soy una delincuente. Ahora estoy con un hombre que confió en mí desde el minuto cero. Será mejor que nos concentremos en intentar trabajar para los chicos. Si nos confundimos entre nosotros, no podremos darles lo mejor. Y ellos no se merecen eso, ya sufrieron bastante.

—Es que eso quiero explicarte. Cuando vos te fuiste, yo te busqué, vine a pedirte perdón, a decirte que te creía y que te apoyaría en todo, para afrontar juntos lo que se viniera. Pasé un infierno sin vos, pensando que el imbécil de Rodrigo ocupaba mi lugar. Deshacé ese estúpido compromiso y volvamos. Sabés que tenemos que estar juntos, nos pertenecemos, nos deseamos. Vos me metiste en la cabeza lo del hilo invisible que nos une. No podes echarte atrás ahora. Xime, yo te amo…

Escuchar esas palabras de su boca era algo increíble para mí. Todo un año soñando que me dijera que confiaba en mí, que me amaba como yo a él, y ahora venía y lo expresaba en el medio de un beso. ¿Y si solo era deseo? ¿Cómo saberlo? Yo sí lo amo, pero ¿y Miranda? ¿Seguirían viéndose? ¿Y Rodrigo? Su boca vuelve a la mía. Se entretiene mordiendo mis labios, descendiendo por mi cuello, adueñándose en el camino de mi capacidad de raciocinio. Estaba tan descentrada como ayer a la noche. Lo necesitaba como siempre, como nunca. Anhelaba ver que sus dibujos cobraran vida y me envolvieran como cada vez que nos fundíamos uno en la otra. Parecía que todo él revivía cuando estábamos juntos. Ambos éramos solo cuando nos sentíamos.

Lo empujé suavemente y me separé de él. Necesitaba meditar sus palabras y que él hiciera lo mismo, porque nuestro deseo siempre nos jugaba una mala pasada. O buena, depende de cómo quisiéramos verlo.

—¡Pará! Ahora tenemos que ocuparnos de estos pobres chicos. Andá con ellos, que en un rato vuelvo y hablamos de lo que quieras. Pero, por favor, no nos dejemos llevar por la pasión. Creo que nos merecemos una charla y no un simple revuelque, ¿no te parece?

227

—No coincido, Xime. Opino que nos debemos ambas cosas. El orden de los factores no altera el producto, diosa. Igual, no será acá. Nuestra prioridad ahora son Cami, Simón y el bebé. Ya nos disfrutaremos como merecemos —me dice agitado y con su sonrisa de medio lado que tanto amo. —Andá que te esperamos para cenar —y me guiña un ojo.

Bajo y, mientras hago las compras, no puedo parar de pensar en Alfonso. Lo extrañé tanto. Encima, me habla con tanta seguridad que le creo. Sus ojos, que parecen océanos, me transmiten tanto amor, y su boca, que me sonríe con pasión, hacen que quiera volver a confiar en él. ¿Y si me estuviera diciendo la verdad y finalmente logré que me creyera? Necesitaba que fuera así. ¿Cómo reaccionaría cuando se enterara que no puedo darle la familia con la que él sueña? Ahora debía centrarme en la situación de los tres hermanitos, después intentaría resolver mi vida.

Cenamos los cinco solos, porque Lorenzo me llamó para decirme que habían salido a comer y al cine con Julieta y Ana Paula. Le conté lo que había pasado y me dijo que no había problema con que los chicos se quedaran. Cuando llegaron, improvisamos entre todos camitas en el salón donde dábamos clases y el bebé durmió en mis brazos. Hablé con Rodrigo, para contarle que esa noche me quedaría en lo de mi primo para cuidar de los hermanitos, y me dijo que hiciera lo que considerara necesario para que estuvieran bien. De todas formas, y a pesar de escuchar a mi novio con palabras cariñosas, noté fastidio y enojo en su tono de voz. Seguramente, debía ser imaginación mía. El cansancio me estaba volviendo paranoica, y un hombre como él solo servía para ser generoso.

Alfonso quiso quedarse y dormimos los cinco en el salón. Sabernos cerca acrecentaba nuestro deseo. Escuché un ruido y me sobresalté.

—¿Piedra, papel o... me besas? —Escucho que me susurra al oído mi sexy tatuado. Me río bajito, porque siempre que me sorprende con alguna dulzura de las suyas no puede evitar darle una connotación sensual: "Alfonso igual a dulzura sensual". Él también se ríe con su forma tan masculina, tan única, que desata fuego en mis venas. —No te asustes, Xime… Es que no puedo estar en el mismo lugar que vos y no tocarte —me confiesa. —Junté las colchonetas, así dormimos los tres, el bebé, vos y yo, abrazados. ¿Te molesta, mi amor?

—No, al contrario. —¿Para qué iba a negarme esa experiencia si la estaba deseando más que él? —Te extrañé mucho, Alfonso. Tu desprecio me desgarró y me partió en dos. No dejé de soñarte ni de amarte, pero tenés que entender que pasó mucho tiempo y el que estuvo a mi lado para sostenerme y lamer mis heridas fue Rodrigo. No puedo hacerle esto. Te prometo que tendremos nuestro momento para intentar solucionar las cosas y gestionar este deseo que nos nubla el entendimiento cada vez que nos vemos. Pero eso será cuando primero arregle las cosas con él.

—¿Por qué siempre querés hacer todo correctamente y sin lastimar a nadie, Xime? ¿No te parece que primero deberías pensar en nosotros? ¿No nos considerás una prioridad? ¿No te basta con que te diga que te deseo y te amo como no me pasó nunca con nadie?

—¡Claro que sí! Pero si fuera diferente no me querrías. Así soy, de esta persona te enamoraste. La pregunta es si estás dispuesto a estar conmigo sin importar lo que se venga. —Yo estaba pensando en cómo reaccionaría cuando se enterara que no podía tener hijos y en que deseaba adoptar a los tres hermanitos. Sabía que mi lucha sería larga y ardua por mis antecedentes, pero no afectaba en lo más mínimo mi anhelo de ser la madre de esos angelitos. —¿Lo estás, Alfonso?

—Por supuesto, nena. Por vos, todo —y me gira para darme un beso que me volvió loca. Sus manos estaban por todo mi cuerpo, y su erección se clavaba en mi estómago, intentando convencerme de algo que yo no necesitaba que me convenciera. —Prometo intentar no tocarte, por esta noche al menos.

—No te está resultando, parece —nos reímos. Le doy un beso suave, pero antes de terminarlo, le muerdo su labio inferior. —Vamos a dormir.

Pero no dejes de abrazarme, que extrañaba mucho la protección de tus dibujos.

Sonríe en el medio de la oscuridad, mostrándome sus dientes perfectos, y me da un beso en la nariz. Cierro mis ojos, mientras Alfonso no deja de regalarme pequeños besos en mi cara, y pienso qué lindo es dormir en los brazos de mi sexy. Qué bellos esos abrazos sin palabras, que te aseguran el inmenso sentimiento de la persona que está a tu lado, y que te hacen pensar que no necesitás nada más que eso. Después de ese abrazo, envuelta en la magia de esas imágenes con las que había soñado en mi ausencia, estaba segura que ya no quería, ni podría, estar en otro lugar. Los brazos de mi hombre de los ojos de hielo eran mi lugar en el mundo.

Dejaría de mentirme a mí misma: yo había vuelto a Rosario por el hilo que Alfonso no había dejado de tironear para atraerme. Y era momento de ser sincera con todos, sobre todo, conmigo. A mi entender, aún estaba a tiempo de rectificar mis errores. Ya había logrado mi objetivo de que mi hombre volviera a confiar en mí. Rodrigo entendería que no podía casarme con él. Mi corazón ya tenía dueño desde que Dios nos había atado al nacer.

¡Qué me importa el mañana si él me ama más allá de todo! No me vuelvas a soltar nunca más, mi bailarín tatuado, porque no lo soportaría.

****

Durante esa semana, Martín me había estado pasando a buscar por mi casa, subía a su auto y nos íbamos a la suya para que le contara todo lo que sabía de El Rudo. Como hacía más de un año que yo era la amante del jefe narco, el policía tendría para llenar hojas y hojas del expediente en su contra.

De a poco comencé a observarlo. Sus cejas se arqueaban, sobre todo la izquierda que lucía una cicatriz, cuando escribía y sus ojos de gato se achinaban cuando sonreía. Su mirada dura se volvía tierna y penetrante cuando yo le contaba que sufría algunas humillaciones, y sus puños se cerraban en gesto impotente. Me trataba con mucho respeto y cuidado, y me tentaba seducirlo para ver si era tan de fierro como le gustaba ostentar. Moría por sus brazos musculosos y por su boca de labios gruesos.

Siempre insistía en que me quedara a cenar y sabía qué vino servir con cada plato. Mis prejuicios se habían deshecho desde la segunda noche que me quedé en su casa. Lo imaginaba bruto, irrespetuoso, desinteresado, sin gustos musicales. Pero me sorprendió su casi fanatismo por el Jazz, *Etta James*, *Frank Sinatra* y algunos contemporáneos como *Michael Bublé*.

La cuarta noche que cenamos juntos ya había cierta confianza, y comenzamos a hablar de cosas extras a la investigación que estábamos llevando juntos, él como policía y yo como infiltrada. Mientras tomábamos el café, comenzó a sonar *Hold On*. Martín me miró con intensidad y yo preferí desviar la vista de esos ojos que parecían traspasarme. Se levantó del sillón que estaba frente al mío y me tendió la mano para invitarme a bailar. Lo miré y arqueé una ceja en señal de que no pensaba hacerlo, y tiró de mí con la fuerza justa para que cayera en sus brazos. Yo le quedaba a la altura de su corazón y podía escucharlo retumbar. ¡Por favor! ¿Este hombre estaba agitado y era por mí?

Levanto la vista para mirarlo y me sonríe tímidamente. Me acaricia el pelo y me susurra que le parezco hermosa. Yo le devuelvo la sonrisa y bailamos un poco abrazados hasta que me levanta en andas e instintivamente coloco mis piernas alrededor de su cintura. Es tan enorme y protector, aunque se note que es más chico que yo, que me encanta. Subimos en esa posición hasta su habitación y me coloca suavemente sobre su cama. De fondo, escuchamos cantar a *Bublé*:

So hold on to me tight,

Hold on, I promise it will be alright.

Cause it's you and me together,

and baby all we've got is time.

So hold on to me,

hold on to me tonight.[33]

Nos miramos seriamente, como meditando lo que está a punto de suceder, el límite que vamos a traspasar, y entendemos que esta noche es para nosotros y solo importa nuestra avidez por descubrirnos. Comenzamos la danza seductora de desnudarnos sin parar de besarnos, sin respirar siquiera. Me pide que me apoye sobre las palmas de las manos y en las rodillas, con el rostro hacia abajo, que eleve las nalgas y entreabra las piernas para recibirlo desde atrás. Él se arrodilla y escucho como su respiración y excitación van en aumento al contemplarme, hasta que al final me penetra. Mi deseo crece incontenible con cada embiste, gimo ruidosamente y mi piel es invadida por un leve sudor. Me susurra todo lo que le provoca tenerme así y hace crecer mi goce inclinándose para lamer mi espalda, estimulando con sus manos mis pechos y luego pasando una de ellas por delante del muslo, alcanzando mi centro en un roce apasionado de sus dedos. Estallo en un jadeo ruidoso, liberando toda la energía contenida. Había tenido orgasmos, pero a éste le adicionaba una cuota de enamoramiento. Me gustaba muchísimo el Jefe de Policía, y me estaba dando miedo. No podía darme el lujo de volver a involucrarme en cuerpo y alma como con Alfonso.

---

[33] Así que abrázame fuerte, aguanta, prometo que saldrá bien. Porque somos tú y yo juntos, y cariño, todo lo que tenemos es tiempo. Así que abrázame, abrázame esta noche. (Hold On - Michael Bublé)

Caemos satisfechos y nos acomodamos para abrazarnos y mirarnos. Le acaricio su cara suavemente mientras Martín cierra sus ojos. Me duermo sin darme cuenta y, por primera vez en muchos años, sueño bonito.

****

Me despierto con una felicidad rara. Al abrir los ojos la veo desnuda al lado mío y entiendo por qué la sensación de plenitud: hice el amor con Miranda. Porque no fue una descarga ni un alivio, como a los que estaba acostumbrado desde siempre. Esta mujer había tocado mi corazón. Y no sé en qué momento sucedió. Solo sé que pude ver a la verdadera Miranda: la frágil, la que entrega su corazón buscando que la quieran y la protejan, la que me enamoró a primera vista. Obvio que todo entra por los ojos y lo primero que admiré fue su belleza exterior. Pero la fui conociendo a distancia mientras la investigaba, y luego de cerca en estas noches que compartimos, y se me metió en el corazón casi sin esperarlo.

La dejo en la cama para bajar a prepararle el desayuno. Cuando todo está casi listo, la oigo entrar en la cocina restregándose los ojos.

—¡Buenos días! —La saludo con una sonrisa. Ella me mira seria. —¿Dormíste bien?

—Hola… ¿Qué hay de desayunar? —Inspecciona todo con cara de fastidio. —¿Por qué no me despertaste más temprano? ¡Hoy tenía clases en el C.E.C.! Ahora tendré que llamar y poner alguna excusa.

—Veo que alguien no tiene buen humor por las mañanas —me río. —Bueno, tenés café con leche y le puse dos de azúcar, como te gusta —me mira asombrada. —Sé todo de vos —le digo y la veo poner en blanco los ojos. —Y te dejé tostadas con manteca y dulce de leche. Tengo que irme porque surgió un problema en la Seccional. Si querés, podes quedarte y descansar. Al menos por hoy. —Me ilusionaba pensar en encontrarla cuando llegara del trabajo. —En el fondo tengo un gimnasio con todo lo necesario para que puedas hacer una rutina completa. —Me acerco a darle un beso en la boca y me esquiva poniéndome la mejilla. Sonrío y no digo nada para no mostrar mis sentimientos, pero su desprecio me enoja. —Que tengas buen día.

Pero no me responde. Ni siquiera me mira cuando la vuelvo a saludar desde la puerta. No importa: me la pienso ganar a fuerza de dulzura. Sé que las mujeres no pueden resistirse a la insistencia de los gestos amorosos. Y aunque Miranda sea distinta de las demás, anoche comprobé que no le soy indiferente. Al menos, en la cama.

Trabajar y pensar en ella todo el día se me hizo insoportable. Estuve distraído, contestaba cualquier cosa a mis subordinados, y hasta me mostré un poco más simpático. Eso me valió toda serie de bromas, así que decidí terminar temprano mi jornada para volver y comprobar si aún seguía en mi casa.

Cuando entré, me recibió el sonido lejano de una canción lenta. Si bien reconocía la letra, y no a la cantante, la música me iba envolviendo. Era una voz tan dulce que invadía los sentidos. Tendría que preguntarle luego a Miranda de quién era la versión. Siguiendo el camino de la melodía terminé en el gimnasio. Me escondí detrás del marco de la puerta para poder observarla a mi antojo. Estaba hermosa: toda transpirada, con un top deportivo y un shortcito ajustado que dejaba ver su culo perfecto. Estaba bailando y se movía de una punta a la otra. Se notaba que estaba improvisando, pero eso no le quitaba gracilidad. Me encantaba ver cómo se expresaba a través de la música. Su cara mostraba dolor y sus movimientos eran muy marcados, como fuertes, agresivos en algunas partes. Escuchando mejor reconocí la canción: *Toxic*[34], pero seguía sin descubrir quién la interpretaba. Me hipnotizaban su expresión, sus piernas, sus brazos, sus ojos, su boca, la música sensual. Todo era un

---

[34]Toxic – Yael Naim.

conjunto demasiado excitante y así lo expresó el bulto contenido en mi jean. Estaba por interrumpir su danza y meterme en ella para aliviar la tensión de pensarla todas estas horas, cuando la vi caer al piso, llorando y maldiciendo.

—¡Miranda! —Grité y corrí hacia ella. —¿Qué te pasa, mi amor? —Le acaricié la cara, limpiando sus lágrimas con mis pulgares.

—¡Nada! ¡No me toques! ¿No te das cuenta que no soy buena para vos? —Me pregunta enojada.

—Pero ¿qué decís? Sos hermosa y buena persona. Nadie que no sea tan increíble como vos podría haber ordenado mi casa como lo hiciste —y escucho sus carcajadas mezcladas con su llanto. ¡Por favor, acabo de descubrir que amo su risa! ¡Estoy perdido!

—No digas pavadas…

—¿Quién canta esta canción?

—¿Te gustó? Se llama *Yael Naim*… Estaba bailando y pensando en vos… En que ensucio todo lo que toco…

—"¡No digas pavadas!" —Le retruco, emulando su frase de recién. —Esperáme un segundo, que ya vengo —me mira confundida.

Voy hacia el equipo de música y elijo una canción de *Otis Redding*, *I´ve been loving you too long*, y vuelvo con ella. La veo seria. Sigue en el piso y eleva sus ojos dorados hacia mí.

—¿Qué hiciste?

—Musicalizar este momento con alguien que me gusta mucho y para borrar de tu mente que sos mala para mí. —Esta vez, sus ojos me miran agradecidos y su boca me sonríe sensualmente. —Entendé algo, Miranda: me volvés loco. Y si tengo que demostrártelo a fuerza de besos, lo voy a hacer.

La levanto, la abrazo y comenzamos a besarnos y a desvestirnos lentamente. Ambos nos colocamos sobre el piso, de lado, frente a frente, con nuestros cuerpos en contacto, y me adentro en mi amante de una estocada. Entrecruzo una de mis piernas con las de ella, la tomo por su cintura y, mientras mi excitación va creciendo por estar en el interior de la mujer de la cual me estoy enamorando, le acaricio la nuca, la espalda y el culo. Con mi otra mano sujeto suavemente su cabeza y la beso apasionadamente en el cuello, las orejas y la boca. La estrecha intimidad de la cual gozamos es muy placentera y el estímulo de mis penetraciones se hace lento y excitante, pudiendo por momentos salir y entrar, mientras acaricio su centro de placer y me empapo con su humedad. Cuando me doy cuenta que ambos estamos por alcanzar nuestro punto máximo, hago más intensos los juegos de penetración y acelero el ritmo rozándole el clítoris contra mi pubis, hasta que los dos explotamos.

Cuando nuestras respiraciones se normalizan, Miranda se zafa de mi abrazo, se levanta y me dice que se va a duchar, pero ni siquiera me mira. Pensé que después de este momento y de abrirme a ella, su actitud cambiaría. Ya no sé qué hacer para llegarle y que baje sus defensas. Eso me frustra y me enoja a partes iguales. Me ducho en el mini baño del gimnasio y salgo a caminar y pensar en lo que acaba de pasar.

Lo que Martín no sabe es que Miranda también está confundida, pero porque ya no puede seguir ocultándose a sí misma que sus sentimientos hacia ese hombre están cambiando. Lo ve como a un osito panda gigante que necesita cariño y que solo busca protegerla. Pero ella tiene miedo de lastimarlo e incluirlo en el desastre que es su vida actualmente. Sabe que se está enamorando como nunca antes lo había hecho, ni siquiera con Alfonso, y no quiere que El Rudo se entere de la existencia de su hermoso gigante. Y es por eso que hará algo que le costará su felicidad y de lo cual se arrepentirá siempre.

Capítulo 24 - Si no me hubiese hundido, hoy no hablaría del amor

La primera semana de mi vuelta a Rosario ya pasó. Con Rodrigo seguimos sin dormir juntos, pero sé que no podré dilatarlo mucho más. Sobre todo, después de nuestra discusión del sábado por la tarde. Aún recuerdo el episodio y se me pone la piel de gallina.

La mañana siguiente a que me quedara a dormir en lo de mi primo, junto a Alfonso y los chicos, Rodrigo me fue a buscar para ir juntos al C.E.C.. Según él, porque necesitaba mi compañía mientras trabajaba. Como jamás puedo con mi genio, lo acompañé, y al menos aproveché para recorrer las nuevas aulas del Centro, mirando que todo estuviera en su lugar para un correcto inicio de clases. Estaba tranquila porque Gerónimo había recogido temprano a los tres hermanitos, y me prometió que los llevaría a la casa de una amiga de él, una asistente social del Municipio.

Durante los días previos a mi reencuentro con mis alumnos, mi novio me pidió que fuéramos de compras para que eligiera artículos y colores para decorar su departamento a mi gusto, y que yo me sintiera como en mi casa. Alfonso no pudo dejar de presenciar esa conversación, ya que Rodrigo se encargó de decirla frente a todo el personal del C.E.C.. Me taladró con sus ojos azules y su hermosa boca se volvió una solo línea. Se fue hecho una furia y escuché rugir el motor de su moto. Como no tuve valor para negarme delante de todos, le dije que sí y fuimos al Easy que está en el Portal Rosario. Elegimos una lámpara con pantalla fucsia para el dormitorio, cortinas en color crudo para el recibidor y una cortina de baño con flores estilo *liberty*. En realidad, miento cuando digo "elegimos", porque el que lo hacía era mi novio y yo solo respondía con monosílabos. Es que no podía enfrentarlo. Sabía que le destrozaría su corazón y no quería pagarle con esa mala moneda después de todo lo que él había hecho por mí.

El fin de semana, recibimos lo que habíamos comprado y nos pusimos a cambiar todo de lugar. Nos divertimos tanto, que Rodrigo intentó un acercamiento. Comenzamos a besarnos tímidamente hasta que mi novio tomó las riendas e intensificó el beso con su lengua, mientras sus manos iban y venían por todo mi cuerpo. Me asusté, no me sentía cómoda, me recordaba a las insinuaciones de mi padre.

—¡No! —Grité y lo empujé.

—¡¿Qué te pasa conmigo, Ximena?! —Me preguntó furioso. —Cada vez que intento acercarme a vos, me rechazás. ¡Así no puedo más! ¿Es por el imbécil de Alfonso? ¿Te está llenando la cabeza? —Inquirió, tomándome de los brazos y zarandeándome.

Sinceramente, tuve miedo. Vi sus ojos verdes volverse oscuros por la rabia y los celos. En ese momento, lo creí capaz de todo. Era la segunda vez que lo veía así.

—¡No! Es que... Vos sabés... Mi padre... No sé... Perdonáme, Rodrigo... —Y corrí, llorando, a encerrarme en el baño.

Pasados unos minutos, escucho que mi novio golpea la puerta.

—Xime, abríme, por favor —me pide con su voz dulce y habitual. —Te pido disculpas por lo de recién. A veces me olvido que viviste una situación horrible con tus padres. ¿Me abrís? —Le abro lentamente y él empuja la puerta y vuelve a asustarme. Me toma de la cara, y acerca su boca a la mía. Me da un beso prepotente y me mira fijamente a los ojos. —Nunca más vuelvas a empujarme ni a huir de mí. No me gusta. Y mucho menos, a encerrarte en el baño. Somos una pareja y tenemos que resolverlo todo juntos, ¿está claro? —Y siento que me aprieta la cara cada vez más. —Ahora salgamos, merendemos juntos y aquí no pasó nada.

Asiento y me toma de la mano. Estoy con miedo. Si bien intentó recomponer las cosas, sus gestos, cuando le abrí la puerta, fueron violentos. De todas formas, me niego a creer que mi amoroso novio, el que me cuidó durante estos meses, me contuvo y me respetó siempre, vaya a hacerme daño. Estoy tan paranoica y marcada con mi pasado que ya me invento cosas. Lo veo prepararme el mate, las tostadas con manteca y dulce de leche, y adicionar a la bandeja las galletitas que tanto me gustan, que me convenzo que es la persona que yo conozco desde hace tiempo y no éste hombre que recién se puso furioso. Después de todo, ¿quién no tiene actitudes violentas a veces?

Vuelvo al presente y me pongo ansiosa al pensar que hoy, lunes, comienzo las clases y mi novio me dijo que se ausentaría de la ciudad unos días. Lo necesitaban en Mendoza para ver si podrían abrir un C.E.C. allí. Creo que además de requerirlo en la capital mendocina, Rodrigo se sentía avergonzado por lo sucedido el sábado y quiso darme un respiro. Y yo, agradecía el gesto.

La clase con Alfonso estuvo muy tranquila. Él no intentó acercarse a mí, sino todo lo contrario. Hasta me puso celosa un intercambio que tuvo con una alumna. Ella, evidentemente, estaba coqueteándole y él solo le sonreía de lado con su hermosa boca. En un par de oportunidades me miró, justo cuando ella le acariciaba sus brazos dibujados, y yo desvié mis ojos ¡porque si no los mataba! No me reconocía tan celosa, pero evidentemente, lo soy, y exploté de rabia cuando los vi irse juntos en la moto de mi tatuado. ¡Pero yo estoy más loca que una cabra! ¿Acabo de pensar y decir "MI"? Si yo fui la que le dije que me diera tiempo, ahora no podía exigirle fidelidad a algo inexistente. ¡URGENTE: Marche un chaleco de fuerzas para Ximena!

Esa noche, no dormí bien. Soñé que estábamos Alfonso y yo en una cama, haciendo el amor, y que luego lo arrancaban de mi lado otras mujeres. Él solo me miraba, sonriente, y se alejaba. Me desperté excitada y enojada en partes iguales. Hacía rato que no me humedecía en sueños.

Exactamente, desde que estaba con Rodrigo. No podía seguir así, tendría que definirme. Mi ex me pagaría una a una las provocaciones que me estaba haciendo. ¿Pero a quién quería hacerle creer eso? ¡Ni yo me la creía! Cada vez que tenía a Alfonso delante mío, él hacía y deshacía a su antojo. Con él, me convertía en un caramelo masticable, de esos que se derriten fácilmente en la boca: él usaba sus labios en mí, ya sea para besarme o hablarme, y yo me derretía. Odiaba mi falta de autocontrol.

Al otro día, mi primo y Ana Paula querían hacer "salida de novios" y me pidieron si podía quedarme con Julieta. Les dije que sí, y esa noche la pasaría con la nena. Gerónimo me había llamado un rato antes de salir para lo de Lorenzo y me contó que había estado averiguando cómo hacer para que Camila, Simón y el bebé fueran adoptados por la Fundación Danzar Salva y así sacarlos del infierno dónde vivían. Su amiga, Alejandra, la Asistente Social, lo estaba ayudando a acelerar la parte legal.

Todo se encaminaba de a poco y yo estaba feliz por un lado, pero me sentía culpable por otro. No me gustaba vivir en la mentira. Además, cada día que pasaba, estaba más convencida que quería hacerme cargo de esos tres angelitos que habían aterrizado en mi vida. El hilo invisible estaba tironeando más que nunca. Pero para eso necesitaba ordenarme en todo sentido, porque no les agregaría un nuevo problema ni devaneos legales a los que ya habían padecido.

Mientras pensaba en todo eso y me disponía a ver una película en el canal pago, escucho que suena el timbre. Ya eran las diez y media de la noche, había cenado junto a Juli y la había acostado. Lo que más molestaba era tener que vestirme para atender. Seguramente, sería algún gracioso, así que bajé en piyama. Total, no pensaba abrirle a nadie.

—¿Quién es? —Pregunté desde adentro.

—Soy yo. Abríme —me respondió desde el otro lado de la puerta la voz inconfundible de mi hermoso bailarín.

—¿Qué necesitás? No son horas de venir, ¿no te parece? Andá con tu alumnita que te debe estar esperando —le contesto turbada y celosa.

—Ximena, terminála y abríme. Necesitamos hablar.

—¡A mí no me vengas con órdenes! Andáte por donde viniste. ¡Y dejá de hacer ruido que Juli duerme! —Le pido enojada.

Empieza a golpear la puerta y escucho que la vecina súper chusma de al lado sale y se pone a gritarle. Antes que todo el vecindario se enterara de lo que estaba pasando, le abrí y lo miré furiosa. Estaba hermoso: barbita de tres días, campera de cuero negra, remera blanca con escote en V que dejaba ver parte de sus tatuajes, jean oscuro y zapatillas. Me miró serio, aunque la mueca de su boca intentaba esconder su sonrisa de marca registrada que tanto adoraba.

—Te odio.

—Mentira. Me deseás tanto como yo: más allá de todo entendimiento, de cualquier raciocinio, de cualquier cosa que pase. No te reprimas más, Xime. El imbécil de Rodrigo jamás te amará como yo. —Se acerca, me alza desde la cola y me obliga a rodearle su cintura con mis piernas, mientras me las acaricia. —¡No sabés cómo extrañaba tus increíbles piernas largas abrazándome! —Y recorre mi cuello con su lengua, mientras yo tiro la cabeza hacia atrás y gimo en respuesta.

Ver sus brazos dibujados en tensión, sosteniéndome, acariciándome, hace que me humedezca inmediatamente. Sus tatuajes tienen una conexión directa con mi centro de placer. No puedo ni quiero decirle que no, por eso le hago señas que vayamos al salón, donde dormimos abrazados la última vez.

—¿Cómo supiste que estaría sola? —Le susurro.

—Gero me contó… Y tu primo me avisó… —Me sonríe de lado. Y yo, que lo amo tanto, le devuelvo la sonrisa. Benditos esos dos conspiradores que juegan a nuestro favor. —¿Hice mal en venir a charlar con vos? —Me pregunta traviesamente, enfatizando la palabra "charlar", y me guiña un ojo.

No digo nada y le contesto con un beso que le deja claro que lo extrañé y que esta noche es para nosotros. No deja de pasarme la lengua sobre mis labios y me los mordisquea, mientras nos acostamos en el piso flotante. Me levanta la remera de mi piyama floreado y ve la mitad de mi conjunto azul de encaje, ese que vio aquel día y que me pidió que usáramos juntos.

—¡Lo tenés puesto, diosa! ¡Qué puntería! —Se ríe. E inmediatamente me pregunta celoso. —¿O estabas esperando a Rodrigo?

—Veo que tus informantes te dicen la mitad de las cosas —le contesto poniendo mis ojos en blanco en señal de fastidio. —Rodrigo está de viaje fuera de la ciudad por unos días. Y el conjunto me lo puse porque quise estrenarlo para mí, y no para nadie en especial. Que lo estés viendo es una casualidad… Aunque ya sabes: "las casualidades no existen" —y esta vez, yo le guiño un ojo.

—¿Xime, te acordás los días previos a nuestra primera vez? —Me pregunta con la excitación a flor de piel y su masculinidad a punto de romper su jean. —Nuestros roces a propósito mientras bailábamos, nuestros besos robados, las discusiones por celos, las miradas cargadas de sexualidad que nos dedicábamos… ¿Te acordás, diosa? Desde el día que te vi en esa parada supe que te erigirías como la dueña de mi deseo para siempre. —Asiento mientras no dejamos de mirarnos con anticipación y lujuria. —Todo eso es inolvidable para mí. Y aunque esté con mil mujeres, ninguna jamás será la dueña de mi sexo como lo sos vos —me confiesa, mientras le dedica atención a uno de mis hombros.

Lo besa eróticamente, me lo muerde, me lo chupa. ¿Cómo algo tan simple como verlo besarme el hombro puede excitarme tanto? Es que de eso se trata, ¿no? Del amor y la simpleza que le imprimamos al acto para que quede en nuestras almas. ¡No puedo más! Lo necesito en mí y se lo hago saber restregándome contra él. Me dispongo a disfrutar mientras me tiene tendida de espaldas. Sensualmente, elevo una de mis piernas y la flexiono apoyándola sobre el pecho de mi hombre, incitándolo a que me penetre mientras tiene acceso a mi necesitada humedad. Alfonso se coloca de lado y estimula mi clítoris teniendo también mi seno al alcance de la boca. Mi mano asciende por mi vientre hacia mis pezones, luego se detiene en el ombligo con suaves caricias y, poco a poco, baja hasta apoyarse sobre la de mi amor para guiarlo en el ritmo de la estimulación. Estamos tan pegados que, la profundidad de la posición y sus movimientos lentos, me está matando de placer. Es como si quisiera que nos disfrutáramos sin apuros, como si no hubiera pasado el tiempo y solo hubiéramos esperado todos estos meses para este instante. Cuando comienza a sentir mis temblores internos me susurra algo que me transporta a otra dimensión.

—Cuando termines, voy a besar esa espalda tuya que tanto me calienta, hasta tatuarte que jamás voy a volver a dejar que te alejes de mí. —Suspiro con fuerza, quiero llegar y el orgasmo no para de crecer. —¿Sabías que cada vez que estoy dentro tuyo se me viene a la cabeza la canción *Madness*? —Me confiesa jadeando. Y me susurra parte de la letra: —*Come to me, trust in a dream. Come on and rescue me. Yes i know i can be wrong. Maybe I'm too headstrong. Our love is... Madness*[35]...

Y eso fue suficiente para desatar uno de los orgasmos más grandes que había tenido. Alfonso me escuchó llegar y él se dejó ir detrás de mí. No dejaba de susurrarme que me amaba y que jamás me volvería a soltar. Pero todo lo arruinó con una frase demasiado estúpida que me hizo bajar a la tierra de un hondazo.

---

[35]Ven a mí, confía en un sueño. Vamos y rescátame, si sé que puedo estar equivocado. Quizá soy demasiado testarudo. Nuestro amor es... locura... (Locura – Muse)

—¿Rodrigo te hace sentir todo esto, diosa? —Me doy vuelta y le doy un cachetazo. —¡¿Pero qué te pasa, Ximena?!

—¡Pasa que sos un idiota o sos muy engreído! ¿A vos te parece hacer ese comentario en este momento? Yo no soy así, no te confundas. Te voy a aclarar algo: no es que no quisiera estar con Rodrigo. De hecho, intenté mentalizarme para estar juntos, pero no pude. Y no solo porque tener intimidad con otro hombre me recordaba de nuevo a los abusos de mi padre, cosa que con vos no me había pasado jamás, sino porque en todo estabas vos: se me aparecían tu boca; tus ojos azules; tu barba de días que me raspaba cuando me besabas en la cara, la boca o me hacías sexo oral; tus tatuajes... —Vi que me miraba con ternura. —Ahora sé que siempre serás el único...

—Entonces, ¿nunca estuviste con él? —Me pregunta tiernamente.

—No, pero te repito que lo intenté. Y no sabés cómo te odié por empujarme a estar lejos tuyo. Porque yo sabía que nunca podría estar con otro. Pero vos, con tu desprecio, tus celos y tu desconfianza, hiciste que me fuera y que en ese momento apareciera Rodrigo. Por eso lo aprecio y lo respeto tanto. Y por eso, quizás, pensé en poder compartir con él una familia.

—Pero vos sabés mejor que yo que tenemos que estar juntos. Nos pertenecemos. Vos sos la única dueña de mi deseo. La que hace que quiera entregar todo con tal de tenerte. Dejálo y empecemos de cero, Ximena —me pide con voz suplicante.

Mientras hablábamos no podía dejar de mirarle sus tatuajes. Como soy demasiado detallista, descubrí que llevaba mi nombre en letra cursiva en uno de los huecos de su brazo derecho, el que menos dibujos tenía. La letra que había elegido era hermosa y se notaba que era un diseño suyo, no copiado. Me mira entendiendo que mi expresión de asombro se debía a que había encontrado mi tesoro.

—Te amo, diosa. Jamás escribiría sobre mi piel algo que ya no llevara tatuado desde siempre. Y ese alguien sos vos —me dice con felicidad en su cara.

—Yo también tengo un regalo para vos. Esperá. —Me levanto para agarrar su celular y prendo la linterna. —Mirá. —Le muestro el dibujo que llevo en mi ingle que significa su nombre. Lo veo mirarme confundido y le sonrío. —Esta espada, símbolo de combate y valentía, hace referencia a tu nombre. Como a mí me encanta investigar sobre el significado de ellos, encontré que "Alfonso" remitía a combate, y así me tatué la espada. Algo que solo yo supiera lo que quería decir.

Baja su boca hasta el dibujo y comienza a besarlo como loco. Me río de felicidad y él también.

—Después de esto y de todo lo que me confesaste, tenés que dejarlo sí o sí a Rodrigo. Y sobre todo porque tengo algo que contarte. —Hace una pausa y clava sus ojos de hielo en mí. —Hace unos años, un par de chicas que eran mis alumnas salieron en diferentes momentos con él. Luego de eso, dejaron el C.E.C.. Cuando fui a la casa de ellas, a preguntarles qué había pasado, me contaron que no volvieron por miedo a que tu novio intentara acosarlas. —Retengo el aire y un escalofrío me recorre. No sé si quiero escucharlo. —Xime, me confesaron que Rodrigo las había golpeado, y a una de ellas, la violó y la mandó al hospital.

—¡No te creo! ¿Y por qué no lo denunciaron? —Escuchándolo, me venían a la mente los cambios de humor repentinos de mi novio y su carácter agresivo.

—Porque Rosario es un pañuelo y ese tipo es un hijo de puta con suerte que tiene demasiados contactos. Tengo miedo por vos, mi amor...

—Basta, no te quiero escuchar más, Alfonso. ¡Siempre ensucias todo con tus sospechas! Como hiciste con nuestra historia. ¡Andáte!

—No me voy hasta que hablemos y me prometas que lo vas a dejar para volver conmigo. —Me toma la cara entre sus manos y me roza los labios. —Xime, ¿por qué no te dejas querer? ¿Por qué pensás que no te mereces ser feliz? Yo ya entendí que nos sos una asesina y que mataste a tu viejo en defensa propia. ¿Vos lo entendiste? ¿Te perdonaste? Dejáte querer… Si no te querés vos, dejáme quererte a mí, al menos, y demostrarte que el amor salva. Quiero que nos salvemos juntos, diosa, y sigas siendo para siempre la dueña de mi deseo —me dijo.

—¡Andáte! Te lo suplico… —Le pedí llorando.

—Está bien, amor. Me voy… No porque te dé la razón, sino porque entiendo que es difícil enterarse que estuviste conviviendo con un monstruo, y que encima tendrás que enfrentarlo para confesarle que amás a otra persona. Sobre todo vos, que estuviste a punto de padecer esa clase de violencia. Dejáme acompañarte —me suplica visiblemente alterado, y le digo que no con la cabeza. Necesito escuchar a solas la versión de mi novio. —Xime, solo te pido que tengas mi número en marcación rápida. Y si ves que se vuelve loco, apretá esa tecla y en segundos estaré allí. ¿Me lo prometés? —Asiento y lo veo relajar el ceño. —Hace poco, leyendo al maestro Borges, me acordé de nosotros. Memoricé algo sin querer que caló en mí y que quería compartirlo cuando te viera. Creo que éste es el mejor momento: *"Dime por favor dónde no estás, en qué lugar puedo no ser tu ausencia, dónde puedo vivir sin recordarte, y dónde recordar sin que me duela"*. Te necesito, Xime, porque sin vos no estoy completo. Me enseñaste que en la simpleza de las cosas también se puede ser feliz. Te amo y si no me dejás acompañarte como pareja, estaré al lado tuyo como lo que me permitas ser. Porque como dice nuestro gran poeta: *dónde puedo vivir sin recordarte*. Nunca olvides que sos mi diosa, la dueña de mi deseo, mi dulce Ximena…

Se viste lentamente, como esperando que lo detenga. No podía luchar contra él y sus amorosas palabras. Necesitaba estar sola y reflexionar sobre todo lo vivido en esta noche. Creo que Alfonso había leído en mis ojos mi súplica y mi inquietud por internalizar lo que me había confesado, y por eso se fue cabizbajo y triste, sin acercarse ni a darme un beso.

¿Por qué no puedo enamorarme de alguien como Rodrigo? Es una persona buena y generosa, a pesar de lo que me dijo Alfonso recién. Y tampoco voy a crucificarlo por un par de días malos que tuvo. Quizás estaba nervioso por lo de Mendoza y se la agarró conmigo, porque me tenía más a mano.

¿Por qué me gusta que me desprecien y me humillen? Porque hay que reconocer que cuando necesité a mi tatuado, él me dio la espalda y creyó en Miranda antes que darme la oportunidad de que le explicara. ¿Por qué prefiero a quien no confió en mí cuando más lo necesité y no al que me demostró amor durante estos meses?

Sin embargo, tengo en claro que no puedo ir en contra de mi corazón. Y aunque me duela y me quede sola, tendré que dejar ir a un gran hombre como Rodrigo. No puedo permitirme volver a engañarlo como lo hice esta noche.

Lo que Ximena no entendía es que las mujeres tenemos un sexto sentido. El corazón manda, siempre, y ya había dado su veredicto: amaba a Alfonso. Y si su corazón, su mente y su cuerpo no estaban eligiendo a Rodrigo, a pesar de su fachada confiable, era porque ella intuía que ese hombre le haría mucho daño. Y aún no sabía cuánto.

****

Fue imposible descansar. Cuando a la madrugada escuché que Lorenzo y Anita habían vuelto, me despedí de ellos y les dije que me iría a mi casa porque no me sentía bien. Como vieron mis ojos hinchadísimos de no dormir y de tanto llorar, no me preguntaron nada, pero creo que intuyeron que estaba así por Alfonso.

Al entrar en el departamento del que aún era mi novio, me dolió recordar que hasta la semana pasada estuvimos decorándolo y planificando un futuro. ¿Un futuro? ¡Qué cínica podía llegar a ser! ¿Cómo pude jugar tanto con una persona cuando ya sabía que esto estaba destinado al fracaso? Igual, tampoco era para autoflagelarme: Rodrigo siempre había sabido que yo estaba rota por dentro y que no lo podría llegar a amar como a Alfonso, y aun así decidió continuar. Reconozco que, quizás, era una postura bastante cómoda la mía. Pero si algo aprendí en estos meses en soledad es que no estoy interpretando a *Sor Juana Inés de la Cruz* en *"Yo, la peor de todas"*[36]. Ni era la peor ni Rodrigo era un pobre hombre engañado.

Mientras pienso en todas estas cosas para darme valor, juntar mis cosas e irme, escucho un ruido a mis espaldas.

—¿A dónde vas?

—Ah, hola Ro, ¿cómo estás? Pensé que volverías el viernes. Me asustaste. ¿Salió todo bien? —Le pregunto con una sonrisa e intento acercarme a saludarlo.

—No te hagas la simpática y decíme a dónde vas con ese bolso —me repite en un tono tenso.

—Pensaba decírtelo cuando volvieras. Me voy a Tostado unos días para reconectarme conmigo y pensar en...

—¡Con Alfonso! ¡Para estar con él! ¡Sos de lo peor! —Y comienza a girar dentro de la habitación, agarrándose la cabeza. —O sea que si yo no volvía a tiempo no te hubiera encontrado. ¿Pensaste qué hubiera pasado

---

[36] "Yo, la peor de todas" es una película argentina de 1990, dirigida por María Luisa Bemberg.

por mi cabeza al no poder ubicarte o sin una mísera explicación? ¿Tan mierda soy para vos? —Y lo veo acercarse a mí amenazante. —Contestáme, Ximena: ¿tan poco valgo en tu vida? —Me pregunta tomándome de mi brazo derecho y acercándome su cara. Podía sentir el olor a alcohol que emanaba de él.

—Me estás lastimando, Rodrigo. Vamos a sentarnos y lo hablamos tranquilos. —Aprieta más mi brazo y me lanza contra el piso. —¡AAAAAYYYYY! ¡Pará!

En ese instante comprendo todo: los hechos violentos que no quise ver anteriormente; mi reticencia a formar algo con él, como intuyendo su carácter agresivo; las palabras de advertencia de mi amor. No puedo seguir pensando en nada más porque Rodrigo se me tira encima, comienza a besarme con salvajismo e intenta desnudarme para violarme. Me asusto tanto que grito pidiendo auxilio, pero solo escucho su risa de hiena mientras sigue intentando sacarme la ropa. En un segundo que afloja su agarre, veo la oportunidad y le doy un rodillazo en la ingle para salir corriendo a la calle.

Por suerte, y a pesar de mi desesperación, pude tomar mi cartera que había dejado en el sillón del recibidor para tomarme un taxi hasta la Terminal de Colectivos. El micro hasta Tostado salía en media hora, así que le pedí al chofer si podía subir, no fuera cosa que a Rodrigo se le ocurriera venir a buscarme. Aunque, con el rodillazo que le di, tardará en recuperarse. Encima, mi celular quedó desarmado por el golpe en la habitación del departamento. Una vez que llegara a mi pueblo, llamaría a Lorenzo y a Alfonso y les contaría lo sucedido.

****

¡Esa hija de puta traidora me las va a pagar! ¡Me dejó eunuco, no puedo ni levantarme! Aún dolorido y medio mareado del rodillazo que me dio esa zorra, veo que su celular está desparramado por la habitación. Quiero rearmarlo para leerle todas las llamadas y los mensajes que se cruzaron en estos días con Alfonso.

Mientras estoy en eso, recordé que Miranda podría ayudarme. Siempre odió a Ximena y conoce toda mi historia. Con ella no tendré que simular ser alguien que no soy, como sí tuve que hacerlo con mi novia. La llamo y le pido vernos. Al principio, puso excusas. Pero la amenacé con contar lo que sé de su relación con los narcos y con su trabajo en el Centro.

—¡Por fin! Tardaste una eternidad…

—¿Qué querés, Rodrigo? ¿Y cómo sabés de mi relación con El Rudo?

—A mí no se me escapan las cosas y menos si me llega información que alguna vez podría utilizar. Y ya ves, acá estás. —Veo que se pone tensa pero no me responde. —Te cité porque tuve un pequeño problema con mi novia y huyó de casa.

—¿Con Newman? ¿Qué le hiciste?

—No te interesa eso. Necesito recuperarla y para eso quiero que le pidas a tu amante que te haga un favor. —Me mira esperando que continúe. Es una bella mujer, pero demasiado astuta y rebelde para mi gusto. —Quiero que llames a El Rudo ahora, y le pidas que te preste unos amiguitos de él para ir a Tostado y darle un buen susto a Ximena. No sé, pero se me ocurre simular un robo, o una posible violación, y en ese mismo instante, que yo aparezca como un héroe a rescatarla, me perdone y todos felices.

—No va a funcionar. —Me dice con sonrisa burlona. —Ella no está enamorada de vos, ¿o aún no lo entendiste? Newman ama a Alfonso.

—¡Calláte y llamá! —Le grito. —Explicáles que Ximena no se toca, solo será una puesta en escena.

La veo asustarse por primera vez. Está rara, quizás más vulnerable, porque en otro momento no se hubiera dejado amenazar. De todas formas, no me importa. Solo necesito que cumpla con su parte. La veo marcar el número de El Rudo y escucho las excusas que le pone para que le cumpla el favor. Evidentemente, Miranda tiene poder sobre él porque en seguida está todo listo.

—Ya está. Quieren treinta mil dólares para hacer el trabajo. Te pasarán a buscar en una hora para que les des el dinero.

—No hay problema. Tendrán la plata, pero no te escuché aclararles que mi novia era intocable.

—Son mercenarios, Rodrigo. No les interesa Newman, solo la guita. Y ahora me voy. No me llames más para estas cosas, ¿está claro? —Me dice Miranda.

—Si todo sale bien, prometo no molestarte. Pero si te necesito de nuevo, lo volveré a hacer.

La veo irse con odio en sus ojos, pero también vislumbro algo que nunca antes había visto en esa bella mirada dorada: arrepentimiento. Como si no le gustara lo que acababa de hacer. No me importa nada, solo recuperar a Ximena. Y cuando la tuviera de nuevo en un puño, no se me volvería a escapar. Haríamos una gira nuevamente, la llevaría bien lejos de Alfonso.

Lo que Rodrigo no imaginaba era que nada saldría como él esperaba. No se puede hacer trato con la mafia y salir ileso. El Rudo había estado esperando este momento desde que se enteró que Ximena había vuelto a Rosario: utilizaría al imbécil del novio de Newman para llegar hasta ella, y luego lo mataría para quedarse con la rubia y llevarla fuera del país. Necesitaba quedar bien con sus Jefes y que esa pendeja (como él la

252

llamaba) comenzara a pagarle la maldita deuda que había contraído con el padre. Y Miranda, en su afán de convertirse en mejor persona desde que había descubierto que estaba enamorada de Martín, lo sabía, y por eso estaba arrepentida de haber colaborado con esos dos crápulas. Pero aún estaba a tiempo de enmendar sus errores. Solo necesitaba darse cuenta de ello.

****

Mientras manejo hasta lo de Martín no puedo olvidar los ojos verdes de Rodrigo llenos de obsesión y venganza. Ese hombre no sabe amar, solo lastimar, y me arrepiento de lo que hice. Mi gigante me enseñó que siempre tenemos una opción, una salida, antes de decidir hacer algo incorrecto. ¡Ay, Martín, no podré mirarte a la cara nunca más, mi amor!

Entro con la llave que mi policía tierno me regaló y lo escucho cantar desde la cocina. Aún no puedo creer tener al lado un hombre como él, que me respeta y ama como soy, sin prejuicios, sin preguntas, apoyándome en mi camino de redención. ¡Pero esta noche arruiné todo! Lo miro desde el marco de la puerta y está tan sexy haciéndose el *Masterchef*: está cocinando sin remera, cómodo, sin ser consciente de que su marcado abdomen y sus oblicuos al descubierto invitan a la lujuria más grande. Su delantal es totalmente negro y su jean, ajustado y oscuro, le marcan su trabajado trasero, donde últimamente mis pies aprietan y mis manos reposan al hacernos el amor. Camino hasta él sin hacer ruido, me coloco detrás suyo y mis dedos comienzan a acariciarlo desde la nuca hasta su cola.

—Mmm… Si sabía que encontrarme sin remera te pondría así, cocinaré en cueros más seguido —y tira la cabeza hacia un costado para buscar mi boca. Amo sus besos, que siempre comienzan tímidos, como pidiéndome permiso y luego arrasan con todo, provocándome entera.

—¿Dónde estabas? Te llamé y me aparecías fuera de cobertura. ¿Todo bien?

—Sí —le miento. —Tuve que ir hasta el C.E.C. por unas planillas y se me cayó el celular. Quizás se golpeó y por eso te aparecía sin cobertura.

—A ver, pasámelo e intento arreglártelo. No te veo muy tecnológica, y seguro pusiste mal la batería —me dice riéndose.

—No es necesario, Martín. Después lo ves. —No quería que descubriera ninguna de las llamadas.

—Bueno, okey. Andá a lavarte las manos que en cinco comemos.

Le sonrío y lo miro fijo mientras me paso la lengua sensualmente por mi boca. Me sonríe de lado, y me voy al toilette que está al lado de la cocina. No me gusta mentirle, pero tampoco quiero perderlo. Cuando salgo del baño, lo veo sentado en el sillón, con la cabeza gacha y mi celular entre sus manos.

—¿Por qué? —Me pregunta.

—¿Por qué qué? —Le contesto intentando ganar tiempo.

—¿Por qué me mentíste? Cuando dije que te amaba pensé que habías entendido, Miranda... Pero veo que no... Explicáme por qué tenés llamadas desde tu celular al de El Rudo.

—¿Por qué me revisaste el teléfono sin permiso? Creo que el que no entiende nada sos vos. Cuando uno ama, no hace preguntas, no revisa. Confía.

—En eso coincidimos: cuando uno ama confía. Y yo lo hice. Mientras estabas en el baño, sonó tu celular, atendí y un secuaz de El Rudo solo dijo que ya estaba todo listo. ¿Qué "está listo", Miranda? Y no me mientas más porque no respondo de mí —me dice con los ojos llenos de dolor y decepción.

Esa mirada me derribó como si mil tormentas lo hicieran. Ya no podía seguir mintiéndole a la única persona que había amado y que me había respetado en la vida. Aunque lo perdiera para siempre, debía confesar la verdad. Agacho mi cabeza y suspiro resignada.

—Rodrigo me llamó porque necesitaba recuperar a Ximena. Él no es una buena persona, y su novia lo entendió luego de que intentara violarla. Como ella huyó hacia su pueblo, él me pidió ayuda para contactarse con El Rudo. Al principio me negué, pero me amenazó y accedí. Y ahora, el jefe narco y su gente, están yendo para Tostado a secuestrar a Newman.

—¿Con qué te amenazó?

—Con contarle a todo Rosario de mis conexiones con el mundo narco.

—¿O sea que, por no perder tu imagen de bailarina prestigiosa, condenaste a una pobre chica? ¿O fue por despecho y venganza hacia la persona que te quitó a Alfonso? ¿Seguís enamorada de él? —Me pregunta con desesperación. No soporto verlo así, inseguro. Ahora entiendo la dimensión de su amor hacia mí. —A cada segundo me arrepiento más y más de haberme enamorado de alguien como vos.

—¡No! ¡Por favor, Martín, no me digas eso! —Me acerco arrodillada a sus pies. —Reconozco que, al principio, lo hice por revanchismo y por sanar mi orgullo herido de mujer. Saber que Ximena sufriría me hizo sentir poderosa. Pero, mientras manejaba hacia casa, me di cuenta que ya no sentía nada por Alfonso, y que me arrepentía de lo que había hecho. Y ese sentimiento de culpa solo tiene un por qué: ¿cómo volvería a mirar a la cara a la persona que amo si le había hecho daño a una pobre inocente? ¿Cómo volvería a hacer el amor con mi gigante hermoso si no podía confesarle que yo no valía la pena para él? —Le dije con lágrimas en los ojos.

—No puedo creerte, Miranda. Pensé que mi amor, mi respeto, mis constantes demostraciones de cariño, podrían ayudarte a recuperar la autoestima y que entendieras que yo estaría siempre. ¡Jamás me había enamorado en mi vida y justo vengo a hacerlo de vos! De alguien que pisoteó y despreció mis sentimientos, como lo hicieron los que me abandonaron de bebé. Porque no sé si sabías que Alfonso, El Rudo y yo fuimos compañeros de Instituto —lo miro sorprendida, y él hace una mueca irónica, como recordando momentos dolorosos. Quisiera abrazarlo, pero se levantó del sillón para caminar de espaldas a mí. —Evidentemente, no merezco ser feliz. No tengo nada que invite a que me amen. Sabía que me quedabas grande: sos hermosa, talentosa, con carácter. Y yo, un simple policía, huérfano, forjado a fuerza de abrirse camino a los golpes… Sin embargo, tuve la ilusión de mostrarte mi corazón y que lo aceptaras. Soñé con una esposa que me esperara ansiosa al finalizar nuestras jornadas laborales, lista para disfrutarnos sin tregua, con hijos que se parecieran a vos en todo, con acondicionar esta casa para que tuvieras tu propio Estudio de Danzas, si es que así lo deseabas… Soñé demasiado, ¿no? —Me pregunta con dolor.

—No, mi amor, no soñaste nada en comparación a lo que yo imaginé con vos. Por favor, dame otra oportunidad. Prometo no mentirte nunca más. De ahora en adelante, seremos uno solo contra el mundo. No me importa si tengo que hacer de todo para que vuelvas a confiar en mí, pero te ruego, te suplico, que no dejes de amarme. Soy mejor gracias a vos.

—Ahora ya no importa. Gracias por informarme lo que están por hacer El Rudo y su gente, así puedo salvar a esa pobre chica. Te encargo que llames a Alfonso y le cuentes todo. Me voy a la Seccional, pero cuando vuelva, no quiero verte más en mi casa.

Sube a su habitación. Luego de unos minutos, baja vestido con su uniforme y se prepara para irse. Lo veo pasar al lado mío, sin mirarme, como si no existiera. Cierra la puerta y escucho el motor de su auto. Sabiéndome sola, comienzo a llorar a los gritos, como queriendo expulsar de mi cuerpo toda la culpa que me generó haber entregado a Ximena y perder al único amor de mi vida.

Abro mi Spotify y tengo ganas de escuchar a *Kita Klane* y su *Running Circles*. El estribillo siempre me hizo acordar a mí:

Running circles again

runnin' circles again

on the wrong track playback

you can run around again[37]

Mi vida, siempre en círculos viciosos, jamás virtuosos. Siempre intentando primerear para conseguir todo, sin importar si el fin justificaba los medios. Y ahora, todo mi historial se me venía encima justo cuando quería resetear y comenzar de nuevo.

Necesitaba una oportunidad y juro que la tendría. Si era necesario, me encadenaría a la cama de mi gigante, pero yo no me movería de acá hasta convencerlo con besos, amor y sexo que teníamos que estar juntos para cumplir con nuestro sueño de ser felices para siempre.

---

[37] Voy en círculos de nuevo, en círculos de nuevo, en la reproducción de la pista equivocada, podrás correr de nuevo. (Corriendo en círculos – Kita Klane)

Capítulo 25 - Siempre vienes y me salvas en las tempestades

Solo en mi departamento pienso en todo lo vivido la noche anterior con Xime. La vi tan contrariada que preferí dejarla que masticara solita lo que acababa de contarle. Demasiada información de golpe, y haber sido yo el que se la dio, podría jugarme en contra. No quise que se cumpliera eso de "matar al mensajero". Me voy a dar una ducha para empezar el día relajado y luego iré a tantear el terreno para ver qué decidió. Antes de entrar al baño, escucho mi celular. ¿Quién podrá ser a esta hora? ¿Será mi diosa que me necesita? Pero al ver el nombre en la pantalla, mis labios se tensan. No tengo ganas de escucharla, pero atiendo igual.

—Miranda.

—Alfonso, qué bueno que atendiste. Pensé que cuando vieras el nombre de la llamada, y por la hora, evitarías la llamada —me dice a modo de saludo.

—¿Qué querés?

—Te llamo porque Ximena está en peligro...

—¡¿QUÉ DECÍS?! —Le grito. —¿Qué le hiciste? —Intento preguntarle más tranquilo, no sea cosa que se arrepienta y no quiera contarme.

—Yo, nada, pero El Rudo y sus hombres fueron a buscarla a Tostado.

—Pero si ella está acá, en Rosario. ¿Esta es otra de tus mentiras, Miranda? No estoy para jueguitos, así que prefiero cortar.

—¡Alfonso, no te estoy mintiendo! Rodrigo me llamó para pedirme por favor que lo ayudara a recuperarla porque habían tenido una

259

discusión. Newman se fue a Tostado y El Rudo irá a buscarla para llevársela del país, seguramente. Tenés que ir por ella.

—No entiendo nada de lo que me decís y mucho menos te creo una sola palabra. ¿Por qué haces esto?

—Por amor.

—Miranda —suspiro—, ya no te amo. Entendélo: aunque hagas esto, nada podrá cambiar jamás lo que siento por Ximena.

—No, Alfonso. No es por amor a vos, es por amor a Martín. —La escucho suspirar. ¿Quién será ese hombre que cambió a mi ex? —Conocí a un hombre que cambió mi forma de ver la vida y me hace querer ser mejor persona. Vos lo conocés. Se llama Martín Derulo, es Jefe de Policía y estamos juntos en una investigación para atrapar a El Rudo. Yo sería una especie de infiltrada. Me enamoré de él como nunca antes. Ni siquiera se asemeja a lo que sentí por vos alguna vez. Estoy muy arrepentida de mis acciones y por eso te llamo. Andá a buscarla.

Obvio la parte de que Tincho y ella están enamorados, y solo me concentro en que mi amigo de la infancia va a ir a buscar a Ximena para protegerla.

—Miranda, si descubro que todo ésto es otra de tus mentiras para separarme de Ximena, voy a volver para ajustar cuentas. Entiendo que no nos separamos de la mejor forma, pero vos y yo sabemos que lo nuestro estaba terminado mucho antes que apareciera una tercera persona.

—Alfonso, ahora entiendo que tenías razón y era inútil seguir para lastimarnos. Creéme y no pierdas más tiempo hablando conmigo. Pero antes necesito pedirte un gran favor: cuando lo veas a Martín, decíle que fui yo quién te avisó y que realmente estoy arrepentida de lo que hice. Que me perdone, por favor.

—Está bien, te lo prometo… —Estoy por cortar la comunicación, pero no me parece justo hacerlo sin agradecerle. —Mir, quiero agradecerte el gesto. Es difícil tu posición, y sin embargo tuviste la valentía de llamarme y reconocer tus errores. Jamás me voy a olvidar de este día. Y en lo que a mí respecta, te prometo que hablaré con Martín para que te perdone. Ahora, descansá —le digo, terminando la llamada.

No puedo creerlo: Martín, mi amigo, la persona que me acompañó toda la primera parte de mi vida, está en Rosario y Miranda se enamoró de él. Siempre pienso en *"el efecto mariposa"* y en la relación causa-efecto en las cosas que hacemos en la vida. Un proverbio chino dice que "el aleteo de las alas de una mariposa se puede sentir al otro lado del mundo". En la *Teoría del Caos*, la idea es que, dadas unas condiciones iniciales de un determinado sistema caótico, la más mínima variación en ellas puede provocar que el sistema evolucione en ciertas formas completamente diferentes. De esta forma, una pequeña perturbación inicial, mediante un proceso de amplificación, podrá generar un efecto considerablemente grande a corto o mediano plazo de tiempo. Cuando leí sobre *"el efecto mariposa"*, nunca más olvidé su significado y me juré que intentaría que todos mis actos fluyeran siempre hacia lo que yo deseaba, para evitar al mínimo los *"efectos secundarios"*.

Pero me doy cuenta que no digitamos nada. Podemos trabajar para obtener lo que deseamos, pero siempre habrá imponderables que nos vendrán a decir que no somos Dios. La vida siempre gira en círculos hasta cerrar etapas, y los cabos sueltos siguen volviendo con más fuerza hasta que uno los ate.

Y ahora, tanto Martín, como El Rudo y yo, coincidiremos en un pueblo para pelear por mi diosa. Cada uno con sus motivos, pero vueltos a unir por una mujer. Mi mujer. La dueña de mi alma, la que me genera un deseo irrefrenable, la que me mueve el piso, la que ama mis tatuajes, la que se entregó totalmente a mí sin conocerme, solo por seguir a su corazón. Haré lo imposible por recuperarla.

Esperáme, diosa, que aún nos queda mucho por vivir.

****

Llegué a mi pueblo pasado el mediodía. Había logrado dormir muy poco porque los nervios siempre hacían que soñara con Rodrigo persiguiéndome o intentando violarme. O con Alfonso desconfiando nuevamente de mí. Bajé del micro agotada y hambrienta, así que antes de ir a mi casa, pasé por el bar al que siempre iba después del colegio y me pedí un plato de fideos con estofado. Mientras pagaba lo consumido, el nuevo dueño me miraba como queriendo saber qué estaría haciendo una turista en esta época del año en este lugar. ¡Si él supiera mi historia!

Con las energías medianamente renovadas, caminé un poco por el pueblo para ver qué había cambiado en estos años. Recorrí las calles mientras algunos recuerdos se iban colando en mi mente. Pasé delante de la puerta de la Iglesia de Nuestra Señora de la Merced, la Patrona de Tostado, y tuve la necesidad de entrar para alcanzar un poco de paz. Cuando era chica y quería esconderme de los maltratos de mis padres, venía a sentarme frente a la imagen de la Virgen y le pedía por favor que iluminara a los que me habían dado la vida para que dejaran de tratarme como basura. Lo mismo hacía cuando, en el medio de la procesión que siempre terminaba en la Plaza 25 de Mayo, rezaba y le pedía a alguno que me alzara para tocar su Imagen. Nunca dejaba de rogarle para que me sacara de ese infierno. Sin embargo, recuerdo que tuve una época que me había enojado con Dios y dejé de rezar, porque mis viejos no cesaban de humillarme y sentía que no me escuchaba o que no le importaba, como a ellos. Pero luego, a medida que fui creciendo y madurando, entendí que mi fe no había desaparecido sino que era yo la que me había alejado. Y desde entonces, comencé a ver la mano de mi Madre en todo lo que comenzaba a pasarme.

Aquel horrible día en que me defendí y maté a mi papá, recuerdo que antes de irme de Tostado, pasé por acá, entré llorando, le pedí que me guiara en mi nuevo comienzo y que me ayudara a cumplir con mi misión en la vida, sea cual fuera. Y así me regaló a mi tatuado, el hombre que me ayudó a valorarme y a dejar atrás culpas infundadas. Porque si algo me enseñó Alfonso, fue el verdadero sentido de la libertad. Y no me refiero a hacer lo que cada uno quiere. No. Me refiero a ser libres de corazón, a ser tan generosos que buscar el bien común sirva para alcanzar la paz en el alma y tener tranquilidad en la mente. Porque no necesitamos más que amor para conducirnos con seguridad. Y aunque nos equivoquemos por seguir nuestro corazón, no importará, porque hicimos lo que sentimos y nos brindamos enteros.

Así es mi sexy tatuado y así quiero ser yo. No más desconfianzas ni inseguridades. Quiero entregarme a él y ser feliz de una vez por todas. Quiero llegar a su corazón, y como dice el *Flaco Spinetta*, solo quiero estar en su piel porque no puedo seguir viviendo sin su amor[38]. Bueno, en su piel ya estoy a través de su tatuaje, y él en la mía. Necesito volver y confesarle mis planes: estar con él, formar una familia con Cami, Simón y el bebé, y hacer de Danzar Salva una fundación.

Mientras pienso en todo lo lindo que estamos por vivir, salgo de la casa de mi Madre con el corazón lleno de agradecimiento y preparado para enfrentar, de una vez por todas, mi pasado y mi futuro. Pero no tengo oportunidad de nada. Siento un golpe en mi brazo y algo que me quema: una bala atravesó mi hombro, ensangrentó mi ropa y me desmayo, no sin antes ver la mirada de mi hombre de los ojos de hielo y escuchar su voz.

****

_____

[38] Seguir viviendo sin tu amor- Luis Alberto Spinetta.

Pensar en lo crédulo que fui en todo lo concerniente a Miranda me hace sentir un imbécil. Es que solo a mí se me ocurre que una mujer como ella se podría fijar en alguien como yo. A veces me recuerda a Medusa, porque me engatusa con sus ojos y me vuelvo de piedra, estático, como si ya no tuviera voluntad. La veo bailar y me endurezco, quiero poseerla, doblegarla, mostrarle que puede haber manejado a otros, pero que su hombre, su gigante (como ella me llama mientras hacemos el amor), siempre seré yo. ¡Hacer el amor! ¡Qué mentira! Yo sí hacía el amor, ponía mi corazón en el acto, pero ella solo cogía. Si no, no me explico por qué no dejó de mentirme nunca. Pero me niego a creer que ella no sienta nada por mí. La vi mirarme con ojos llenos de deseo y emoción cuando la tocaba, cuando estaba dentro de ella, cuando me decía palabras cargadas de erotismo y sexo. Y cuando la veía alcanzar su máximo placer, me regalaba besos amorosos y tiernos...

El ruido de un disparo me volvió a la realidad.

—¡La puta madre, Cornejo! ¿De dónde vino eso? —Le grito a un oficial que está apostado al lado mío, en una terraza frente a la Iglesia.

—Creo que vino de este lado de la calle, Jefe... ¡Mire! ¡El Rudo en persona le disparó a la chica rubia y está yendo a buscarla para llevársela! ¿Y ese tipo que se cruzó para salvarla quién es?

Sin esperar más, bajo los dos pisos del pequeño edificio por las escaleras de emergencia y corro a esconderme para poder sorprender a mi ex compañero de la infancia. ¿Y ese que había caído no era Alfonso? ¿Qué hacía acá y quién le habría avisado? Esperaba ver a Rodrigo y a El Rudo disputarse a Ximena, no a mi antiguo amigo protegiéndola.

—¡Rudo: soltá a la chica! —Le grito. Lo veo darse vuelta y disparar sin esperar a descubrir mi posición. Escucho que desde arriba, mis hombres responden el fuego. Se abre una balacera sin tregua y temo por la vida de

Newman. Menos mal que era la hora de la siesta y no había gente en la calle, para no lamentar heridos por el fuego cruzado. Veo cómo los secuaces de El Rudo vuelven a dejarla caer en el piso para disparar y proteger a su jefe, pero ya es tarde. —¡No! —Grito.

Corro hacia Ximena y Alfonso para ver en qué estado se encuentran, y al mismo tiempo observo que ambos están heridos pero a salvo, así que me centro en el jefe narco. Le tomo la cabeza con mi mano derecha, para levantársela y que no se ahogue con su propia sangre. Tiene demasiados disparos en su cuerpo y ambos sabemos que no sobrevivirá. Por eso me asombra escuchar su voz entrecortada.

—Tincho… Qué honor que fueras tú el que me hiciera caer… —Me dice en forma ahogada y salivando sangre. —¿Quién iba a pensar cuando nos conocimos que nuestras vidas volverían a cruzarse para que me dieras muerte, cabrón? —Intenta reírse, pero solo tose y escupe su propio líquido rojo. —Gracias por terminar con esta vida de mierda, wey… Ya no soportaba más… —Vuelve a toser, pero esta vez, imposta su voz para que lo escuche claramente. —Escúchame bien, pendejo: me cogí a tu mujercita de todas las formas porque sabía que te gustaba y la querías para ti… ¿O de verdad te creíste que no sabía que la mandabas a espiarme? —Abro mis ojos con asombro. Pero luego una rabia comienza a crecer sin parar dentro mío, pensando en la pobre Miranda, que soportaba todo por complacerme, y quiero rematarlo a tiros. —¡Qué hembra! Y "gauchita", como dicen aquí… Debe amarte mucho si se prostituía por tu causa —tose, quejándose, porque el plomo lo debe estar quemando, y se ríe al mismo tiempo. —Ahora sí, sabiendo que te jodí bien jodido, puedo morirme en paz… ¡Vete a chingar a tu madre, cabrón! —Y muere escupiendo su maldita sangre por última vez.

****

¡No doy más! Me muero si le pasa algo a Ximena, pero más rápido no puedo ir. Recién tenté a la muerte conduciendo, y si desaparezco de la vida de mi diosa para siempre no podré perdonármelo nunca. Comienzo a divisar la entrada al pueblo y mi corazón se acelera en cada kilómetro. Escuchar tiros no me tranquiliza, y menos, cuando veo que Ximena está en el medio de la balacera. Se me nubla la razón y solo puedo pensar en ir con ella. No me interesa el fuego cruzado ni si me matan en la carrera: solo quiero morirme con mi dulce bailarina.

En el instante que estoy llegando a Xime, me cruzo delante para protegerla, pero ambos caemos heridos. Inmediatamente, cesan los disparos, y cae El Rudo y sus secuaces. Mi amor sigue en el piso y veo que Martín, mi viejo amigo, me mira dándome tranquilidad y corre hacia nuestro ex compañero de Instituto. Mi diosa, antes de desmayarse, me observó como si no entendiera qué estaba haciendo yo ahí. Pero ¿qué pensó? ¿Qué la iba a dejar sola, en su pueblo, cavilando sus desgracias? Abrazo su pequeño cuerpo, ese que me gusta ver cabalgar sobre mí, el que me da tanto placer que hace explotar cada una de mis terminaciones nerviosas, y le susurro palabras de amor al oído. Siento que se remueve entre mis brazos y la oigo respirar suavemente. ¡Gracias a Dios está viva!

—Alfonso… Mi amor… Perdonáme… —La escucho hablar entrecortadamente. —Pero… ¡estás herido! —Comienza a llorar sin parar cuando descubre que una bala destrozó mi brazo de lado a lado.

—Ssshhh, hermosa… Tranquila… —Le contesto acariciándole la cabeza y besando su coronilla.

—Fui de Rodrigo por unas cosas y él me atacó… —Al escuchar el nombre de ese hijo de puta, mi cuerpo reacciona tensándose por completo. Xime empieza a llorar y a temblar y eso me enfurece a niveles exponenciales. —Quiso violarme… ¡Ay Dios, menos mal que me defendí, pero fue horrible, amor! —Me cuenta desesperadamente. Cuando lo vea, lo mato. Ese violador no jode más a nadie.

—Diosa, ya pasó, estás conmigo. Debe estar por venir la ambulancia, así que pediré que te trasladen al Hospital para que te vean ese brazo que no tiene buena pinta, y te revisen los golpes. ¡Al final sos una heroína! ¿Vas a seguir amándome ahora que te diste cuenta que tenés valor como para enfrentarte a un violador y a un narco internacional? —Nos reímos un poco. Vemos llegar a Martín y los presento. —¡Qué sorpresa, Tincho! Martín, ella es mi novia, Ximena. Xime, él es Tincho, y junto a El Rudo fuimos compañeros hasta nuestra adolescencia. —Observo como se agrandan con asombro los bellos ojos de mi diosa.

—Un gusto, señorita Newman. Espero que esté bien, a pesar de las heridas visibles. —Martín dirige su mirada hacia mí. —Alfonso, no me gustó una mierda que te hicieras el héroe. Nosotros teníamos todo controlado. —Lo miro con sorna. Si no me hubiera cruzado frente a Ximena, ahora no la tendría para regarle de besos su hermosa carita. Un escalofrío propiciado por ese pensamiento me recorre la columna y no digo ni una palabra. —Una vez que sea atendida en el Hospital local, necesitaré su declaración. Quisiera que me contara cómo conoció a El Rudo, qué la unía a él, si alguna vez escuchó conversaciones entre Rodrigo y el jefe narco, si estaba al tanto de que su ex novio tiene denuncias por violación… —Xime comienza a temblar en mis brazos, y miro a Tincho con advertencia. La vena posesiva se enciende en mí y solo quiero protegerla hasta el infinito. Sé cuánto la altera remover el pasado, y no quiero que ahora se deprima pensando en todo lo que viene. Necesito que se recupere tranquila, y no permitiré que nada ni nadie la perturbe.

—Martín, ya habrá tiempo para todo eso. Ahora te pido que nos dejes un rato solos, hasta que venga a buscarla la ambulancia.

—Por supuesto. Después, vos y yo, tendremos una charla. Necesito aclarar algunas cosas y que me ayudes en otras, ¿puede ser?

No sabía qué necesitaba Tincho de mí, pero asentí sin responder. Mi prioridad ahora era mi diosa. Mientras mi ex compañero se aleja, siento

267

que las palabras se agolpan abruptamente en mi garganta y necesitan salir, llegar hasta el corazón de mi amor. Mientras continúa entre mis brazos, veo que Xime baja sus ojos y sigo la ruta de su mirada.

—Me emociona que estés acá, cuidándome y resguardándome, como siempre —la escucho decir. —Mirar cómo me envuelven y me protegen tus dibujos, los que me enamoraron desde el primer momento que te vi, me excita y me tranquiliza a partes iguales. Pero antes necesito contarte algo que, espero, no cambie tus sentimientos.

—¡Diosa, no te vas a alejar de mí ni con el *grupo GEOF*[39] de tu parte! —Nos reímos, relajándonos para lo que se viene: la charla pendiente que siempre aplazamos por la urgencia de satisfacer nuestros deseos primarios.

—Alfonso, sabés que te amo. Nunca hubo otro hombre en mi corazón, a pesar de estar alejada de vos. En estos días reflexioné mucho y, gracias a Dios, me di cuenta que encontré mi propósito en esta vida: ser madre del corazón. —La observo bajar la mirada, sonrojada, nerviosa. Tomo su barbilla y alzo sus cálidos ojos para que vuelvan a mirarme. Anclo los míos a los suyos, intentando transmitirle aliento para que continúe. Suspira y sigue. —No puedo tener hijos. En la adolescencia, en un control ginecológico, el médico del pueblo me dijo que jamás podría tenerlos porque padezco endometriosis. Mi padre, cuando se enteró, decidió que eso sería un alivio para sus salvajadas, ya que no tendrían "consecuencias" —vuelve a bajar la vista con vergüenza, y a mí se me revuelve el estómago del asco. Siento ganas de vomitar, pero tengo que ser fuerte para que Ximena descargue toda la mierda que lleva dentro desde hace mil años. —Entiendo si después de saber esto no querés estar más conmigo… Solo te aviso que pienso adoptar a los tres hermanitos y darles un hogar. Y si la justicia, por intentar ser madre soltera, no me lo permite, estaré con ellos de cualquier forma.

---

[39] Grupo elite de la Policía Federal Argentina. Sus siglas significan Grupo Especial de Operaciones Federales.

Escucharla con tanta fuerza y proyectos de vida, a pesar que el destino la golpeó sin tregua, me enamora hasta lo indecible. Aún no sé qué hice para merecerla, pero no me interesa. Pienso estar con ella hasta que me lo permita. Tomo aire y me doy aliento para declararle todo lo que tengo guardado para ella.

—No sé, quiero decirte tantas cosas, Xime, que me trabo solo. —Me observa con ternura y me acaricia la mejilla con su mano derecha. Su toque me enciende al minuto y me mira risueña al sentir mi erección golpeando su cadera. —Me siento desbordado, inundado de sentimientos... Ahora que te tengo acá, conmigo, necesito que no queden dudas sobre mi proyecto de vida con vos. Te deseo, más allá de la razón, de todo, no me importa nada... No te voy a negar que desde que me di cuenta que estaba enamorado de vos quería hijos tuyos. Pero si no son nuestros, no los quiero. —Comienza a removerse intranquila y entiendo que me expresé mal. —¡No me malinterpretes! Quise decir que no pienso tener hijos con otra que no sea con vos. Y, ahora que me contás esto, quería proponerte que juntos adoptemos a los tres hermanitos, esas hermosuras que nos acarician el alma siempre que nos sonríen. Después llamaré a Gero para preguntarle la situación de los nenes y que nos diga los pasos a seguir, para no dar ninguno en falso. —A pesar de sus dolores, se gira y me abraza con fuerza, llorando y riéndose al mismo tiempo. —Entiendo que eso es un sí, ¿no, amor? ¡Decime que sí, diosa!

—¡SÍ, SÍ, SÍ! —Me contesta casi gritando. —Alfonso, no me dejes ir nunca más. Y si alguna vez te digo que no te amo, no me creas... —Escuchar esa frase, para mí, es la gloria.

—Me acuerdo algo que leí el otro día en *Twitter*, del poeta contemporáneo *Defreds*[40], y me la aprendí de memoria para vos: *"Aparezco para quitarte todos los "Ojalá" de la boca. Y poner la mía entre tus muslos... Y así prometo que será nuestra vida, nena: un sinfín de besos en todos tus labios."* —Veo que sonríe y pasa su lengua por toda su boca,

---

[40] @defreds

esa que me vuelve loco cuando recorre mi cuerpo. Sus ojitos brillan con amor y avidez por sentirnos de nuevo, y le regalo algo de mi cosecha (así no me pongo celoso porque le gusten solo las frases de otros). —Porque no existe otra dueña de mi deseo que vos, mi diosa, mi adorada bailarina. Te amo, sin importar nada e incluyendo todo. Te amo, más allá de toda razón...

Nos besamos con tal desesperación que nos olvidamos de los policías, de los dolores, del tiroteo, del mundo. Solo necesitamos nuestros labios fusionados, compartir el oxígeno, traspasarnos sentimientos a través de nuestras lenguas. Básicamente: sentirnos.

¡No te largo más, diosa!

****

Rodrigo fue hasta Tostado porque desconfiaba de los inadaptados que rodeaban a El Rudo. Jamás imaginó ver al propio jefe narco en persona encargarse del tema de su novia. Ahí intuyó que algo estaba mal: si el mexicano estaba allí era porque pensaba secuestrar a Ximena y llevársela del país. Cuando estaba a punto de advertirle a su chica y hacerse el héroe para que huyeran juntos del pueblo, comenzó la balacera. Se escondió, prudentemente, y comenzó a desarrollarse frente a sus ojos una escena del *Far West*[41]: El Rudo queriendo apoderarse de Ximena, la policía tiroteándose con los secuaces delincuentes del narcotraficante, Alfonso cruzándose para recibir los tiros dirigidos a su novia. Demasiado lío para alguien que no está acostumbrado a hacer cosas que no le reportarán beneficios propios ni en el corto ni en el largo plazo. Y se dio cuenta que tampoco valía tanto la pena.

---

[41] Lejano Oeste, donde los cowboys vivían retándose a duelo con pistolas.

Como buen cobarde, supuso que debía huir de esa escena, no fuera cosa que encima terminara denunciado como violador por su propia prometida. Seguramente, caviló, ya se enteraría de la salud de Ximena y qué había pasado con exactitud. Ahora, sabía que debía pensar en salvarse él, anticiparse, y armar una estrategia contra una posible denuncia.

Volvió a subirse a su Citroën y tomó la ruta hacia la ciudad rosarina. Rodrigo ya tenía todo armado para su correcta defensa. Después de todo, para algo servía tener tantos contactos con poder, ¿no? Estaba acostumbrado a que los poderosos funcionaban bajo presión, y él tenía demasiado para extorsionarlos si le llegaban a soltar la mano.

Capítulo 26 - Mientras sea junto a ti, siempre lo intentaría

Mientras Alfonso y Ximena estaban reconciliándose en el medio de tanta violencia, en Rosario se seguía desatando una guerra por la jefatura narco. Después que se enteraran los cabecillas que había muerto El Rudo, en menos de veinticuatro horas comenzaron a disputarse "la corona". Lo que sucedió estaba anunciado.

Esa tarde, en la villa donde vivían Camila, Simón y el bebé hermanito de ambos, una tragedia sacudió a todos. Aprovechando el retiro de gendarmes de la zona y la muerte del jefe narco, los más valientes quisieron hacerse con los pequeños *kioscos* que vendían droga en el interior del asentamiento. La madre de los tres pequeños fue a comprar sustancias al que tenía más cerca, luego de la discusión y abandono de su ex marido, sin contar con que ese puesto iba a ser tomado a los tiros. Al quedar en el medio de la balacera, cayó muerta al instante dejando huérfanos a sus hijos. La gente del lugar que conocía a la mujer quisieron ayudarla pero ya era tarde. Una vecina llamó al celular de Gerónimo rápidamente porque sabía que Danzar Salva estaba interesada en la vida de esos chiquitos, y quizás, no hubiera mal que por bien no viniera, pensó.

Gerónimo apareció a las dos horas. Era muy querido en la villa porque había rescatado a muchos chicos a través de la danza, y por eso nadie se opuso a que se llevara a los hermanitos a su casa. Llamó a su amiga para que le dijera qué hacer y ella le dijo que no se preocupara, que desde su trabajo haría lo posible por acelerar los trámites para que esos chicos no sufrieran más.

Recostado en el sillón, el coreógrafo pensaba que él no podría hacerse cargo de los tres, pero quizás Ximena sí. Conocía el interés de su amiga por esos pobres angelitos y le pediría ayuda para que lo orientara. La llamo al celular y se sorprendió al escuchar a Alfonso. Su amigo le relató muy reducidamente lo sucedido en Tostado y del interés de ellos para adoptar a los hermanitos.

A partir de ese momento, los socios fundadores de Danzar Salva comenzaron a pensar alternativas para darles amor y contención a los chicos, si lo de la adopción por parte de Xime y Alfonso no resultaba. Habían acordado entre ambos no ilusionar a la bailarina hasta no saber cómo se desarrollarían los hechos. Pero tenían dos cosas que parecía que los ayudarían bastante: contactos y fe en que el amor contribuiría a solucionar las cosas.

****

Estuve dos días internada en observación en el Hospital de Tostado. Los médicos y Alfonso estaban demasiado pesados con el tema de mi salud y me cuidaban por demás. Mi bello tatuado no se despegó ni un segundo de mi lado y sus miradas cargadas de amor y ternura, lejos de tranquilizarme, me excitaban a niveles que jamás había sentido. Lo extrañaba y el haber pasado por la experiencia de una posible muerte, me hacía pensar que la vida había que vivirla a pleno todo el tiempo. Lo único que me inquietaba era su cara cuando le hablaba de mis tres soles y le confesaba que los extrañaba: en ese momento, Alfonso bajaba la mirada y cambiaba de tema rápidamente. Me negaba a pensar que algo malo les había pasado, así que debían ser ideas mías. Ya charlaríamos de ese tema con tiempo. Ahora, debía recuperarme para poder abrazarlos.

Para volver a Rosario, solo teníamos la moto de mi amor. Como el brazo de Alfonso aún no estaba totalmente sanado, y su orgullo de macho le impedía reconocer que no podía maniobrar del todo bien, discutimos

274

muchísimo. Pero como buen cabeza dura que es, terminamos haciendo lo que él quiso. En realidad, le dejé ganar una batalla para que no se sintiera que "no podía cuidar de su diosa", como me había dicho. Entonces, para que viajara más cómoda, me sentó delante suyo para abrazarme y poder manejar mientras me sostenía. Sentir su aliento y su boca besarme el cuello en cada parate fue la gloria. Quería llegar y hacer el amor, que me recorriera completamente con su lengua y barriera con sus caricias todo el dolor que llevaba impreso en el cuerpo. Lo necesitaba como nunca pensé que necesitaría nada. Sentía que estando juntos, conectados a través de nuestro placer, el mundo podía caerse que no me importaría.

Cuando llegamos a su departamento, y luego de hacer los correspondientes llamados tranquilizadores a mi primo y a nuestros amigos, Alfonso me desvistió despacito para ayudarme a bañarme. Aún me dolía el brazo, pero mis ansias por él estaban intactas, porque en cada roce me humedecía más y más. Cuando mi tatuado me quita la tanga humedecida, me mira y me sonríe, pero luego vuelve a bajar sus ojos de hielo, negando suavemente con la cabeza. Me mete en la bañera y espero en vano que se meta conmigo. Me enjabona con mimo cada parte de mi cuerpo sin dejar de mirarme con esa mirada azul tan suya, tan cargada de deseo, pero sin emitir ni una palabra. Me ayuda a incorporarme y me seca lentamente, acariciándome en cada toque. Solo habló para decirme algo que me ilusionó rápidamente, pero en vano.

—Amor, ¿vamos a la cama? —Lo miro y me muerdo mi labio inferior, como a él le gusta. Sus bellos ojos del color del zafiro se tornan risueños y me dejan descolocada. —Pero para dormir nada más. Necesitas recuperarte —me contesta en tono protector. Bajo la cabeza decepcionada y me levanta la barbilla para darme un beso tierno en los labios. —Diosa, no creas que no tengo ganas de partirte al medio. Y más, después de todo este ritual del baño al que me sometí pensando que podría sobrellevarlo con dignidad. Si no me creés, tocáme —lleva mi mano a su erección, inmensa, dentro de sus jeans. Debe dolerle, pobre. —Pero priorizo tu salud antes que mi placer. Cuando estés mejor, te mato y no te largo hasta que me ruegues por favor que te suelte —me guiña un ojo.

—¡Eso jamás va a pasar!

Echa su cabeza para atrás y se ríe a carcajadas. Me acompaña a la cama, coloca una camiseta sobre mi pecho, lo oigo suspirar roncamente y me arropa. Me dice que se irá a dar un baño y que luego vendrá a abrazarme. Pero no lo escucho más, porque me duermo profundamente hasta la mañana siguiente, cuando el aroma riquísimo de unas tostadas con manteca me despierta dulcemente.

Desayunamos en silencio, mirándonos de costado, mientras su típica sonrisa de medio lado, provocadora, no abandona la cara de mi amor. Se levanta, me besa la coronilla y anuncia que se va a bañar. Mi tatuado está raro. Está bien que se supone que estoy convaleciente, pero tanta renuencia ya me está molestando.

Escucho el sonido de la ducha y se me ocurre que tengo ganas de sorprenderlo. Entreabro la puerta del baño y lo observo en todo su esplendor. Está de perfil con sus ojos cerrados, su cabeza tirada hacia atrás, disfrutando del agua que le cae sobre la cara y sobre su cuerpo cincelado a fuerza de tanto bailar. Sus dibujos parecieran cobrar vida. Sin aguantar ni un segundo más sin sentirlo, me quito la remera y mi cola less para compartir el baño matutino. Lo sorprendo tomándolo por atrás, apoyando mi mano izquierda sobre su abdomen perfecto, ese que adoro lamer y acariciar, mientras mi mano derecha masajea su masculinidad que creció enormemente al sentir mi tacto. Lo escucho gemir y recostar su cabeza en mi hombro izquierdo, tomar mi nalga derecha, y sus dedos izquierdos me guían para que siga masturbándolo. Es tan erótico ver toda la escena reflejada en el gran espejo de enfrente a la ducha, que ambos, como si nos leyéramos la mente, nos miramos a través de él y nos sonreímos con lujuria. Se da vuelta y comienza a besarme sin respiro, descendiendo por mi cuello hasta llegar a cada uno de mis pechos, para succionarlos con fuerza. Lanzo un grito ahogado, mezcla de dolor con placer. Mis terminaciones nerviosas comienzan a avisarme que estoy a punto de alcanzar un orgasmo, y, en un segundo, susurro su nombre como si fuera mi religión. Sonríe en mi cuello, y me coloca las piernas alrededor de su cintura, apoyando mi espalda contra una de las paredes de la ducha. Me embiste sin preguntarme, y mi centro de placer lo succiona de tal manera que siento que no lo dejará ir más.

—Diosa, siento que nací para esto: para adorarte. No puedo vivir sin estar dentro tuyo. Sos la dueña de mi deseo… Te amo… —Me dice con la voz entrecortada por la excitación.

—Yo soy mujer gracias a vos, Alfonso. No dejes de adorarme nunca… Tu diosa te lo ordena… Aaahhh, amor… Voy a llegar de nuevo…

—Dale, Xime, hacélo… No aguanto más, amor… ¡Hacélo ahora! —Y luego de tres arremetidas salvajes, hunde su cabeza en mi hombro, y se derrama en mi interior, gozando juntos del éxtasis más grande que se puede alcanzar.

Me ayuda a apoyar suavemente mis pies en el piso de la bañera y nos sentamos bajo el agua tibia, sonriéndonos. Nos habíamos extrañado demasiado, de eso no había dudas. Secándonos entre los dos, aprovechamos cada roce, cada mirada, cada beso, para volver a excitarnos, y así terminar enredados nuevamente en su cama, que ya era nuestra.

Cuando terminamos de disfrutarnos, nos abrazamos y me sorprendió escuchar la confesión de mi amor.

—Xime, desde que te vi, siempre supe que estaríamos juntos. Algo en vos me decía que nos salvaríamos entre los dos. Tengo que decirte algo: Gero me contó que los tres hermanitos le pidieron a la jueza de turno que querían vivir con vos. —Lo miro sin entender. Esos nenes tienen padres y ellos no nos harían la vida simple. Como leyendo mis pensamientos, Alfonso me despeja mis dudas. —No te asustes, pero su madre murió en un enfrentamiento por drogas cuando iba a comprar sustancias, el padre se borró y ahora están huérfanos. Gerónimo comenzó los trámites de adopción a través de la Fundación, y ayudado por su amiga Asistente Social, pero ellos pidieron por vos. En entrevistas con los psicólogos, dijeron que te quieren como su madre... Ximena, ¿querés que los adoptemos? ¿Querés que nos casemos y así poder ofrecerles una familia? Digo, por cualquier cuestión legal que pudiera llegar a surgir impidiendo que adoptes como madre soltera...

Comienzo a llorar despacio, y luego a hacerlo casi a los gritos, como liberando todo lo malo que venía padeciendo últimamente. Dios me había dado la oportunidad de redimir mis culpas, de sanar mi alma, de dar amor a quienes sentía que más me necesitaban. La Virgen había escuchado mis ruegos y había puesto en mi camino al mejor de los hombres y a los mejores hijos. Haría todo por estar a la altura.

—¡Sí, Alfonso! ¡Quiero ser feliz de una vez por todas! Siempre intuí que estaba en la vida y había venido a Rosario por algo, y ahora sé que era para encontrarte a vos y a mis futuros hijos. Y te voy a contar más: cuando salí de mi pueblo, hace más de dos años, lo primero que se me vino a la mente en ese momento fue la leyenda de El Hilo Rojo. ¿La conocés? —Lo veo negar con la cabeza. —¿Pero no te acordás que una vez te la mencioné? Se las voy a contar a vos y a nuestros hijos, y vas a entender la belleza de tener fe cada vez que te hable de nuestro hilo invisible.

Mi adorado tatuado me mira emocionado, me roza los labios en un beso inocente y me pide que me vista rápidamente para ir con Cami, Simón y el dulce bebito. Seríamos felices.

****

Luego de elaborar el informe sobre la muerte de El Rudo, e indicar (sin involucrar a Miranda) la participación de Rodrigo para que secuestraran a Newman, me dirigí a mi casa. Tampoco sabía si mi morocha conocía las vinculaciones de su jefe con el narcotraficante, o lo que le hacían a las chicas que secuestraban. Esto era la punta del ovillo de una red que no solo lucraba con droga, sino que también participaba con la trata de personas, secuestrando chicas, drogándolas (y haciéndolas adictas) para que se prostituyeran, dejándolas sin documentos y luego sacándolas del país. Ese pibe estaba hasta las manos. Lo único que deseaba era que todo el poder y la impunidad con las cuales contaban el padre y él no le salvaran el culo esta vez.

Me dolía el pecho de pensar que la encontraría vacía otra vez, como siempre estuvo mi vida hasta que conocí a mi amor de los ojos verdes. Sin discusiones, sin su cuerpo, sin sus rutinas de baile... Tan poco tiempo de conocerla y ya me hacía falta como el aire para respirar.

Tiro mis cosas sobre el sillón y subo a mi dormitorio. Se me para el corazón (y se me para otra cosa) de la emoción de verla en mi cama. No se fue, se quedó. No sé para qué, pero no me importa: está acá. La última vez que la vi me suplicó que la perdonara, que me amaba, que ella me veía como su gigante amado. Y quiero creerle. Quiero pensar que dejó de amar a Alfonso y que no se volverá a prostituir nunca más con propósitos egoístas o por venganza. Quiero creer que podemos ser felices juntos y tener hijos con sus ojos. Suspiro con fuerza, porque estoy a punto de dar un paso enorme, y me siento a su lado para acariciar su espalda, mientras coloco en repetición el tema *Undisclosed Desires* de *Muse*, para despertarla de a poco. El sonido hace que el cuerpo de Miranda se revuelva y vaya abriendo lentamente sus ojos. Me mira y leo en ella sorpresa, ternura, amor. Levanta su mano y acaricia mi mejilla.

—Volviste —me sonríe a modo de saludo.

—Te quedaste —le contesto.

—¿Hice mal? —Me pregunta. Y mi respuesta es colocarme sobre ella, apretarla contra mi cuerpo y besarla con fuerza. Se ríe contra mi boca. —Creo que no...

Comenzamos a sacarnos la ropa con desesperación y no dejo de pensar que así éramos: dos desesperados, dos desahuciados que pensaban que no tenían futuro, que se encontraron en un momento de la vida para consolarse. Pero esa proyección cambió, porque ahora el amor trocó todo para darnos vuelta el tablero y venir a demostrarnos que siempre manda él. No importa dónde, cómo, cuándo, ni qué hagamos. Cuando el amor aparece, solo hay que rendirse ante sus mandatos y señoría.

Me toma el culo con ambas manos y se revuelve debajo de mí como si necesitara fundir nuestros sexos para convertirnos en siameses unidos por ese punto. Como no aguanto más y mi erección está a punto de estallarme en el pantalón, le arranco de un tirón su diminuta tanga y me bajo la bragueta del uniforme para penetrarla de una estocada. Sentirla tan empapada, hace que cierre mis ojos y lance un gruñido de alivio por estar en ella. Me quedo quieto un instante porque tengo miedo de acabar como si fuera un adolescente en su primera vez. Miranda, que se da cuenta de todo, besa mis párpados con ternura y me susurra que me extrañó. Eso, lejos de dejarme tranquilo, endurece mi miembro mucho más y necesito embestirla mil veces para dejarle en claro que yo también la extrañé y que, además, tuve miedo de perderla. Nos comunicamos sin palabras, solo su mirada en mis ojos, lo verde esclavo de lo verde, diciéndonos que nos necesitamos y nos demos otra oportunidad.

—Martín... Perdoná me... —Me dice en tono apenas audible, pero la miro para que sepa que la escuché.

—¿Sabés una cosa? —Le pregunto sin dejar de embestirla. —Desde que te conocí, cada vez que escuchaba esta canción, te venías vos a mi mente. ¿Conocés la letra? —Mueve su cabeza despacio en forma negativa. Entonces se la traduzco y la canto en castellano mientras el cantante lo hace en inglés. —*Quiero reconciliar la violencia en tu corazón, quiero reconocer tu belleza, no solo una máscara. Quiero exorcizar los demonios de tu pasado, quiero satisfacer los deseos ocultos de tu corazón. Tú engañas a tus amantes, que eres malvada y divina. Tú puedes ser una pecadora, pero tu inocencia es mía...*[42]

—Cantás lindo... —Nos reímos. —Ay, Martín, voy a llegar... No pares...

—Jamás lo haría... ¿Qué pensás de la letra? ¿Te pega perfectamente, no? —Le digo entre gruñidos y jadeos, sin parar de penetrarla.

Mi instinto animal con ella se potencia. Es como si su olor me llamara constantemente y necesitara vivir mojado en Miranda. La escucho llegar y arquearse, diciendo en voz baja y sin parar mi nombre. Entonces salgo rápidamente y me coloco entre sus piernas. No quiero darle respiro. Estoy celoso de todos los hombres que pasaron por su cuerpo antes que yo, y pienso darle tanto placer que solo recuerde mi lengua y mi miembro bombeando en ella.

—¿Quién soy, Miranda? —Le exijo con mi aliento sobre su centro mojado. Soplo y jadea. La penetro con mi lengua, como si fuera lo último que haré en mi vida, y la escucho gritar. Salgo y vuelvo a preguntarle: —¿Quién soy, Miranda?

—Martín... Sos Martín, mi gigante adorado... Seguí por favor...

—No pienso seguir hasta que me jures que soy el único que te hace sentir así: una hembra en todo sentido —le digo subiendo hasta su boca para besarla y que pruebe nuestros sabores fusionados.

—Lo sos... —Me dice sonriendo tímidamente. —Estos días entendí que te quiero como nunca quise a nadie. Me completás, me entendés, me cuidás, creés en mí y eso me ayuda a que yo confíe en que puedo ser

---

[42]Undisclosed Desires - Muse

mejor. Sos mi eje y quiero que probemos estar juntos... ¡Pero por favor, dejá de hablar y seguí, que quiero volver a llegar!

Sonrío y desciendo nuevamente para morder, succionar, lamer y penetrar esa humedad que tanto adoro, hasta que vuelve a tener un orgasmo más intenso que el anterior y que la deja sin fuerzas. Verla tan entregada me provoca buscar mi alivio de una vez, y en dos embestidas me derramo en mi morocha de ojos verdes.

Nos quedamos abrazados un buen rato, y me doy cuenta que Miranda vuelve a dormirse. La miro, intentando no despertarla, y observo una sonrisa en su cara. Verla tan relajada y feliz, y pensar que es por mí, me enorgullece. No puedo creer que me dijera que jamás amó a nadie como a mí y que a mi lado es mejor persona. Es una mujer que sufrió mucho y tuvo que crecer a fuerza de empujones contra el mundo. Ya habrá tiempo de aclarar puntos oscuros y conocernos de a poco. Tenemos toda la vida para eso. Lo importante es estar juntos.

Este amor llegó en el momento justo para ambos y no pienso dejar ir a semejante hembra por miedos propios o ajenos. Morocha, tu gigante llegó para quedarse.

Capítulo 27 - Sacas al sol las pestañas y el mundo florece

Pasaron algunos días y Rodrigo seguía sin aparecer. Martín me había pedido que me presentara para ser interrogada y aportar información a la causa de El Rudo, establecer una denuncia contra mi ex y, además, refrendar todo lo investigado. También estaban las acusaciones de otras chicas que se habían animado a hablar. Como Rodrigo tenía contactos con mucho poder, no solo en Rosario sino a nivel nacional, le habían sugerido que huyera para evitar quedar pegado.

De todas formas, lograron procesarlo. Fue llamado a declarar, en secreto, pero se negó a hacerlo, alegando que no se lo podía obligar a declarar en contra de sí mismo. Desde ese momento, está desaparecido y eso nos provocó un miedo generalizado a las que habíamos sido víctimas de ese monstruo con piel de cordero. Cada vez que recuerdo que estuve a punto de compartir mis días con él, el horror me recorre por completo. Los amigos de él y su padre le facilitaron la anulación de las causas diciendo que "fue todo una mentira para que el Jefe de la Policía rosarina quedara como un héroe y limpiar la imagen de la Fuerza". Ellos decían que necesitaban un "perejil"[43] y que Rodrigo fue el elegido. ¡Mentirosos de mierda!

Mientras, con Alfonso, seguíamos de cerca el caso de nuestros pequeños, atentos a cualquier viraje de la causa para la tenencia. Estábamos tan enamorados, que transmitíamos seguridad a los Servicios Sociales. Les aseguramos que nos casaríamos y que estábamos planificando mudarnos a un lugar más grande y cómodo, para que cada uno de ellos tuviera su propia habitación.

---

[43] Hace alusión a utilizar un chivo expiatorio.

Esa tarde, luego de nuestra típica "siesta que no es para dormir", nos habíamos dado una ducha antes de ir a clases, y estábamos tomando mate. Mientras revisaba el muro de mi Facebook, se me ocurrió postear en el de mi hombre dibujado la canción de *Coti* y *Julieta Venegas, Tu nombre*, porque me recordó al significado que había buscado para mi tatuaje. Y de título le puse el enlace del tema y una frase de la letra:

Todo se termina, todo menos vos.

Un aviso en el celu de Alfonso le dice que tiene un mensaje, lo lee, levanta su vista y me mira con amor infinito. Pero también con renovado deseo que oscurece sus ojazos azules.

—De ésta no te salvás, dulce… ¿Así que te gusta mi nombre? —Me pregunta con su sonrisa sexy y pícara, y sus cejas levantadas. Asiento lentamente. Mira su reloj y chasquea la lengua. —Mejor te explico su significado, largo y tendido, a la noche, así no se nos hace tarde.

—¿Arrugando, tatuado?

Lo escucho reírse y negar con un movimiento de cabeza. Vuelve a concentrarse en el video para una nueva coreo, bajando su vista hacia su tablet. Cuando estoy por cerrar la aplicación, recibo una nueva notificación. Entro y observo que se trata de Rodrigo. El mensaje dice:

Como veo que te gustan las canciones, te regalo este tema que significa mucho para mí porque siempre me recuerda a vos.

Se trata de una canción de *Korn, Trash*, que habla de una violencia tan enorme que llego a darme cuenta un poco de la basura y la maldad que tiene él en su corazón. Alfonso, que está sentado al lado mío, siente mi escalofrío y cómo me tenso angustiada al escuchar por mis auriculares la letra.

How did it start?
Well I don't know

I just feel the craving
I see flesh and it smells fresh
And it's just there for the taking
These little girls,
they make me feel so goddam exhilerated
I fill them up, I can't give it up
To me, I'm just erasing...[44]

Cuando mira la pantalla y entiende lo que estoy escuchando, su rabia e impotencia comienzan a crecer. Me abraza y apaga la computadora sin siquiera preguntarme.

—Amor, este tipo está obsesionado con vos. Enviále la publicación por privado a Martín, así Rodrigo no podrá borrar la prueba de la agresión que te acaba de hacer. —Lo miro y lo veo caminar como fiera enjaulada de la bronca que tiene. Golpea la pared de un puñetazo y grita insultos al aire. —Si lo llego a cruzar, lo mato a piñas. Literalmente. El muy hijo de puta sabe lo que esa letra significa para vos, que te remueve tus temores más escondidos, que te remonta a los abusos a los que te sometían tus viejos... Cobarde de mierda... Pero dejá que lo agarre...

No dejo que continúe y lo interrumpo.

—Alfonso, sé que ya nada me puede dañar porque tengo a mi sexy y adorado tatuado a mi lado. ¿Todavía no sabés que desde que te vi en esa parada de colectivo, supe que tus tatuajes me envolverían para siempre? Amo cuando te pones celoso y posesivo. ¿No entendiste que siempre seré tu diosa? Centrémonos en construir nuestro vínculo. En nuestros hijos. Ya pasamos de todo y sobrevivimos. Te voy a contar algo, vida: ¿viste que vos me contagiaste la pasión por la lectura? En el libro que me prestaste hace un tiempo, leí algo que me hizo pensar en nosotros. Una de las reflexiones de *Marco Polo*[45], sobre el infierno que nos toca vivir a los vivos

---

[44]¿Cómo empezó? Bueno, no lo sé. Sólo siento un antojo. Veo la carne y huele fresca. Y está ahí para ser tomada. Estas niñas me hacen sentir tan excitado. Las toco, no puedo evitarlo. El dolor, estoy borrando... (Trash – Korn)

durante nuestra vida, es que una de las maneras de no sufrirlo era buscar y saber reconocer quién y qué en medio del infierno no lo es. Y debemos hacerlo durar y darle espacio. Y eso sos para mí, Alfonso: mi pedacito de cielo en el medio de este infierno que es mi vida. Por favor, ayudáme a hacerlo durar y crecer. No permitamos que la maldad externa influya en esta burbuja que logramos crear. Igual, ahora le mando la publicación a Martín y que se encargue de rastrearlo. Con que no aparezca más por nuestras vidas me doy por satisfecha. La orden de restricción la tenemos, y no lo creo tan tonto como para venir hasta Rosario por mí. Ya está, solo quiere hacernos pelear. No le demos el gusto.

Lo abrazo por detrás, tomándolo por su cintura y apoyo mi mejilla en su espalda. Su olor y sus latidos me calman. Comienzo a acariciarle el pecho y lo escucho respirar pesadamente.

—Okey, Xime. Tenés razón. —Me toma de las manos y me gira para mirarme con sus ojos de hielo. —Y terminá de ser tan hermosa y deseable, porque nos encerramos en lo que resta del día y al carajo los alumnos.

Nos reímos, nos besamos suavemente y sé que estamos salvados. Porque encontrar a la persona que corresponda a nuestros sentimientos es posible. Pero, además, encontrar un alma que te ayude a enfrentar el dolor y que solo busque compartir el peso de tus angustias para aligerarte el viaje de la vida, eso lo convertía en una bendición.

Y así era el amor que supimos construir con mi tatuado.

****

---

45 Las ciudades invisibles - Italo Calvino

Como esa noche vendrían a cenar Alfonso y Ximena, había decidido pedir sushi para los cuatro, y a Julieta le encargaría las empanaditas orientales que tanto le gustaban.

Había terminado de bañarme y me disponía a vestirme, cuando veo entrar en la pieza a Lorenzo. Yo estaba solo con una toalla y él estaba transpirado de haber terminado recién sus clases. Se acercó a mí, mirándome y sonriéndome a través del espejo, para quitarme el peine. Me dio la vuelta y comenzó a besarme con ternura, al principio, y con avidez después.

—Estás hermosa. —Suspira y me huele el pelo. —Y ese aroma a tu shampoo me desquicia...

—En cambio, vos estás todo mojado por las clases. Andá a bañarte que un par de horas llegan los chicos. –Le palmeo su trasero.

—Con eso que acabas de hacer desataste la guerra —me contesta, tirando de mi toalla y dejándome desnuda.

—¡¿Estás loco?! ¡Puede entrar Juli! —Me soltó para cerrar la puerta de la habitación y ponerle llave.

—¡Listo! ¿En qué estábamos?

Me tira de uno de mis brazos y me coloca de espaldas a la cama. De rodillas, sobre el colchón, y frente a mí, empieza a acariciarme en mi humedad, entrando y saliendo con sus dedos. Se inclina a morderme los pezones y yo cierro los ojos del placer que estoy sintiendo. Evito emitir sonido alguno, por miedo a que pase Julieta y escuche. No sé en qué momento, Lorenzo se desnudó, pero ahí estaba y me pidió que abriera los ojos para admirarlo en todo su magnitud. Vuelve a tirar de mí para quedar entre mis piernas y se coloca un preservativo. Me había olvidado de ir a comprar mis pastillas, así que siempre teníamos protección "de repuesto" para esas circunstancias. Entra en mí con un gruñido tan masculino que me provoca gemir. Sigue entrando y saliendo, mientras yo me dejo llevar y le muerdo el cuello, sus labios, le tiro del pelo. Quiero dejarle marcas, lo reconozco. En otro movimiento, vuelve a acostarme sobre la cama y esta vez embiste con mayor fuerza. Coloco mis pies sobre su cola, agarrándome como si fuera a caerme en un abismo. Lo amo tanto cuando me hace el amor de esta manera, como si fuera la más bella de todas. Me hace sentir deseada, amada, mujer. Un golpe nos interrumpe.

—¡Mami, Lorenzo! ¡Teléfono de la tía Ximena!

—¡Salí, amor! —Le susurro a mi amante, para que mi hija no oyera nada. Creo que Lorenzo ni escuchó el llamado de Juli. ¡Tan metido en la labor iba a estar! Lo empujo con fuerza. —Lo, tenemos que parar, que Julieta nos está llamando...

—Si no llegás, no te largo... Que el mundo se caiga, pero quiero que acabes...

Lo muerdo con tal fuerza que, del dolor, sale de mi interior. Le pido disculpas con los ojos y le hago señas para que permanezca callado.

—Ahora salimos, hijita, esperános que nos estamos cambiando. Hablá vos con la tía, mientras.

Me pongo algo rápido, hago como si nada y voy a buscar el inalámbrico para atender a mi amiga. Charlamos, nos reímos y quedamos en que en un rato nos veíamos. Cuando Lorenzo termina de bañarse y vestirse, viene a buscarme con cara de terror.

—¿Qué te pasa? Si es por lo de hace un rato, luego prometo compensarte —le dije a modo de broma.

—Pau, no encuentro el preservativo.

—¡Hablá más bajo que anda Juli por acá! ¿De qué hablás? Seguramente estará debajo de la cama. Buscálo mejor.

—Te juro que di vuelta todo y no está… Salvo que haya quedado en… —Y con su mirada me señala a mí.

—¡Estás loco! —Pero corro al baño a tocarme a ver si me lo encuentro.

Salgo, lo miro con cara de desesperación y vamos juntos a nuestra pieza a buscarlo. Sigue sin aparecer. A los cinco minutos, llegan nuestros invitados y la aparto a Ximena para contarle lo sucedido. Después de todo, es mi amiga y puedo confiar en ella. Sin dar muchos detalles, le pido que cuiden de mi hija para que vayamos con Lorenzo a una guardia. Mi amiga me tranquiliza diciéndome que no pasará nada. Pero como me vio con cara de no creerle, me explicó que a una de sus alumnas le había pasado algo parecido con el DIU[46] y que no me preocupara.

—¿Mami, donde van? —Nos intercepta Juli.

—Vamos a comprar helado con Lorenzo. Vos quedáte con los tíos que en un rato volvemos. ¿Te compro los gustos de siempre, mi amor? —Yo hablaba con voz quebrada, a punto de llorar de los nervios. ¡Pasarme esto a mi edad!

—Sí, mami. Compren mucho que somos un montón —me despide con un abrazo en mi cintura.

Nos miramos con Lorenzo y nos vamos hacia la clínica. Allí, me serena la médica de Guardia y, luego de la revisación, me dice que no encontró nada y que me vaya tranquila. Salimos felices y nos juramos que nunca más nos volverá a pasar. Al menos, eso esperábamos. Pero con las "urgencias" que tiene Lorenzo a veces, lo dudaba, y ya me veía de nuevo consultando por lo mismo. Reíamos sin parar y sabiendo que esta anécdota nos quedaría para siempre.

---

[46] Dispositivo Intrauterino.

Volvemos con helado y cenamos como buenos amigos, charlando de nuestros próximos proyectos: conseguir un lugar más grande para la Fundación, el futuro de Cami, Simón y el bebé, y la nueva casa para Alfonso y Ximena. Nos miramos cómplices con Lorenzo, porque nosotros también tenemos nuestros planes: agrandar la familia. Y creo que empezaremos pronto.

Por ahora, no volveremos a usar preservativo hasta que se nos quite el susto. Y como si me hubiera leído la mente, me sonríe tan hermosamente, que sus arruguitas alcanzan sus bellos ojos. Esa es la sonrisa más luminosa que le he visto. Y sé que es solo para mí. Gracias por devolverme la autoestima, mi bello adonis. Ahora, con seguridad, puedo decir que soy una persona completa. Porque me devolvió la fe y la seguridad en mí, demostrándome que no solo tengo responsabilidades de madre, sino también tengo obligaciones placenteras como mujer. Le lanzo un beso que él atrapa con su mano y se lo lleva a su bragueta.

¡Ay, mi Lorenzo, no cambiás más!

****

Mi diosa estaba ansiosa y quería que todo saliera perfecto. Habíamos estado organizando una Gala Benéfica de presentación de la Fundación Danzar Salva para demostrar a la sociedad la importancia de involucrarse con los niños desamparados, y los frutos que se recogían de semejante labor.

Ximena y yo, luego de recomendaciones varias, fuimos a las oficinas comerciales de Sofía y Romina, dos profesionales platenses, en Puerto Norte. Estaban ganando fama por su honestidad y profesionalismo y eso nos terminó de convencer. Nos recibió Sofía, la abogada, y al instante nos sentimos en confianza. Eran gente joven como nosotros, con ganas de emprender. Ella nos dijo que nos conseguiría un buen lugar para iniciar la Fundación y para mudarnos los cinco. Además de mostrarse cálida y dispuesta, no quiso cobrarnos su comisión por la venta porque nos dijo que nuestro proyecto le parecía increíble.

También le contamos que necesitábamos ropa para los vestuarios de la Gala Benéfica, y nos dio el teléfono de un buen amigo suyo, que era empresario textil: Andrés Vitale. Lo llamamos y nos encontramos con alguien muy generoso que nos donaría lo que necesitáramos: telas, diseño, mano de obra. Nos contó que Sofía ya le había adelantado de nuestra labor y él también quería participar. Solo nos pidió que le mandáramos los archivos con los dibujos de los vestuarios, y los trajes los tendríamos en quince días.

Por último, Sofía nos dio el número de su marido, Emanuel, quien se comprometió a llevar a la Gala a todos los personajes influyentes que él conocía para darnos repercusión y conseguir dinero.

De a poco, íbamos logrando cambiar la mirada de la sociedad sobre esos pobres chicos criados en un contexto violento, de desamparo, y que solo veían como futuro el mundo de la droga. Si bien Rosario no era la única ciudad argentina que tenía que enfrentarse a este flagelo, una investigación, solventada por nuestra Fundación y UNICEF, nos arrojó datos escalofriantes sobre por qué la ciudad santafesina era la elegida como epicentro de los negocios. Las dos aristas principales eran la *económica* (las villas que germinaron alrededor de la ciudad en los años '90 con gente que quedó afuera del sistema), y, sobre todo, la *geográfica* (todas las rutas llegan a Rosario y tiene un puerto inmenso, para sacar lo que se quiera adonde se desee).

En Rosario confluyen numerosas rutas provinciales, dos de las cuales llegan desde Paraguay y Bolivia, y sobre el margen del río Paraná hay veintiún puertos privados y cuatro puertos públicos. También concluimos en que las bandas violentas de Rosario no son productoras de cocaína. Son utilizadas para realizar la logística de la exportación. A la ciudad llega la pasta base y se estira con precursores químicos para después ser exportada a Europa. Por este trabajo, los narcos locales reciben su pago en cocaína, no en dinero. Esto hace que haya una gran cantidad de estupefacientes muy baratos en las calles, que a su vez genera una gran descomposición social. Es decir que, con la droga en las manos, los grupos empiezan a disputarse territorios donde venderla: ahí es donde nacen los *bunkers*, los cuales se caracterizan por ser construcciones cerradas, con puertas de acero macizo y bocas de expendio que impiden ver para adentro. "El fenómeno del búnker, propio de Rosario, es una respuesta a la escalada de violencia por la disputa territorial", nos explicaban expertos en la lucha contra las estructuras narcocriminales.

También aprendimos a qué llamaban *sicarios*: chicos sin futuro de los suburbios rosarinos a los que contratan por unos 6 mil pesos, les dan una moto, un arma y un objetivo. Después de concretada la ejecución, se pierden en el tráfico y casi nunca los encuentran. Mi amigo Martín, como Jefe de la Policía rosarina, nos decía que la tasa de esclarecimiento de homicidios estaba por debajo del cincuenta por ciento. No soportábamos escuchar que se los llamara "soldaditos": ¡eran niños!

También sabíamos que nos estábamos metiendo con un tema que podría traernos problemas, pero si no lo hacíamos nosotros, evidentemente, no lo pensaba hacer nadie. Y ya no era solo por Camila, Simón y su pequeño hermanito, sino por todos los chicos a los cuales les estaban quitando la infancia. Como lo habían hecho conmigo y mis compañeros de Instituto.

Por el bien de las generaciones futuras, íbamos a poner todos los instrumentos que tuviéramos (amor, danza, contención, profesionales, educación) al alcance de esos chicos, a los cuales parecía que les habían robado el futuro.

Con tanto apoyo, la Gala fue un éxito. Vinieron todas las personalidades influyentes de Rosario y del país. Nadie quería quedar afuera esa noche, porque eso implicaría estar en connivencia con los narcos. Recaudamos muchísimo dinero a través de donaciones de todo tipo. Estábamos felices con mi diosa. Además, fue transmitida en vivo para toda América Latina por una señal local, y eso propició llamados del exterior ofreciéndonos ayuda profesional y dineraria. Nuestra Fundación había ganado notoriedad en todos lados. Y también habíamos obtenido la amistad de aquellos cuatro platenses tan generosos.

Otro sueño que habíamos cumplido con mi Ximena. Ahora nos faltaba lo más importante: soñar con nuestra familia.

Capítulo 28 - No hay amor como este mío

Luego de la Gala Benéfica comenzamos a planificar nuestro casamiento. A pesar que habíamos sufrido algunos reveses con el tema de la adopción de nuestros hijos, seguíamos adelante. Nos propusimos concentrarnos en nuestro amor y en confiar en que la Virgen nos ayudaría.

Los días previos a la ceremonia fueron muy tranquilos. Al planificar no ostentar mucho, no había muchos preparativos que organizar. Primero, porque no teníamos demasiada plata, y pesito que entraba, pesito que destinábamos a la Fundación. Y segundo, porque habíamos decidido hacer algo pequeño, con nuestra familia y amigos, y de paso, inaugurar nuestra casa. Dos fiestas en una.

Sin embargo, los días pasaron y anexamos un festejo más: el trámite de adopción de Camila, Simón y Gabrielito había sido favorable, y ya eran nuestros hijos. Como el menor de los tres hermanitos no tenía nombre conocido, decidimos anotarlo como Gabriel Pinedo, luego de debatir mil nombres con mi hombre dibujado. Así que no solo nos casábamos e inaugurábamos hogar, sino que también éramos padres. Habíamos logrado nuestra ilusión más grande.

Finalmente, había llegado el día. Nos cambiamos por separado para sorprendernos en el living. Ya estábamos instalados en nuestro nuevo hogar desde hacía una semana, y habíamos logrado desarmar todas las cajas con nuestras cosas para que la casa quedara ordenada para la fiesta de hoy. En el medio, Anita me había ayudado muchísimo, ya sea con los souvenirs, con la decoración, con las participaciones y con mis hijos. Porque a pesar de hacer algo sencillo, todo Rosario conocía nuestra labor y quería saludarnos o hacernos un presente. Por lo tanto, debimos participarlos y remarcar que no habría fiesta.

Con mi tatuado acordamos elaborar unas palabras para decirnos frente al Juez del Registro Civil, pero como no se me ocurría nada, salimos con mi amiga a despejarnos y a elegir el vestido. Después de mucho recorrer, lo encontré. Era corto, color tiza, con mangas hasta el codo y recubierto de encaje y puntilla. Tenía un escote cerrado, a la altura del cuello, mientras que el verdadero escote, en forma de corazón, podía verse bajo el encaje. El local lo mostraba en la vidriera y ofrecía en conjunto un pequeño tocado, sostenido con una tiara, y unos zapatos blancos altísimos. Compramos todo el combo y nos fuimos con Anita a festejar que habíamos conseguido el atuendo perfecto. El maquillaje sería tenue y me plancharía ligeramente el pelo.

Cuando estuve lista, salí en busca del hombre que era mi sueño hecho realidad. Desde la escalera, lo vi más ansioso y hermoso que nunca. Caminaba de un lado al otro, con su camisa blanca, ajustada y pegada a esos abdominales que tanto disfrutaba con mi lengua, y el saco del traje en su mano derecha. El smoking era color azul noche y sus zapatos negros estaban relucientes. Mis ojos no dejaban de dirigirse hacia la parte inferior de su traje, observando cómo el pantalón le ajustaba su cola perfecta cada vez que recorría nuestra sala. Quería arrancarle la camisa y volver a besar esos brazos dibujados para sentirme a salvo de mis fantasmas.

¡Cómo me había cambiado la vida mi Alfonso! Acá estaba yo, a punto de casarme y pensando en disfrutar sexualmente con una pareja, con él, y no tener culpa o sentir asco. Me emocioné e hice ruido a propósito. Mi futuro marido levantó su mirada hacia mí. Le sonreí y él hizo lo mismo. Me detuve en su gesto por segundos. ¿O fueron minutos? No me importaba, solo quería retener esa imagen suya para siempre: sexy en su smoking, su barba de dos días perfectamente recortada, su sonrisa formándole arruguitas y marcándole sus increíbles ojazos azules, su pelo prolijo pero con toque descuidado… ¡Dios mío! ¿Qué había hecho para merecer a semejante compañero de ruta?

—¿Nos vamos? —Me saluda en la mejilla.

—¿No hay un beso como se debe para la novia? —Le pregunto haciendo puchero.

—Diosa, si te llego a dar aunque sea un beso fugaz, no habrá celebración. Y hay demasiada gente esperando. Además, ahora somos padres, y tenemos que dar el ejemplo.

—¿Y cuál sería en este caso?

—Que no hay que llegar tarde al casamiento de uno por quedarse con la mujer de su vida haciendo el amor en la escalera —me guiña un ojo y me sonríe de lado, como solo él sabe hacerlo.

—Tenés razón, sexy. Entonces… ¿Vamos?

Asiente, me toma de la mano y nos subimos a la moto. El vestido corto invitaba a que las manos de mi chico acariciaran mis piernas en cada semáforo, y él "no desaprovechaba nunca las invitaciones", me dijo. En esos momentos, yo también aprovechaba y le metía mis dedos en su pantalón para acariciarlo.

Llegamos bastante rápido a pesar de ser hora pico en el tránsito rosarino. Nuestros amigos nos estaban esperando, y nuestros hijos corrieron a abrazarnos. Se habían quedado a dormir en la casa de Lorenzo, para facilitarnos nuestra mañana con los preparativos, y se notaba que nos habían extrañado. Después de media hora de espera, pasamos a la sala y comenzó la ceremonia civil. Presentamos nuestra documentación, y la de Gerónimo y Ana Paula, nuestros testigos. Luego de unas palabras y de leernos la parte legal, el Juez de Paz nos preguntó si queríamos dedicarnos unas palabras y Alfonso pidió hacerlo primero. Me tomó de las manos, me sonrío tímidamente y clavó su mirada amorosa en mis ojos para decirme lo más hermoso que había escuchado en mi vida.

—Amor: *Sábato* decía que *"la vida es tan corta y el oficio de vivir tan difícil, que cuando uno empieza a aprenderlo, ya hay que morirse"*. Pasé mis días sobreviviendo hasta que llegaste vos, un soplo que, de tan suave, barrió con dulzura todo lo malo. Me regalaste la ilusión de una familia y me enseñaste que el amor existe a través de la entrega generosa a la otra persona. ¿Cómo no querer vivir mi vida para siempre al lado tuyo? ¿Cómo no soñar con aprender juntos a criar a nuestros hijos? ¿Cómo no admirar la fuerza que tuviste y tenés para imponerte frente a las desgracias que te rodearon? Te quiero conmigo, diosa. Y espero que vos quieras lo mismo, si no estamos en el horno —me guiña un ojo y todos se ríen. Se acerca a darme un beso casi imperceptible, y me susurra al oído: —Te deseo más allá de la razón, sos mi dueña. Jamás lo olvides. Te amo.

Me tiembla todo. Esa confesión, aunque dicha en voz apenas audible, solo para mí, tiene conexión directa con mi placer y él lo sabe. Lo miro, amonestándolo con la mirada y esbozando un *te amo* con la boca. Se escucha un murmullo generalizado dentro de la sala y de pronto, nuevamente el silencio. Están dándome lugar para mi declaración.

—Amor: Cuando quise sentarme a escribir unas palabras para este momento no lograba crear ni una línea. Pero el otro día, leyendo uno de los libros que me regalaste de *Cortázar*, una frase definió lo que siento por vos: *"Siempre fuiste mi espejo, quiero decir que para verme tenía que mirarte"*. Y así es, Alfonso. Desde que apareciste, soy la mujer más feliz del mundo. Me complementás. Soy cuando estamos juntos. Amo compartir el desayuno, acariciarnos en el sillón, ver acurrucados películas malísimas y reírnos de eso, ahogarnos de besos... Ya sé que nunca más estaré sola para todo, para nada. Ahora te tengo pegadito, tatuado, para reconocerme en vos por si me pierdo otra vez en el camino del dolor. Gracias por permitirme caminar a tu lado. Te amo.

Me mira serio y esboza un amago de sonrisa, pero mantiene sus labios apretados. Lo conozco y sé que está evitando emocionarse (porque a mi chico le gusta hacerse el duro, y lo amo mucho más por eso: por hacerse el heavy cuando por dentro solo es un osito de peluche muy guarro). Nos acercamos lentamente, cerramos los ojos y nos damos un beso larguísimo, tierno, con nuestras lenguas saboreándose como si fuera nuestra primera vez. Escuchamos vítores y aplausos, y apenas nos separamos unos milímetros, pero nuestros alientos siguen enlazados. Como nuestros cuerpos, como nuestros corazones, como nuestras almas. Para siempre. El Juez nos sonríe, nos declara marido y mujer, y nos da la libreta. Salimos corriendo, felices, hacia la lluvia de arroz que nos esperaba en la puerta.

Montamos la moto y partimos al festejo en nuestra casa, no sin antes "pasear un poco como marido y mujer", me dijo mi bailarín preferido. Disfruté del viento en la cara, de apretarme contra la espalda de mi tatuado, sintiendo su perfume que lo hace tan único, y de sus manos volviéndome a acariciar las piernas en cada semáforo. Cuando llegamos a la fiesta, nos reciben con besos y abrazos, y nuestros hijos se prenden de mis piernas como si fuera a irme para siempre. No puedo evitar llorar de felicidad por la familia que la Virgen me regaló.

Esa misma noche, viajábamos de luna de miel a Cataratas. Como yo no conocía, pero Alfonso sí, me sorprendió, en el medio de la fiesta, regalándome los pasajes envueltos en papel rojo chillón. El hotel y la estadía de una semana fueron pagados en conjunto por Gerónimo, Anita y Lorenzo, y Martín y Miranda. ¡Si hasta Manu y Sofi contribuyeron! Presentíamos que en ellos también encontraríamos, con el paso del tiempo, buenos amigos. Al menos, nuestros hijos pequeños compartían los juguetes. Era tan lindo ver a Gabrielito tan repuesto, intentando dar pasitos y persiguiendo a Ceco, nuestro cusquito. Temí mucho por mi bebito, porque ni siquiera balbuceaba y siempre tenía la mirada perdida. Pero le dimos tanto calor de hogar, y es tan pequeño, que se recuperó rápidamente.

Hice mi valija en segundos porque si no perderíamos el vuelo. Los hombres (por si algún marido está leyendo esta historia) deberían aprender que todo gesto romántico debe venir acompañado de una advertencia. Porque, al menos en mi caso, yo necesito planificar qué llevar a un lugar que no conozco. Alfonso, vestido aún con el pantalón del smoking y su camisa ajustada y abierta en el cuello, no paraba de reírse de mi desesperación. Como venganza, tironeé de su brazo y lo acosté sobre la cama. Me coloqué a horcajadas sobre su bragueta y ya no rió más.

—¿Y ahora? ¿Quién se está burlando? —Le digo, levantándome el vestido hasta mi cintura y empezando a besarlo.

—Ximena... No sigas porque vamos a perder el vuelo... —Me respondió, sintiendo su creciente erección en mi centro. —Diosa... De verdad... —Me decía con voz ronca.

Sin responderle, le abro la camisa y voy lamiendo su pecho hasta quedarme en su ombligo. Muerdo, lamo, acaricio. Le desprendo el primer botón del pantalón y le bajo el cierre, liberando su erección que está a pleno. Nos miramos, como acordando que esto fuera muy rápido. Me sonríe de lado y asiente lentamente. Me quita mi tanga salvajemente, rompiéndola y dejándome una marca por el tirón. No lo hace siempre, pero, cuando sucede, me pone a mil. Se introduce en mí con un solo empuje, ambos a medio desvestir, como si la urgencia por estar juntos fuera tan necesaria como respirar.

—Así no se puede, diosa... —Me dice con voz jadeante. —¿Sabés por qué te digo que sos la dueña de mi deseo? —Niego con la cabeza mientras gimo sin parar por sus embestidas. —Porque jamás conocí a ninguna como vos... Parecés tan ingenua, pero al mismo tiempo tan salvaje a la hora de hacer el amor, que me sorprendés todo el tiempo... Como si fueras dos personas: una cuando estás sola y otra cuando estás conmigo... Y saber que aprenderemos juntos todo lo que nos gusta en la cama, me desquicia... Estoy por llegar, amor... ¿Lista?

Esa pregunta, su pulgar derecho estimulando mi botón de placer y su índice izquierdo intentando meterse en mi abertura trasera, hacen que explote inmediatamente. El orgasmo fue tremendo. No solo por el amor que le imprime mi Alfonso a todo lo que compartimos, sino porque me acarició en un lugar donde aún no me había tocado nunca. Me sigue con un gruñido de los suyos y escondiendo su cabeza en mi pecho.

—No quiero salir de vos, Xime… Nunca más… ¿Y ahora qué hacemos? —Me pregunta acariciándome la cola suavemente.

—¡Viajar hacia nuestra luna de miel, claramente! Vamos, gordi, mové esas piernazas y esa cola tuya tan mordisqueables que si no, no llegamos.

Y así, a los apurones después de amarnos, y desbordados de felicidad, partimos hacia el aeropuerto para disfrutar de una de las Siete Maravillas del Mundo: las Cataratas del Iguazú.

****

Llegamos a las diez de la noche al Aeropuerto de Cataratas del Iguazú, y nos tomamos un taxi hacia nuestro alojamiento. Como *La Posada del Chamán – Guesthouse* estaba a solo dieciocho kilómetros del aeropuerto, no tardamos mucho. Nos presentamos con los dueños y nos dieron uno de los chalets del lugar. Se trataba de un establecimiento ecológico, emplazado en Puerto Iguazú, y rodeado de su bella vegetación autóctona.

Deshicimos las valijas y, mientras uno de nosotros se daba un baño, el otro acomodaba más o menos todo para dormirnos temprano. En toda la semana que duraría nuestra luna de miel, nos esperaban una serie de excursiones contratadas por nuestros amigos para que conociéramos un poco de esta increíble belleza argentina, rodeada de increíble tierra colorada.

El primer día lo iniciamos desayunando bien temprano. Los dueños nos ofrecieron un sinfín de delicias caseras y nos llenaron con comida. La mujer le insistía a Ximena que se alimentara porque, de lo contrario, el viento que soplaba en la Garganta del Diablo se la llevaría a la frontera. Yo no podía parar de reír por la ocurrencia de la señora, pero a mi diosa no le hizo mucha gracia y me pateó por debajo de la mesa.

Nos dirigimos al Parque Nacional Iguazú a disfrutar de nuestra travesía. Comenzamos con un paseo en el Tren Ecológico de la Selva, que consistía en un viaje a través de la selva y a lo largo del Río Iguazú, pasando por las diferentes estaciones de los Circuitos Superior, Inferior y Garganta del Diablo. Eso nos daría un panorama de lo que haríamos en esos días.

Durante el paseo en el Tren, escuchamos y aprendimos un poco sobre el lugar que estábamos visitando. El guía nos explicó todo con mucho detalle y pudimos apreciar el contexto mucho mejor a través de la información que nos brindaba. Las Cataratas del Iguazú, son sin duda las más bellas del planeta por estar ubicadas en un marco de vegetación subtropical, formando parte del Parque Nacional Iguazú. Proclamado Patrimonio de la Humanidad por la UNESCO, está formado por doscientos setenta y cinco saltos de hasta setenta metros de altura, diseminados en forma de media luna, que ofrecen un espectáculo fascinante. Este escenario natural, también conserva algunos vestigios de antiguas misiones jesuíticas. Las altas temperaturas y la humedad del ambiente, convierten a esta zona en un inmenso invernadero que reúne las condiciones esenciales para albergar a exóticas especies, tanto de aves como vegetales, como por ejemplo, gran diversidad de orquídeas, helechos, palo rosa, infinidad de insectos, y enormes y coloridas mariposas. Todo esto convierte a este Parque en uno de los más ricos del planeta. Entre la fauna se encuentran varias especies en peligro de extinción, como el yaguareté, monos, yacarés, serpientes, tapires y los coatíes. Con mi diosa pudimos entretenernos un rato con esos animalitos, porque se nos acercaron al vernos comer la fruta que habíamos llevado.

Camino al mirador de La Garganta del Diablo, fuimos disfrutando de recorrer a pie las cascadas. Atravesamos puentes, escalinatas y senderos colmados de vegetación, asombrándonos con las vistas desde abajo y desde arriba para llegar hasta donde queríamos. En el mirador, y a pesar que terminamos empapados, nos acercamos para percibir la maravilla de las aguas al caer. Observar ese precipicio espectacular de ochenta metros de altura y la formación de un Arco Iris, fue el broche perfecto para una foto besándonos con mi hermosa dueña.

A pesar que nos quedaba mucho más para recorrer y conocer, decidimos ir a almorzar en el restaurant del Parque y dejar cosas que habíamos escuchado para los demás días. Porque además de la Garganta del Diablo, estaban otros saltos como el Bosetti, Dos Hermanas, San Martín, Adán y Eva, Tres Mosqueteros y Rivadavia. Y también teníamos ganas de aprovechar alguna de las noches con luna para realizar el Paseo Especial de Luna Llena para vislumbrar el Arco Iris formado por la luz de la luna.

Volvimos a la Posada casi a las seis de la tarde. Quería que nos diéramos un baño juntos en el jacuzzi al aire libre, y luego descansar un rato antes de la cena. Nuestros "descansos" en la intimidad comenzaban con besos tiernos y terminaban en orgasmos agotadores. Siempre había sido así y no iba a cambiar en nuestra luna de miel. Al contrario.

El segundo día le propuse a Xime hacer el "bautismo de las Cataratas", llamado "La Gran Aventura". Arrancamos recorriendo ocho kilómetros de selva en vehículos descubiertos de doble tracción, mientras apreciábamos la flora y la fauna del lugar. Luego abordamos los gomones semi-rígidos y disfrutamos de seis kilómetros por el Iguazú inferior, pasando a través de sus rápidos, para llegar luego al pie de los saltos y, finalmente, realizar el *bautismo de las Cataratas del Iguazú*. Estábamos felices, exultantes. Mojadísimos. Pero todo valió la pena por ver la carita de mi diosa. Para ella todo era nuevo, mientras que yo ya lo había hecho en un viaje con amigos, unos años atrás. Quería tener nuevos recuerdos y compartir con mi amor la belleza única de esta región argentina.

Esa tarde llegamos un poco más temprano a nuestro chalet, y nos dormimos profundamente apenas cruzar la puerta. A las dos horas, comencé a sentir calor. Despierto súbitamente y veo cómo Ximena estaba entre mis piernas, acariciándome y mirándome como si fuera un espectáculo.

—Amor… —Le digo con voz somnolienta.

—Shhhh, déjate llevar, sexy —me sonríe y me dice en voz baja.

Inmediatamente, su boca me atrapa completamente, lamiendo, mordisqueando y succionando, llevándome a la cima del clímax.

—¡Pará, Xime! —Pero no me hace caso. —Si no parás, voy a acabar en tu boca, amor… —Como si no me escuchara, sigue con sus labios esa increíble danza erótica que está llevando sobre mí. —¡Aaahhhhh! —Y sin poder evitarlo, alcanzo mi orgasmo en lo profundo de su garganta. La veo salir de mí, y mirarme con carita de satisfecha. Sus ojos me interrogan para saber si me gustó o no. —Ahora me toca a mí —le digo.

La apoyo sobre el colchón para abrirle sus piernas larguísimas, las que siempre me aprisionan cuando estoy en su interior, y la expongo para mí. Penetro su humedad con mi lengua, entrando, saliendo, soplando, mordiendo, hasta que la escucho gritar llegando a su liberación. Subo hasta su boca para que pruebe su propio sabor y me sonríe. Si así estamos en nuestra segunda "siesta", no habrá cuerpo que aguante en los días venideros.

En las siguientes jornadas, ocupamos las mañanas para hacer exóticos paseos, y las tardes, recuperando fuerzas para amarnos sin tregua. Hicimos cabalgatas por la selva misionera; visitamos una aldea guaraní; recorrimos las Ruinas Jesuíticas; cruzamos a *Foz do Iguacú* para tomar cerveza y visitar el Jardín Botánico y el Zoológico Guaraní del centro de esa ciudad; comimos pacú, surubí y dorado; y compramos artesanías de regalo.

Adoraba ver a mi dueña regateando los precios con las aborígenes del lugar. ¡Todo porque le habían dicho que era una costumbre hacerlo! Y, claro, ella todo se lo tomaba al pie de la letra. Amaba verla disfrutar cada cosa como si fuera la primera vez. Estaba resultando un viaje soñado, que estaba echando por tierra los recuerdos del viaje con mis amigos. Desde ahora, siempre que nombrara Cataratas, mi diosa se me presentaría en cada anécdota.

Era la tarde previa al vuelo matutino hacia Rosario, nuestro último día de luna de miel, y habíamos llegado exhaustos al chalet después de recorrer la zona lindera a nuestra Posada. Eran kilómetros y kilómetros de vegetación y a Xime se le había ocurrido caminarlos. Cuando volvimos, solo quiso acostarse a dormir. Yo estaba enojado, porque esa última tarde quería disfrutarla con ella en el jacuzzi y luego proponerle algo. Sin darme por vencido, la dejé dormir media hora para que se recuperara, y me fui a bañar.

Verla acostada boca abajo, con su increíble cola contenida en su diminuto shortcito de jean me trajo a la mente unos pensamientos demasiados lujuriosos. Me acerqué a la cama y comencé a acariciarla desde el talón hasta el nacimiento de su trasero. Iba y venía con mis dedos, los cuales reemplacé rápidamente por mi lengua. Mi diosa comenzó a removerse, entre sueños, hasta que logré despertarla. Me miró con sus ojos llenos de deseo y le quité su short, arrastrando con él su tanga. La giré y comencé a besarle su centro hasta que la escuché gemir. Volví a colocarla boca abajo para, esta vez, besarla en el lugar donde todavía no había logrado estar. Los caseros amaban la música brasilera y siempre sonaba suavemente, de fondo. Jamás voy a olvidar que en ese instante escuchábamos *Momentos* de *Joanna*. Le pasaba la lengua de arriba hacia abajo, hasta que la escuché explotar en un orgasmo pequeño. Tomé un poco de su humedad para lubricar esa parte que tanto ansiaba. Volvimos a mirarnos, y Ximena se incorporó unos segundos para robarme un beso. Me miraba fijo, seria, como si estuviera en trance. Desnudo, me coloqué entre sus piernas y, de a poco, comencé a adentrarme en ella. Al principio, ambos contuvimos el aliento. La letra nos inundó los sentidos...

Vou te caçarna cama sem segredos

E saciar a sede do desejo

Deixar o teu cabelo em desalinho

E me afogar de vez em teu carinho[47]

Me contuve de embestirla (como realmente mi cuerpo me estaba exigiendo) para que se acostumbrara a mí. Cuando sentí que los dos estábamos relajados, empecé a arremeter sin piedad. Los jadeos de mi dueña no cesaban y eso me enardecía peor. Ambos estábamos subiendo sin escalas en una espiral creciente de placer, hasta que acabamos en un grito, cada uno diciendo el nombre del otro. Tan grande había sido el orgasmo, que me costó normalizar mi respiración.

—¡Por favor, Xime! ¡Me mataste! Fue glorioso, diosa... Definitivamente, con esto te coronaste mundialmente como LA DUEÑA de mi deseo. Me nublas la razón de tal forma, que no puedo parar hasta escucharte gritar acabando... Te amo... —Ximena no hablaba, solo jadeaba, y me asusté. —Mi amor, ¿estás bien? Perdonáme, soy un animal. La próxima prometo ser más suave. Es que me absorbías de tal forma que no pude parar.

Solo me miró, me sonrío y se dio vuelta para rozarme los labios.

—¿Está mal que quiera repetirlo? —Me pregunta, en tono agitado y e inocente.

[47] Yo te perseguiré en la cama sin secretos y saciaré la sed del deseo. Dejaré tu cabello despeinado, y me ahogaré de una vez en tu cariño. (Momentos – Joanna)

Y solo pude reírme de felicidad por tener a semejante diosa a mi lado. A mi Ximena. A la que deseo más allá de la razón.

Capítulo 29 - El universo escribió que fueras para mí

Tuve que pasar muchas pruebas en mi vida, pero creo que una de las más duras fue tener que demostrar, a todos y a mí, que podía ser una buena persona. Sobre todo, confiable. Pero, también para eso, estuvo mi gigante a la par mío.

—Miranda, ya está el desayuno listo —lo escucho llamarme desde la cocina.

—¡Ya bajo, amor!

Esa noche no había podido dormir bien. No paraba de pensar en la propuesta que me habían hecho Alfonso y Gerónimo: formar parte estable del plantel de Danzar Salva. Me dijeron que necesitaban una profesora con mi experiencia y que estuviera full time, porque Ximena se encargaría de la difusión y los viajes para conseguir donaciones. Además, tenía que criar a sus tres hijos y eso le demandaría mucho tiempo. Les agradecía la oportunidad que querían darme, pero aún no estaba segura de poder soportar alguna que otra mirada acusatoria de la sociedad. Si bien Martín se había encargado de dejar limpio mi nombre, las personas seguían hablando. Mi gigante sabía lo que yo pensaba continuamente, y por eso no dejaba que tejiera fantasmas en mi mente.

—Nena, dejá de darle vueltas al asunto. Los chicos son buenas personas y solo quieren que los ayudes. Aceptá. Además, acá tenés lugar para eso y mucho más. Sabés que este es tu hogar.

La idea era que las clases las diera en mi casa (en realidad, en la de Martín) para contar con más espacio y abarcar la educación de muchos más chicos. En la Fundación, Gerónimo y Alfonso darían clases en las dos aulas, Ana Paula cuidaría de los niños pequeños mientras sus hermanitos

308

aprendían danza, y yo, enseñaría clásico en mi casa. De esa manera, ganaríamos un aula más, y era una oportunidad para redimirme socialmente.

—Lo sé, amor, y te lo agradezco —le respondo, lanzando un suspiro al aire. —Voy a aceptar…

—¡Sabía que mi morocha no se achicaba ante nada! —Me toma de mi barbilla y me da un beso apasionado. —¿Querés que te alcance hasta la Fundación?

Había vendido mi auto hacía un mes para ampliar y acondicionar el gimnasio de Martín para mis prácticas de danzas.

—No, gracias. Caminaré para ir haciéndome a la idea.

Lo veo asentir y dejarme sola. Amo esa capacidad que tiene de saber cuándo darme el espacio necesario para cavilar mis decisiones. Jamás me ahoga, al contrario. Me deja libre y eso me enamora más. Como si leyera en mi interior y entendiera cada vez que se avecinan mis tormentas personales. Pero no me deja sola del todo, sino que se aleja lo suficiente como para volver rápidamente si así fuera necesario.

Cuando llego a Danzar Salva, Gerónimo me dá un beso y Ximena me recibe cálidamente. ¡Me siento tan avergonzada por todo lo que le hice, por lo mal que la juzgué! Ella había sufrido hasta lo indecible con los abusos de sus padres, y yo estuve a punto de arrojarla a los leones nuevamente. Y todo por una obsesión. Me sonríe y bajo mi mirada.

—Qué bueno que viniste, Miranda. Tenía miedo que no quisieras compartir conmigo este gran proyecto. ¿Me acompañan hasta la oficina para empezar a planificar las actividades?

Pasamos toda la mañana organizando lo que restaba del año. Finalmente, y más relajada, me atreví a sugerir un cambio: en lugar de ayudar a los chicos carenciados, yo podría darles clases a las madres, y así hacer un trabajo integrado con la familia. De esa forma, las madres también tendrían una actividad y se sentirían bien consigo mismas. Ximena y Gerónimo estaban contentos con mi aporte y me dijeron que ni lo charlarían con Alfonso, porque ellos lo aprobaban.

Volví feliz a casa con mi gigante, satisfecha de haber aceptado el giro que tomó mi vida. Porque no solo debían darme una oportunidad los demás, lo cual les agradecía, sino que también debía internalizar el cambio en mi interior. ¿No decía Einstein que entre las adversidades se escondía la oportunidad? Bueno, creo que yo podía dar cátedra de las desgracias e infortunios de mi vida. Pero había llegado mi oportunidad. Mi *oportunidad gigante*. Martín me había enseñado lo importante de ser una persona íntegra. Él me contó lo duro de su infancia, cómo sobrevivió al mundo de la droga y por qué eligió ser policía. Me daba vergüenza escucharlo y compararme con él. Mi hombre había hecho de todo para ganarse un lugar en esta vida, y ahora esperaba estar a la altura y poder ser su compañera ideal.

—Amor… ¡Llegué!

—Morocha, ¿cómo fue? —Martín sale secándose las manos en el delantal, y camina lentamente hacia mí, con una sonrisa lobuna.

—Muy bien —lo tomo desde el cuello de su chomba y le estampo un beso.

Me acaricia las curvas y me toma de la nuca para profundizar el beso.

—Ya veo. —Me pega una nalgada suavecita. —Laváte las manos, que vamos a comer y me contás.

Charlamos durante la cena y fuimos ideando cómo sería albergar a las madres en nuestra casa. El helado lo tomamos en el sillón. Me recosté sobre uno de los apoyabrazos y mis pies los dejé sobre las piernas de mi gigante para que me hiciera masajes. Luego, mientras Martín dibujaba una especie de planito para crear una entrada lateral que condujera directamente al salón de danzas (y seguir así preservando nuestra intimidad), comencé a acariciarle su bragueta con mi dedo del pie. Al principio, ni me miró, pero a medida que crecía mi caricia, más duro notaba el bulto contenido en su pantalón piyama. Seguía hablando sin mirarme, pero su sonrisa y su respiración entrecortada me daban un panorama de su disfrute.

Giró la cara para mirarme y se estableció la lucha de siempre: verde contra dorado. Posesión contra desafío. Deseo contra deseo. En un mismo movimiento, lanzó el lápiz por los aires y se colocó sobre mí, aprisionándome contra el sillón. Me tomó de la cintura, me corrió un poco más abajo para que mi espalada se apoyara por completo y se colocó entre mis piernas. Levantándome por la cola con sus dos manos, me puso sobre sus muslos y se bajó un poco su pantalón para liberar su hermosa masculinidad.

—Entendés que esto será rápido por tu culpa, ¿no? —Me dice agitado. Asiento y flexiono mis rodillas para ayudarme con el apoyo. Arquea una de sus cejas y apenas me sonríe. —Buena chica.

Antes de la cena, había subido a cambiarme para estar más cómoda. Ahora agradecía la idea que tuve de ponerme un solero, porque Martín solo tuvo que correrme la cola less para penetrarme sin tardanzas. Comienza a embestirme dulce y exigente a la vez, como solo él sabe hacerlo. Como si mañana fuera a irme de su vida para siempre. Sus ojos están cerrados por el esfuerzo que hace para no lastimarme, porque sabe que no estamos en su súper cama sino en este pequeño sillón. Elevo mis dedos para acariciarle los párpados. Esos que esconden el deseo que me vive regalando a través de su mirada. Un fuego comienza a nacer desde mi centro, pasando por mis entrañas y terminando en mi boca. El orgasmo me produjo un grito que solo fue acallado por los susurros de amor que mi gigante me dedicaba al oído. ¡Qué locura! Gritos apagados por susurros... Sin soltarme la cola, me impulsa hacia arriba y me deja sentada a horcajadas suyo.

—Ahora hacéme lo que quieras, nena... Cabalgáme vos... —Me ordena dulcemente.

Y eso dio rienda suelta a la locura. Me movía hacia adelante y hacia atrás, profundamente, alargando su placer. Mi motor eran sus gemidos, el rechinar de sus dientes, como si no pudiera soportarlo más. Su gruñido y su simiente caliente en mi interior me dijeron lo mucho que habíamos disfrutado.

—¡Miranda! ¡Me mataste! —Me dice mirándome fascinado y acariciándome la mejilla. —Ya no puedo vivir sin vos. Te amo. —Hace una pausa y me mira fijamente. —No me dejes nunca. Sea lo que sea, siempre contámelo y lo solucionaremos.

—¿Por qué me decís esto, Martín? —Le pregunto confundida.

—Porque tengo miedo de perderte. Sos mi tesoro al final del arco iris, y eso es difícil de asimilar para un hombre como yo, que nunca tuvo nada. Porque nunca nadie me quiso, y porque la mujer que se suponía debía cuidarme, me abandonó a mi suerte. ¿Sabés lo que fue para mí darme cuenta que había una mujer que valía la pena? ¿Conocerte y desterrar mis teorías de que jamás podría tener mi propia familia? Yo crecí odiando al género femenino, y todo gracias a mi madre. Y de pronto, aparecés vos, con tu inteligencia, tu entrega en todo lo que te pedía, tu cambio espontáneo para agradarme... ¡Te admiro! Sos mi vida, morocha...

—¡Amor! ¡Mi gigante! Te amo como nunca a nadie. Creéme cuando te digo que vos sos mi tesoro, porque supiste ver mi verdadero yo. El que estaba escondido entre tanto barro, tanta mierda, tanta maldad. Me diste la oportunidad de mi vida al tenderme tu mano para rescatarme. La que tiene que estar agradecida a la vida soy yo por encontrarte... —Me toma la cara con sus manos, interrumpiéndome, y me besa hasta que ambos necesitamos respirar. —Vamos a bañarnos que ya es tarde y mañana comienzo el convencimiento de las madres de la villa.

—¿Solo a bañarnos? —Me pregunta pícaramente.

Y yo, que con solo verle su mirada felina me empapo, niego suavemente con la cabeza y salgo corriendo escaleras arriba para que me atrape.

****

Ya pasaron varios meses desde que mi morocha de los ojos dorados se integró a Danzar Salva, y cada día que pasa la veo más feliz. Se ganó el respeto y el cariño de todos: madres, alumnos y pares.

Al principio tuve mucho miedo. Estaba celoso de las horas que le dedicaba a la Fundación, de su entrega al armar y practicar sin descanso las coreografías, del tiempo con Alfonso. No podía evitar recordar que habían estado juntos por muchos años y que ella había querido tener hijos con él. Yo quería marcarla con un hijo en su vientre. Que no pudiera bailar más porque la panza con nuestro hijo le reclamaría cuidados. Pero luego de avergonzarme en privado por mis razonamientos egoístas, me relajé y empecé a disfrutar de nuestros viajes en los fines de semana largos, las ampliaciones de la casa, de enseñarle a cocinar, de nuestras madrugadas llenas de gemidos y amor. En fin: disfrutábamos por tenernos a nosotros, sin tener que preocuparnos de otra cosa que no fuera complacernos mutuamente.

Mientras manejo volviendo a casa, no puedo dejar de pensar en que, desde ayer, mi chica está rara. Luego de la cena, no tenía buena cara y la encontré bastante pálida y descompuesta. Le pedí que hoy no diera clases, pero me vino con todo el rollo de la responsabilidad, de que bailar era su vida y no sé cuántas cosas más. Resultado: nos fuimos a dormir enojados y cada uno mirando para su lado.

Para reconciliarnos, hoy pasé por una joyería donde le compré un anillo con el símbolo de infinito, revestido con pequeños brillantes. Como es el día de nuestro cumple mes, quiero que represente un símbolo de la infinitud de mi amor hacia ella. Además, en la cara interna, le había hecho grabar nuestros nombres enlazados, siguiendo la curva de la joya.

Desde la puerta de entrada ya podía sentir el aroma de la carne al horno. Le había enseñado a cocinarla con papas bravas, como a mí me gustaba, para que alguna noche me sorprendiera. ¡Y qué bueno que fuera justo hoy! El anillo sería el broche de oro para reconciliarnos y hacer el amor a lo bestia.

Me acerco a la cocina y la tomo por la cintura, para tantear el terreno y ver si seguía enojada. Ladea su cabeza y me corresponde con un beso que apenas roza mis labios.

—Hola, nena. —Sin decir palabra, me acerca una copa de vino tinto. —Gracias, pero ¿y vos? ¿Por qué estás tomando agua?

—Por nada. Laváte las manos que ya está lista la cena.

—¿Te ayudo en algo?

—No, no. Solo sentáte.

Escucho que Miranda había elegido a una de mis cantantes preferidas, *Cat Power*, y su versión de *Sea of Love*.

Come with me

My love

To the sea

The sea of love

I wanna tell you

How much

I love you

Do you remember

When we met

That's the day

I knew you were mine[48]

Buen comienzo igual a sugerente final. Cuando me acerca mi plato, veo que hay algo que sobresale por debajo. Lo levanto y veo unos escarpines blancos. Alzo mi mirada y la observo fijamente.

—¿Y ésto?

Veo que mi morocha comienza a llorar y a reír al mismo tiempo, y comprendí todo. ¡Íbamos a ser padres! Me levanto de mi lugar para arrodillarme frente a ella y abrazarme a sus piernas. Comienzo a llorar y a agradecerle en voz baja por ese milagro, mientras le doy pequeños besos en su panza.

—Me hiciste el hombre más feliz del mundo. ¿Te das cuenta que me cumplís todos mis sueños? —Le pregunto, mientras miro cómo su cara está empapada de tanto llanto. La alzo en mis brazos y la llevo hasta nuestro sillón. —Esperáme que ya vuelvo.

Me mira expectante. Desaparezco de su vista y voy hasta el bolsillo de mi saco para buscar el anillo. Vuelvo con ella y veo que está acariciándose lentamente su abdomen, con los ojos cerrados. ¡Qué belleza! ¡Como la amo!

---

[48] Ven conmigo, mi amor, hacia el mar, el mar de amor. Quiero decirte cuánto te quiero. ¿Te acuerdas cuando nos encontramos? Ese día supe que eras mía. (Mar de amor – Cat Power)

—Nena, abrí los ojos. —Mientras me observa, abro el estuche y le coloco el anillo en su dedo anular. —Con este anillo quiero decirte que mi amor por vos, y ahora por nuestra legumbre, es infinito. Que durará hasta el fin de mis días y que deseo ser eternamente el guardián y proveedor de tus orgasmos. ¿Me lo permitís?

—¿Cómo llamaste a nuestro hijo?

—¡Morocha! Después de mi declaración, ¿eso es lo que tenés para responderme?

Se ríe sin parar y comprendo que estoy loco por esta mujer. Mi mujer. La madre de mis hijos. Y un deseo primitivo de poseerla sin tregua vuelve a arrasarme y la llevo en andas hasta nuestra cama.

—¿Por qué no nos quedamos en el sillón?

—Porque estás embarazada y tengo miedo de lastimar a nuestra lentejita.

—¡Dejá de decir boludeces, Martín! ¡Ni llevo una lenteja en mi vientre ni hacer el amor nos va a hacer daño, ni a mí ni a nuestro hijo!

—Vos dejáme a mí, Miranda... Esperé mucho por esto y ahora vamos a festejarlo como se debe. Suavemente, pero como se debe —le guiño un ojo.

Apoyada con su espalda en la cama, me hace señas para que me acerque. Le sonrío con deseo y me saca la camisa, mientras va besando mi pecho de lado a lado. Mi erección quiere salir de su prisión pero la dejo hacer. Ahora tengo que ser suave. Apoyo mis brazos estirados a los costados de su cara, pero antes levanto su vestido hasta dejárselo a la altura de su cintura. Me desprende los botones de mi pantalón y mete su mano en mi bóxer. Largo lentamente el aire entre mis dientes, disfrutando que ella lleve las riendas. Cuando la veo besarme sobre la tela del bóxer, no aguanto más, y la subo para introducir mi lengua posesivamente en su boca. Quiero ser yo quien la adore y no al revés. Le bajo su tanga suavemente, y me quito mi pantalón y mi bóxer al mismo tiempo, para introducirme lentamente en la humedad de mi morocha. La escucho lanzar al aire un jadeo que me vuelve loco y ya no puedo hacerlo despacio. Mis embestidas comienzan a ser urgentes, mi boca se adueña de sus pezones alternativamente, y llegamos rápidamente a un orgasmo que nos deja sin aliento.

Cuando nuestras respiraciones se normalizan necesito decirle lo que siento.

—Miranda, quiero decirte algo: Nunca… Escucháme bien y miráme. —Le tomo su barbilla para mantenerle su mirada. —Nunca tendré suficiente de vos. Admiro tu fuerza, tu capacidad de renacer como el Ave Fénix, tu belleza, tu corazón, tu cuerpo, tu alma. Amo el hombre que soy cuando estás conmigo. Nunca me sueltes, porque ya no podría vivir sin vos. Gracias por darme la confianza suficiente para entender que no vas a irte a ningún lado. Vos y mi hijo son mi faro en este mundo. Gracias por venir a mi vida, nena. Gracias por regalarme esperanza.

Me mira emocionada y me besa. Sin decirnos más nada, nos abrazamos y nos quedamos dormidos, soñando con nuestra legumbre y todo lo bello que la vida nos tenía preparado. Porque, si bien nunca se puede asegurar que el futuro no traerá tristezas, estábamos tranquilos porque nos habíamos encontrado. Para siempre.

Y eso sí podíamos asegurarlo.

Epílogo

¡Qué belleza todo lo que organizó mi diosa para el Bautismo de nuestros hijos! En la sencillez de cada detalle se ve su mano. Es tan hermosa y generosa, que tengo claro que los cinco seremos muy felices juntos. Bueno, los seis, porque Ceco, nuestro callejero guardián, era alguien que había ayudado muchísimo a la unión familiar.

Cada vez que recuerdo lo que le dijo Ximena hace un año atrás a la Asistente Social para acelerar la adopción de nuestros tres angelitos, más quiero estar dentro de ella. Es algo loquísimo lo que me pasa: escucharla hablar tan comprometida, solidaria, decidida, me excita de tal manera que quisiera vivir cobijado en su humedad. Dicen que cuando uno ama debe admirar a la otra persona. Y eso me pasa con mi diosa. Siento pura admiración por la persona que es y por el trabajo que hizo para animarse a conquistar su propia vida.

—¿Saben lo que es que quieran violarte solo porque "total, vas a tener que hacerlo algún día" y porque "no podés quedar embarazada"? Claro que entiendo a la pobre Cami y por eso creo en las segundas oportunidades. Así como yo pude encontrar el amor, esos chicos pueden encontrar una familia. Porque Dios siempre habla de tener Fe cuando nos dice que, si viste a los lirios del campo todos los días, ¿qué no hará por nosotros, su creación más perfecta?[49] Nosotros, además de nuestra voluntad amorosa de darles una familia a los tres, estamos asesorados psicológicamente. Sabemos que la adopción es un acto de amor, que se elige a un niño para darle un hogar y cumplir con las normativas que esto requiere. Pero creemos que ese acto es mucho más grande y amoroso si se adoptan a dos o varios hermanitos para no separarlos, para que vivan

---

[49] Mateo 6, 19-32

una historia en común. Nosotros no buscamos adoptar sobre la base de una mentira: Camila y sus hermanos saben que no somos sus papás biológicos, y cuando tengan la edad suficiente, les contaremos la verdad. Nuestra terapeuta nos dijo que es muy importante que el vínculo sea sano desde el principio, ya que ahí se apoyaran las bases de una vida nueva, y entendemos que nosotros hemos hecho todo correctamente. No solo desde el punto de vista legal, sino también desde lo afectivo.

La escuchaba absorto y la miraba sin poder creer que esa mujer fuera mía y me hubiera elegido como *la oportunidad de su vida*. ¡Por supuesto que tendría fe! ¿Y cómo no hacerlo? Me había enseñado a ser mejor persona desde que la había conocido y había sacado el resentimiento de mi corazón, llevándome por el camino del perdón y la solidaridad.

Hoy sé que la amo más allá de todo. Inclusive, más allá del deseo que me genera su cuerpo. Bueno, quizá mi deseo está al mismo nivel que mi amor, porque su cuerpo es el de una diosa que me lleva a querer reclamar su exclusividad continuamente. Y ahora, que sé que estoy tatuado en una zona que solo yo puedo verle, quiero lamerle ese dibujo todo el tiempo. Realmente, mi deseo está fuera de toda lógica, porque es verla y no poder pensar. Mejor vuelvo con la mente al Bautismo de los nenes, porque si no mi erección comenzará a notarse y quedaré como un pervertido.

En la Basílica Catedral de Nuestra Señora del Rosario, nos habían hecho el favor de hacer una ceremonia íntima, sin otras familias. En nuestra charla con el sacerdote, le explicamos que nuestros tres hijos iban a ser bautizados, y eso ya era un número grande. El padre Jorge lo entendió, y nos dio un contra turno para que estuviéramos más cómodos. ¡El mayor problema fue conseguir los padrinos para los tres! Lorenzo y Ana Paula serían los de Camila, Gerónimo y Lorena los de Simón, y Martín y Miranda los de Gabriel. Por suerte, todos estaban bautizados y no hubo que tardar más de lo previsto.

—¡Amor, acá estás! Te estaba buscando para que jugaras con Simón. Ese chico no puede vivir sin verte. ¿En qué pensabas?

—Si te lo dijera, me matarías… —Le contesto, intentando imprimir en mi mirada todo el deseo posible.

—A ver, probá… —Me dice en tono pícaro y mordiéndose su labio.

—Diosa… No juegues con fuego que me olvido del Bautismo, de la gente y te encierro en el baño de la Iglesia…

—Bueno, bueno, sexy —me interrumpe, guiñándome un ojo y riéndose a carcajadas. Me toma de la mano y me lleva hacia el interior del templo. —Vamos, que el párroco nos espera.

Sin embargo, antes de entrar en el recinto donde estaba la pila bautismal, mi diosa pareció arrepentirse. Me miró tímidamente y se mordió el labio, como siempre lo hacía cuando estaba nerviosa. ¿Y ahora qué? La veo acercarse, me abraza y me susurra palabras dulces. ¡Dios, no quiero pecar en tu Morada, pero me la ponés tan difícil!

La tomo de una de sus manos y la llevo con nuestra familia y amigos. Nuestros hijos se ven radiantes, orgullosos, con la mirada en alto. Costó mucho que estuvieran así, pero el amor de Ximena los rescató. Ellos saben que son nuestros hijos, no solo del corazón, sino también legalmente, y eso los tranquilizó tanto que hoy van seguros por la vida. Los chicos necesitan contención, respeto y cariño. Y en nuestro hogar, sobraba mucho de las tres cosas.

En un momento de la celebración, y a punto de finalizar el Bautismo de los tres, el sacerdote la mira a Ximena y le hace una seña. Ella toma el micrófono, se gira hacia mí y mirándome a los ojos me dice:

—Alfonso, amigos, familia, hijos míos. Aprovecho esta ocasión que generosamente me ha cedido el padre Jorge, para proclamar, frente a Nuestra Madre y ante ustedes, que amo a mi esposo con toda mi alma.

Me enamora su voz al decirme "te amo"; su ternura con nuestros hijos; su mirada azul y profunda cuando nos mira a los cuatro con orgullo; su alma íntegra que cada día me ayuda a ser mejor; su contención ante los problemas cotidianos... En fin, estoy enamorada de Alfonso, en cuerpo y alma. Por eso, quiero prometer aquí, en la casa de Nuestro Señor, que siempre buscaré la forma de resolver lo que se presente, pero que nunca me alejaré de vos, mi amor. —Me mira con sus ojazos celestes y me sonríe dulcemente. ¡La amo tanto! —Y quiero terminar esta promesa como dice la canción: Yo quiero ser tu amor por siempre. Y vos, sé mi amor, por siempre[50]. Padre, por favor, bendíganos.

Se escuchan aplausos y un murmullo de asombro entre todos los presentes. ¡Ay, mi diosa, no podés hacerme esto! Los ojos se me ponen vidriosos de la emoción al ver a mi mujer, la madre de nuestros hijos, proclamando ante todos que me ama y que jamás se alejará de mí aunque caigan meteoritos de punta. La amo con toda mi alma. Aún no sé qué hice de bueno para merecerla, pero no pienso avivar a nadie preguntando.

El padre Jorge nos dá la bendición y le estampo un beso que no es precisamente para una Iglesia. Cuando la suelto, la encuentro acariciándome los brazos y mirando los dibujos que se traslucen a través de la tela inmaculada de mi camisa. Mi dueña y su fetichismo por mis tatuajes. Recordar lo que me dice cada vez que hacemos el amor, cómo me besa mis marcas, me pone a mil. Y creo que Xime lo sintió. Se sonroja y me controlo rápidamente, porque ella comienza a reírse de los nervios, haciéndome señas que estamos rodeados. A la noche, no te escapás, diosa.

Y menos, con la sorpresa que te tengo preparada.

---

[50] Tu amor por siempre – Axel

****

La pequeña reunión del Bautismo de nuestros hijos se hizo en la casa de Lorenzo y Ana Paula. Ximena y Anita se habían encargado de decorar todo en colores dorados y plateados, y vestir las sillas y las mesas, las cuales fueron colocadas en el salón donde daban clases en la semana. Todo era muy sencillo, pero de buen gusto y sin haber gastado mucho, como en nuestro casamiento, ya que nuestro dinero siempre iba destinado a los proyectos de la Fundación.

El toque especial lo habían dado nuestros hijos al querer ayudar a su madre en la confección de los souvenirs. La idea de mi diosa era ir el lunes próximo a la villa donde habían vivido Cami, Simón y Gabrielito, y regalar bolsas de caramelos para todos los chicos, en honor del Bautismo de los tres. Se pusieron tan contentos, que se ofrecieron a armar los presentes, y en tiempo récord habían terminado más de cincuenta bolsas de golosinas.

La novia de Lorenzo y mi mujer andaban de secretitos de un lado al otro, y eso con el primo de Ximena no nos gustaba nada. Camila y Julieta eran excelentes amigas, y Simón jugaba con Lautaro y con Gabrielito a perseguir al pobre de Ceco. ¡Qué gran incondicional es mi Cequito desde el primer día que salvó a mi bailarina!

Sin perder de vista a la dueña de mi corazón, charlé un poco con el matrimonio Ponferrada y conocí a su bebito recién nacido. También habíamos invitado a Andrés, ya que estaba en constante contacto con nosotros para cada Muestra de Danzar Salva, pero estaba en un viaje de negocios.

Miranda con su panza de seis meses estaba hermosa y se la veía enamoradísima de Martín. Estaba feliz por ellos, y sobre todo por el cambio en la vida de mi ex. Se había convertido en una buena amiga y una excelente compañera en los proyectos de la Fundación.

Casi al final de la fiesta, veo que Xime y Ana Paula corren al baño. Me asusté y las seguí, porque no me gustaba nada la cara de esas dos. Desde afuera se escuchaba que estaban discutiendo. Sin aguantar más, y a riesgo de que me pegaran una cachetada, abrí la puerta y las vi con un test de embarazo entre las manos de ambas.

—¿Qué es todo ésto?

Mi mujer la mira a su amiga con cara de "a Alfonso podemos contarle" y Anita se larga a llorar.

—Estoy embarazada… Lorenzo no lo sabe y tampoco sé si quería ser padre… ¡Me quiero morir! —Dice ahogándose en llanto.

—Amiga, ya te dije que mi primo estará feliz. Vamos a decírselo, yo te acompaño…

—¡NO! No quiero escenitas en el Bautismo de tus hijos. Se lo diré a la noche.

—¿Qué está pasando? Amor, ¿por qué lloras? —Nos interrumpe Lorenzo, dirigiéndose a Ana Paula.

—Diosa, vamos. Déjalos solos.

—¡Pero que bestia sos, Alfonso! —La escucho enojadísima a Ximena. ¿Y ahora qué hice? —Es mi amiga y tengo que apoyarla en el momento que le diga todo a mi primo. Lorenzo: Anita quiere decirte algo.

—¡Pueden terminar con el dramatismo y decirme qué mierda pasa!

—¡Estoy embarazada de cuatro semanas! ¡Eso pasa! —Grita Ana Paula.

Veo la cara de mi amigo y cómo se acerca a abrazar a su mujer.

—¿En serio, mi amor? ¿Voy a ser papá? ¿Estamos embarazados? —Y tomando la cara de Ana Paula entre sus manos comienza a besarla como loco, y a acariciarla sin tregua.

¡Vaya con nuestros amigos! Al final, estaba todo bien y estas dos habían creado problemas donde no estaban. Típico de las mujeres.

—Xime, vamos, que estos en cualquier momento se quedan en bolas y clausuran el baño —la miro, arqueando una de mis cejas y sonriéndole de lado como a ella le gusta, a ver si yo también ligo algún cariño.

Se ríe porque me lee como a un libro abierto y eso me pone como loco. Saber que ella me conoce como nadie y entiende mi lenguaje corporal, hace que comience a buscar un lugar que nos oculte de los demás para dar rienda suelta a nuestros bajos instintos.

—Ni se te ocurra, Alfonso Pinedo. ¡Estamos en el Bautismo de nuestros hijos!

Lo dicho: me lee demasiado bien. Le hago pucherito y, aunque me sonríe y me besa sensualmente, me tira de las mangas sueltas de mi camisa para llevarme hasta el salón.

Mejor me reservo para esta noche, diosa. Esta noche, con la sorpresita, seguro que me vas a adorar.

****

¡Al fin solos! Y no lo decía por nuestros peques, sino porque estábamos cansadísimos. Como la fiesta había sido en la casa de mi primo (y no en un salón de fiestas que solo te dejan tres horas), la gente no se iba más.

Cami, Simón y Gabrielito quisieron quedarse con Lorenzo, Anita y Juli, así que los dejamos y nos vinimos a casa para descansar una noche de los indios. Los amo tanto. Ya no me imagino mi vida sin ellos. Sus risas, sus travesuras, cada cosa que descubren, me consultan o comparten conmigo es una caricia al alma.

Después de una ducha rápida, pero reparadora, estamos en la cama con mi hombre de los ojos azules, dispuestos a relajarnos un poco. Me recuesto un poco para agarrar mi tablet y seguir leyendo el último libro de una escritora platense que se las trae. La historia me tiene atrapada porque se trata de un triángulo donde la mujer debe decidir si irse con su amor de toda la vida o quedarse con el esposo. Creo que después seguiré su grupo *"divino"* por el Facebook.

En el momento que estoy leyendo una escena erótica de los protagonistas, Alfonso deja caer algo sobre la tablet.

—¡Ey, tené cuidado! —Le digo un poco enojada, pero él se da vuelta y ni me contesta.

Curiosa, tomo el sobre color marfil y me llama la atención el nombre del destinatario:

Ximena Newman

Presente

¡Qué raro! ¿Una invitación? La abro y comienzo a leerla. Sobre un papel satinado y del mismo color que el envoltorio, flores y corazones rodeaban las líneas más bellas y amorosas que pude encontrar:

¡Nos casamos!

Como tengo miedo que mi diosa, la dueña de mi corazón y mi deseo

(o sea, vos)

se dé cuenta que no estoy a su altura,

es que me apuro a decirles que me caso.

(Ojalá me aceptes, amor)

Ella es la mujer más maravillosa del mundo:

Mi Ximena,

Mi bailarina,

Mi diosa,

Mi dueña.

¿Aceptás?

Si me dice que sí

(decí que SÍ, por favor),

los esperamos este sábado a la noche

en la Iglesia Nuestra Señora de la Merced,

en Tostado.

Sin aguantar un segundo más, salté sobre mi hombre de los ojos más azules y más expresivos que había visto en mi vida, llorando y riendo, loca de la emoción. No nos decimos nada, pero mi tatuado me mira, comenzando a esbozar su sonrisa de lado que tanto me conquista. Dejó

326

sus anteojos de pasta (que lo hacían ver demasiado sexy) sobre la mesita de luz y, riéndose, rodó conmigo encima para dejarme de espaldas al colchón.

—Diosa, me alegro que te guste mi sorpresa —me dice dándome un beso tierno en la punta de la nariz. —Me regalás tanto, que se me ocurrió esto para compensártelo.

—Pero la ceremonia es este fin de semana. ¿Cómo les vamos a avisar a todos, amor?

—Con que vayas vos es suficiente —lanza la carcajada riéndose de su propio chiste.

—Tonto... ¡Claro que voy! —Y me lanzo a besarlo sin parar. Su boca y su barba de pocos días me desquician. —¿Pero y el vestido? ¿Y los chicos? ¿Y qué cenarán los que vayan a acompañarnos? ¡Son muchas cosas!

—Eeeeeeeee, Xime, ¡pará! Esta ceremonia es nuestra y de nuestros hijos. De nadie más. Si querés avisarle a nuestros amigos, todo bien. Pero te quiero para mí solo apenas terminen de darnos la bendición.

—Alfonso, sos un caso —le respondo mirándolo embobada y enterrando mis ojos en los suyos, tan hermosos y tan azules. —Okey, así será, mi sexy tatuado.

—¿Sabías que me vuelve loco ese apodo, no? —Asiento y le sonrío. —Y cuando yo estoy loco, ¿sabés cómo calmarme? —Vuelvo a asentir. —¡Perfecto! Serás una buena esposa —nos reímos a carcajadas al mismo tiempo.

Comenzamos a besarnos para luego amarnos como nunca. Sus manos siempre inventan una nueva caricia para mí, y sus palabras siempre son las más cariñosas, las más devotas. Las que, por salir de su corazón, son las que me rozan el alma.

Con su mirada llena de amor y deseo, me coloca de espaldas sobre el colchón. Me toma una de mis piernas para dejarla estirada, y así colocarse entre esa y la que sigue apoyada en la cama. Comienza a pasarme la lengua desde el cuello hasta mi ombligo, de arriba hacia abajo, sin soltar la pierna que tiene agarrada desde el principio. En cada ascenso y descenso se dedica a chupar y morder mis pezones, alternadamente, haciéndome sentir su majestuosa masculinidad en mi palpitante humedad, pero sin penetrarme. En el tercer "viaje" por mis pechos y mi vientre, decide bajar sin previo aviso y asaltar mi centro, introduciendo su lengua en él, soplándolo y dejándolo más sensible de lo que estaba. Me susurra que me ama y otras cosas más, pero no lo oigo bien debido al fuego que me quema en las venas y que me anticipa mi primer orgasmo de la noche. Sale y entra sin parar con su lengua maestra hasta que estallo, arqueándome entera.

Permite que me bajen un poco las revoluciones y me embiste con fuerza incontenible. Con esa pasión animal que nos posee al estar juntos y que es ajena a nosotros. Mejor dicho, no es que nos sea ajena, sino que nos gobierna de tal forma que nos anula completamente. Esta vez me toma ambas piernas, indicándome que lo rodee con ellas y lo empuje en cada penetración. Sé que lo excita sentir cómo aprieto su trasero con cada embestida porque una vez me lo dijo. Segunda embestida... Jadeo suave... Tercera embestida... Gruñido de mi tatuado... Cuarta embestida... Mi hombre se derrama en mí como regalo de amor.

Caemos exhaustos, saciados, adormecidos. Caigo en una duermevela, pero me despierto rápidamente porque estoy ansiosa. Fueron muchas emociones hermosas en el día. Tomé la tarjeta de invitación que mi bello hombre me había regalado, intentando no moverme demasiado para no despertarlo. Allí decía que ese sábado nos casaríamos en Tostado, en la Iglesia de Nuestra Señora de La Merced, la Patrona no solo de mi pueblo sino también de mi vida. La voz grave y dormida de Alfonso me toma por sorpresa.

—Te amo —me susurra. Yo solo le sonrío y me muerdo el labio como a él tanto le gusta. —¿Te gustó hacer el amor sobre la tarjeta de nuestro casamiento? Igual, señora de Pinedo, usted aún no me dijo que aceptaba.

—Tendrá que ir y esperar en el altar a ver si decido aparecer. No todas podemos decirle que sí en el primer intento, ¿no le parece? Eso aumentaría demasiado su, ya de por sí, enorme vanidad.

—Cuando usted se refiere a "enorme vanidad"... Exactamente, ¿de qué estaría hablando?

Reímos sin parar, volviendo a abrazarnos para dormirnos en esa posición, unidos por nuestros placeres. Pero antes de caer profundamente en los brazos de Morfeo, no puedo dejar de pensar y agradecer a ese hilo invisible que nos tironeó desde un principio.

Bendita sea la mano de mi Madre que nos unió al nacer. Bendito este hombre que se puso al hombro todo mi bagaje emocional para hacerlo un bollito y tirarlo a la basura, no sin antes ayudarme a resolverlo. Benditos sus tatuajes que me envolvieron en una burbuja de amor desde que lo conocí.

Y gracias a que Alfonso luchó incansablemente por mi amor, por rescatarme de mis culpas y demonios, y por demostrarme que la vida hay que vivirla, soy su diosa. Su Ximena. Su bailarina. La dueña de su deseo.

Deseo que excede y anula nuestra razón, pero que jamás opacó el amor inmenso que se profesarán infinita y mutuamente nuestros corazones.

FIN

Aclaración

Todas las situaciones y personajes de esta historia son ficticios. Si bien situé mi novela en la ciudad de Rosario (porque mi investigación sobre la que están basados los datos expuestos son de ese lugar), el flagelo de la droga, la trata de personas y las irregularidades en la adopción de menores no son excluyentes de ese lugar ni de Argentina. Como dice el dicho: *"en todos lados se cuecen habas"*, y la bella ciudad santafecina no tiene el patrimonio ni la exclusividad de la realidad nefasta que se vive en todo el mundo.

Respecto al tema de la Ley Nacional de Danza en Argentina, sí está actualmente en tratamiento en mi país, y pueden interiorizarse un poco más sobre ella en este link:

http://www.leynacionaldedanza.com/

Agradecimientos

Antes que nada, a mis DIVINAS (todas y cada una contribuye con su personalidad e individualidad al todo). Siempre me contagian con su buena onda y con su aguante constante, para ayudarme a mejorar mi día escrituril. Sepan que me energizan a morir, tanto en nuestro DIVINA SOCIAL (porque ya es más de ustedes que mío) como en mi muro público. Y ni hablar de vuestro boca a boca que me ayuda desde que empecé este bello camino. Amarlas.

Bueno, con el tema de la tapa, hubieron diversas opiniones, así que acá van las gracias divididas: a Pamela, por el préstamo de sus zapatillas para la foto; a Kramer H. por ser (como dijimos en uno de nuestros chats) mi "asesor de portadas"; a Sabrina, a Magui y a Erika por sus opiniones valiosísimas.

A mis amigas mexicanas Alejandra y Paulina, por la orientación en las expresiones mexicanas y en el apoyo instantáneo cada vez que chateábamos. Y a Claudia, por haber inspirado al tierno de Martín.

Y no puedo dejar de nombrar tres grupos internacionales que me han dado un gran apoyo y cariño (y estoy segura que sus administradoras seguirán haciéndolo por la generosidad que las desborda) desde el principio: Zorras Literarias, Divinas Lectoras y La Magia de los Libros. Y especialmente a los grupos argentinos: Grupo Patagónico de Lectura, Lectoras de Córdoba, Mundos de Papel y Fans de Autoras de Novelas Románticas. Y a TODOS los otros grupos que me permiten llegar a las bibliotecas de los divinores más lindos del mundo mundial. Mil gracias, de corazón.

A mi familia y a mis amigas, SIEMPRE. Porque sin ellos, sin su fuerza, sería imposible inspirarme o escribir una sola palabra. GRACIAS ETERNAS por ser mi motor y mi canal de amor y contención.

Hasta la próxima y nos estamos leyendo.

Sobre la autora

Creo que debería empezar diciendo que este amor por leer y escribir me surgió desde que tuve entre mis manos a Mujercitas, para luego seguir con la obra de Gabriel García Márquez y con El Quijote y su Curioso Impertinente. A los quince años participé en un concurso municipal para presentar cuentos propios. Estudié y me gradué en Licenciatura en Administración en la Universidad Nacional de La Plata. Trabajo en mi profesión desde que me recibí, pero siempre necesité la lectura como medio para visitar mundos desconocidos. Si bien leo de todo, amo el romance y los finales felices.

En abril de 2014, quise compartir con otras personas mis opiniones sobre lo que leía y así surgió mi DiViNa Social. Las redes sociales me acercaron a colegas generosos y a compañeras de lectura amorosas. Y me dije: ¿por qué no? Tenía en mi cabeza varias historias a la vez, y me decidí por la de Manu y Sofi, en "TUYO… ¡Aunque te resistas!" (mi primer novela), así que me lancé con ellos.

En esta oportunidad vengo a intentar meterme nuevamente en vuestros corazones con el sexy tatuado de Alfonso y con la dulce Ximena… Ojalá les guste y me quieran seguir acompañando en este camino soñado.

Y como regalito, les adelanto que mi próxima novela será totalmente diferente a lo que vengo escribiendo. Una historia controvertida, que romperá algunos moldes y que dará que hablar. Pero como siempre, con muchos personajes, amor y finales felices ;)

Si quieren visitarme, charlar conmigo o dejarme sus impresiones mis espacios son:

Blog: www.divinasocial.wordpress.com

Twitter: @estrellasocial

Facebook: DiVi Na

www.ingramcontent.com/pod-product-compliance
Lightning Source LLC
Chambersburg PA
CBHW070209260626
47160CB00002B/497